LE BIZARRE INCIDENT DU CHIEN
PENDANT LA NUIT

MARK HADDON

LE BIZARRE INCIDENT DU CHIEN PENDANT LA NUIT

roman

Traduit de l'anglais par Odile Demange

Titre original : THE CURIOUS INCIDENT OF THE DOG IN THE NIGHT-TIME
© Mark Haddon, 2003
Traduction française : NiL éditions, Paris, 2004

ISBN 2-84111-305-1
(édition originale : ISBN 0-224-06378-2 Jonathan Cape, Londres)

Ce livre est dédié à Sos.

Merci à Kathryn Heyman, Clare Alexander,
Kate Shaw et Dave Cohen.

2.

Il était 0 h 7. Le chien était allongé dans l'herbe au milieu de la pelouse, devant chez Mme Shears. Il avait les yeux fermés. On aurait dit qu'il courait couché sur le flanc, comme font les chiens quand ils rêvent qu'ils poursuivent un chat. Mais le chien ne courait pas. Il ne dormait pas non plus. Il était mort. Il avait une fourche plantée dans le ventre. Les dents avaient dû le traverser de part en part et s'enfoncer dans le sol, parce qu'elle n'était pas tombée. Je me suis dit que le chien avait sans doute été tué avec la fourche, parce que je ne voyais pas d'autres blessures. Et je ne pense pas que quelqu'un irait planter une fourche dans un chien qui serait mort d'autre chose, d'un cancer par exemple, ou d'un accident de la route. Mais je ne pouvais pas en être certain.

Je suis entré chez Mme Shears, j'ai refermé le portail derrière moi. Je me suis dirigé vers la pelouse et je me suis agenouillé à côté du chien. J'ai posé la main sur son museau. Il était encore chaud.

Le chien s'appelait Wellington. Il appartenait à Mme Shears, qui était notre amie. Elle habitait de l'autre côté de la rue, deux maisons plus loin, sur la gauche.

Wellington était un caniche. Pas un de ces petits caniches qu'on conduit chez le coiffeur pour chiens, mais un grand caniche. Il avait un pelage noir et bouclé, mais, de tout près, on pouvait voir que, dessous, sa peau était d'un jaune très pâle, comme celle du poulet.

J'ai caressé Wellington et je me suis demandé qui l'avait tué, et pourquoi.

3.

Je m'appelle Christopher John Francis Boone. Je connais tous les pays du monde avec leurs capitales, et tous les nombres premiers jusqu'à 7 507.

Quand j'ai rencontré Siobhan pour la première fois, elle m'a montré ce dessin

je savais que ça voulait dire « triste ». C'est ce que j'ai ressenti en trouvant le chien mort.

Puis elle m'a montré ce dessin

je savais que ça voulait dire « content ». C'est comme quand je lis quelque chose sur les missions spatiales Apollo ou que je suis encore éveillé à 3 ou 4 heures du matin et que je me promène dans la rue en faisant comme si j'étais le seul être humain au monde.

Puis elle a fait d'autres dessins

mais je n'ai pas compris ce qu'ils voulaient dire.

J'ai demandé à Siobhan de dessiner tout plein de visages comme ça, puis de noter leur signification précise à côté. J'ai mis la feuille dans ma poche et je la sortais chaque fois que je ne comprenais pas ce qu'on me disait. Mais j'avais beaucoup de mal à trouver le schéma qui ressemblait le plus au visage des gens, parce qu'ils bougent tout le temps.

Quand j'ai raconté ça à Siobhan, elle a pris un crayon et une autre feuille de papier. Elle a dit que les gens se sentaient sûrement très

quand je faisais ça, et elle a ri. Alors j'ai déchiré son premier dessin et je l'ai jeté. Siobhan s'est excusée. Maintenant, quand je ne comprends pas ce que quelqu'un dit, je le lui demande ou bien je m'en vais.

5.

J'ai retiré la fourche qui était plantée dans le chien, je l'ai pris dans mes bras et je l'ai serré contre moi. Du sang coulait des trous laissés par les dents de la fourche. J'aime bien les chiens. On sait toujours ce qu'ils pensent. Ils ont quatre humeurs. Content, triste, fâché et concentré. En plus, les chiens sont fidèles et ils ne disent pas de mensonges parce qu'ils ne savent pas parler.

Ça faisait 4 minutes que je serrais le chien dans mes bras quand j'ai entendu hurler. J'ai levé les yeux et j'ai vu Mme Shears courir vers moi depuis la terrasse. Elle était en pyjama et en peignoir. Elle avait du vernis rose vif sur les ongles des orteils et elle n'avait pas de chaussures.

Elle criait : « Putain de merde, qu'est-ce que tu as fait à mon chien ? »

Je n'aime pas qu'on crie contre moi. J'ai toujours peur qu'on me frappe ou qu'on me touche, et je ne sais pas ce qui va se passer.

« Lâche ce chien, a-t-elle crié. Nom de Dieu, tu vas lâcher ce putain de chien ? »

J'ai reposé le chien sur la pelouse et j'ai reculé de 2 mètres.

Elle s'est penchée. J'ai cru qu'elle allait ramasser le chien, mais elle ne l'a pas fait. Elle a peut-être remarqué tout le sang qu'il y avait et elle a eu peur de se salir. Elle s'est remise à hurler.

Je me suis bouché les oreilles, j'ai fermé les yeux et je me suis laissé tomber en avant, roulé en boule, le front dans l'herbe. Elle était mouillée et froide. C'était agréable.

7.

C'est un roman policier.

Siobhan m'a conseillé d'écrire quelque chose que j'aurais envie de lire. Le plus souvent, je lis des livres de sciences et de maths. Je n'aime pas les vrais romans. Dans les vrais romans, on dit des choses comme ça : « Je suis veiné de fer, d'argent et de traînées de boue ordinaire. Je ne peux pas serrer fortement le poing comme le font ceux qui n'ont pas besoin de stimulus[1]. » Qu'est-ce que ça veut dire ? Je n'en sais rien. Père non plus. Siobhan et M. Jeavons non plus. Je leur ai demandé.

Siobhan a de longs cheveux blonds et porte des lunettes en plastique vert. M. Jeavons sent le savon et porte des chaussures brunes qui ont chacune une soixantaine de minuscules trous circulaires.

Mais j'aime bien les romans policiers. C'est pour ça que j'en écris un.

---

1. J'ai trouvé ce livre en ville, à la bibliothèque où Mère m'a emmené en 1996.

Dans un roman policier, quelqu'un est chargé de découvrir qui est l'assassin puis de le capturer. C'est une énigme. Si l'énigme est bonne, il arrive qu'on trouve la réponse avant la fin du livre.

Siobhan m'a conseillé de retenir l'attention du lecteur dès le début du livre. C'est pour ça que j'ai commencé mon histoire par le chien. Mais c'est aussi parce que c'est quelque chose qui m'est arrivé, et que j'ai du mal à imaginer des choses qui ne me sont pas arrivées.

Siobhan a lu la première page et elle a dit que c'était spécial. Elle a mis le mot entre guillemets, en dessinant une virgule à l'envers avec son pouce et son index. Elle a dit que d'habitude, c'étaient des gens qui mouraient dans les romans policiers. J'ai dit que dans *Le Chien des Baskerville*, deux chiens mouraient, le chien des Baskerville et l'épagneul de James Mortimer, mais Siobhan a dit que ce n'étaient pas eux les victimes : c'est sir Charles Baskerville. Elle a dit que les lecteurs s'intéressent plus aux gens qu'aux chiens ; alors, si la victime de l'assassin est un être humain, les lecteurs auront envie de savoir la suite.

J'ai dit que je voulais parler de quelque chose de réel et que je connaissais des gens qui étaient morts, mais personne qui s'était fait tuer, sauf le père d'Edward, à l'école, M. Paulson, seulement c'était un accident de planeur, pas un assassinat. En plus, je ne le connaissais pas vraiment. Et puis j'ai dit que je m'intéresse aux chiens parce qu'ils sont fidèles et francs et qu'il y en a qui sont plus intelligents et plus attachants que certaines personnes. Steve, par exemple, qui vient à l'école le jeudi, ne sait pas manger tout seul et il ne serait même pas capable d'aller chercher un bâton. Siobhan m'a demandé de ne pas dire ça à la mère de Steve.

11.

Et puis la police est arrivée. J'aime bien les policiers. Ils ont des uniformes et des numéros, et on sait ce qu'ils sont censés faire. Il y avait une policière et un policier. La policière avait un petit trou dans ses collants à la cheville gauche et une égratignure rouge au milieu du trou. Le policier avait une grande feuille orange collée à la semelle de sa chaussure, qui dépassait d'un côté.

La policière a pris Mme Shears par les épaules et l'a raccompagnée dans la maison.

J'ai levé la tête.

Le policier s'est accroupi à côté de moi. Il a dit : « Et si tu me racontais un peu ce qui se passe ici, jeune homme ? »

Je me suis assis et j'ai dit : « Le chien est mort. »

Il a dit : « C'est ce que j'ai cru comprendre. »

J'ai dit : « Je pense que quelqu'un l'a tué. »

Il a demandé : « Quel âge as-tu ? »

J'ai répondu : « J'ai 15 ans, 3 mois et 2 jours. »

Il a demandé : « Tu pourrais me dire ce que tu faisais dans ce jardin ? »

J'ai répondu : « Je tenais le chien. »

Il a demandé : « Et pourquoi ? »

C'était une question difficile. J'avais envie de le faire. J'aime bien les chiens. J'étais triste que le chien soit mort.

J'aime bien les policiers aussi, et je voulais répondre correctement à cette question, mais il ne m'a pas laissé le temps de trouver la bonne réponse.

Il a demandé : « Pourquoi est-ce que tu tenais le chien ? »

J'ai dit : « J'aime bien les chiens. »

Il a demandé : « C'est toi qui l'as tué ? »

J'ai dit : « Ce n'est pas moi. »

Il a demandé : « Et cette fourche, elle est à toi ? »

J'ai dit : « Non. »

Il a dit : « Tu m'as l'air drôlement secoué. »

Il posait trop de questions, et il les posait trop vite. Elles s'empilaient dans ma tête comme les miches de pain dans l'usine où travaille oncle Terry. C'est une boulangerie industrielle, et il s'occupe des machines qui coupent le pain en tranches. Des fois, la trancheuse ne va pas assez vite, mais les pains continuent à arriver et ça provoque un bourrage. Parfois je pense que mon cerveau est comme une machine, mais pas forcément comme une trancheuse. Ça me permet de mieux expliquer aux autres ce qui se passe à l'intérieur.

Le policier a dit : « Il va bien falloir que tu me racontes… »

Je me suis roulé en boule sur la pelouse, j'ai mis mon front par terre et j'ai fait le bruit que Père appelle grogner. Je fais ça quand ma tête reçoit trop d'informations

18

du monde extérieur. C'est comme quand on est inquiet, qu'on tient la radio contre son oreille et qu'on la règle à mi-chemin entre deux stations de manière à ne capter que du bruit blanc ; alors on met le volume à fond pour couvrir tout le reste et on sait qu'on est en sécurité parce qu'on n'entend rien d'autre. Le policier m'a pris par le bras et m'a relevé.

Ça ne m'a pas plu, qu'il me touche comme ça.

Alors je l'ai frappé.

13.

Ce ne sera pas un livre drôle. Je ne sais pas raconter de blagues parce que je ne les comprends pas. En voici une, par exemple. C'est une blague de Père.

Ses traits étaient tirés, mais pas ses rideaux.

Je sais pourquoi c'est censé être drôle. J'ai demandé. C'est parce que *tiré* peut avoir trois sens 1) tracé, 2) crispé de fatigue, 3) mis en travers d'une fenêtre, et que *trait* peut avoir deux sens a) une ligne, b) l'aspect d'un visage et que le sens 1 peut se référer à a, le sens 2 uniquement à b et le sens 3 seulement aux rideaux.

Si j'essaie de dire cette phrase pour que *tiré* signifie les trois choses en même temps, c'est comme si j'entendais trois morceaux de musique différents à la fois ; c'est gênant et déconcertant. Ce n'est pas du tout agréable comme du bruit blanc. On dirait que trois personnes essaient de vous raconter des choses différentes en même temps.

Voilà pourquoi il n'y a pas de blagues dans ce livre.

17.

Le policier m'a regardé un moment sans parler. Puis il a dit : « Je t'arrête pour outrage à agent. »

C'est exactement ce que les policiers disent à la télévision et au cinéma, alors je me suis senti beaucoup plus calme.

Puis il a dit : « Je te conseille de me suivre sans faire d'histoires. Parce que si tu recommences tes simagrées, mon petit vieux, je te garantis que tu vas passer un sale quart d'heure. C'est clair ? »

Je me suis dirigé vers la voiture de police qui était garée juste devant le portail. Il a ouvert la portière arrière et je suis monté. Il a pris place sur le siège du conducteur et a passé un appel radio à la policière qui était encore dans la maison. Il a dit : « Kate, figure-toi que ce petit con vient de me flanquer une beigne. Tu peux rester chez Mme S. pendant que je le dépose au poste ? Je demanderai à Tony de venir te prendre. »

Elle a dit : « Entendu. Je te rejoins tout à l'heure. »

Le policier a dit : « Ça roule Raoul », et nous sommes partis.

La voiture de police sentait le plastique chaud, l'après-rasage et les frites à emporter.

J'ai observé le ciel pendant que nous nous dirigions vers le centre-ville. La nuit était claire, et on apercevait la Voie lactée.

Il y a des gens qui croient que la Voie lactée est une longue ligne d'étoiles, mais ils se trompent. Notre galaxie est un immense disque formé d'étoiles situées à des millions d'années-lumière de distance, et le système solaire se trouve quelque part, près du bord extérieur du disque.

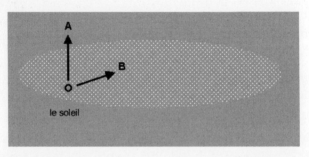

Si on regarde dans la direction A, à 90° par rapport au disque, on ne voit pas beaucoup d'étoiles. Mais si on regarde dans la direction B, on en voit beaucoup plus parce qu'on observe le corps même de la galaxie, et comme la galaxie est un disque, on distingue un ruban d'étoiles.

Et puis j'ai pensé aux savants qui se sont longtemps demandé pourquoi le ciel est sombre la nuit. C'est vrai qu'avec les milliards d'étoiles qu'il y a dans l'univers il doit y en avoir dans toutes les directions où l'on regarde. Le ciel devrait donc être éclairé, parce qu'il n'y

22

a pas grand-chose qui puisse empêcher leur lumière d'atteindre la terre.

Mais ils ont découvert que l'univers est en expansion, que les étoiles s'éloignent les unes des autres à toute vitesse depuis le big bang. Plus les étoiles sont loin de nous, plus elles se déplacent vite. Certaines atteignent presque la vitesse de la lumière, et c'est pour ça que leur éclat n'arrive pas jusqu'à nous.

Ça me plaît. C'est quelque chose qu'on peut comprendre simplement en regardant le ciel au-dessus de sa tête, la nuit, et en réfléchissant, sans avoir rien à demander à personne.

Quand l'univers aura fini d'exploser, toutes les étoiles ralentiront comme des balles qu'on a jetées en l'air, elles s'arrêteront et elles commenceront toutes à retomber vers le centre de l'univers. Alors, il n'y aura plus rien qui nous empêchera de voir toutes les étoiles du monde, parce qu'elles se dirigeront toutes vers nous, de plus en plus vite, et nous saurons que la fin du monde est proche parce que, en regardant le ciel, la nuit, il ne fera pas noir, il n'y aura que la lumière flamboyante de tous ces milliards et milliards d'étoiles qui seront en train de tomber.

Seulement, personne ne verra ça parce qu'il n'y aura plus d'hommes sur terre pour le voir. Ils auront probablement disparu d'ici là. Et même s'il y en a encore, ils ne le verront pas, parce que la lumière sera tellement éblouissante et tellement chaude qu'ils seront tous brûlés à mort, même s'ils vivent dans des tunnels.

19.

Dans les livres, les numéros de chapitres sont généralement des nombres cardinaux, **1, 2, 3, 4, 5, 6** et ainsi de
suite. Mais moi, j'ai décidé de numéroter mes chapitres en
utilisant des nombres premiers, **2, 3, 5, 7, 11, 13** et ainsi de
suite, parce que j'aime bien les nombres premiers.

Voici comment on les trouve.

Il faut d'abord noter tous les nombres entiers positifs
du monde

1	2	3	4	5	6	7	8	9	10
11	12	13	14	15	16	17	18	19	20
21	22	23	24	25	26	27	28	29	30
31	32	33	34	35	36	37	38	39	40
41	42	43	44	45	46	47	48	49	etc.

Puis on retire tous les nombres qui sont des multiples
de 2. Puis tous les nombres qui sont des multiples de 3.
Puis tous les nombres qui sont des multiples de 4, de 5,

de 6, de 7, et ainsi de suite. Les nombres qui restent sont les nombres premiers

	2	3		5		7			
11		13				17	19		
		23					29		
31						37			
41		43				47		etc.	

La règle qui permet de trouver les nombres premiers est très simple, mais personne n'a jamais découvert de formule qui permette de dire rapidement si un très grand nombre est un nombre premier, et quel sera le suivant. Si un nombre est vraiment très, très grand, un ordinateur peut mettre plusieurs années à déterminer si c'est un nombre premier.

Les nombres premiers sont utiles pour coder des messages, et en Amérique, ils sont classés Matériel Militaire. Si on en trouve un de plus de 100 chiffres de long, il faut prévenir la CIA et elle vous l'achète 10 000 dollars. Mais ce n'est sûrement pas un très bon moyen de gagner sa vie.

Les nombres premiers sont ce qui reste quand on a épuisé tous les modèles. Je trouve que les nombres premiers sont comme la vie. Ils sont tout à fait logiques, mais il est impossible d'en trouver les règles, même si on consacre tout son temps à y réfléchir.

23.

Quand je suis arrivé au commissariat, j'ai dû retirer les lacets de mes chaussures et vider mes poches sur le comptoir, au cas où elles contiendraient quelque chose dont je puisse me servir pour me tuer, pour m'évader ou pour attaquer un policier.

L'agent qui était assis derrière le comptoir avait des mains très poilues et il s'était tellement rongé les ongles qu'ils avaient saigné.

Voici ce qu'il y avait dans mes poches

1. Un Couteau de l'Armée Suisse avec 13 accessoires dont une pince à dénuder, une scie, un cure-dents et une pince à épiler.

2. Un bout de ficelle.

3. Une pièce de casse-tête en bois comme ça

4. 3 croquettes de nourriture pour rat, pour Toby, mon rat.

5. 1 £ 47 (plus précisément une pièce de 1 £, une pièce de 20 pence, deux pièces de 10 pence, une pièce de 5 pence et une pièce de 2 pence).

6. Un trombone rouge.

7. Une clé de la porte d'entrée.

J'avais aussi ma montre et ils m'ont demandé de la déposer sur le comptoir mais j'ai dit qu'il fallait que je la garde pour savoir exactement quelle heure il était. Quand ils ont essayé de me l'enlever, j'ai crié, alors ils me l'ont laissée.

Ils m'ont demandé si j'avais de la famille. J'ai dit que oui. Ils m'ont demandé qui était ma famille. J'ai dit qu'il y avait Père, mais que Mère était morte. J'ai dit qu'il y avait aussi oncle Terry, mais qu'il habitait Sunderland et que c'était le frère de Père, et qu'en plus il y avait mes grands-parents, mais que trois d'entre eux étaient morts, et que Grand-Mère Burton était dans un foyer parce qu'elle souffrait de démence sénile et me prenait pour quelqu'un qu'on voit à la télévision.

Alors ils m'ont demandé le numéro de téléphone de Père.

Je leur ai dit qu'il avait deux numéros, celui de la maison et celui de son téléphone portable, et je leur ai donné les deux.

La cellule de la police me plaisait bien. C'était un cube presque parfait, de 2 mètres de long sur 2 mètres de large sur 2 mètres de haut. Elle contenait approximativement 8 mètres cubes d'air. Il y avait une petite fenêtre avec des barreaux et, du côté opposé, une porte métallique avec un long guichet étroit près du sol pour glisser des plateaux

27

de nourriture dans la cellule, et un guichet coulissant, plus haut, pour que les policiers puissent regarder à l'intérieur et vérifier que les prisonniers ne se sont pas évadés ni suicidés. Il y avait aussi un banc capitonné.

Je me suis demandé comment je m'évaderais, si ça se passait dans une histoire. Ce ne serait pas facile, parce que je n'avais que mes habits et mes chaussures, même pas de lacets.

Je me suis dit que le meilleur moyen serait d'attendre une journée très ensoleillée et de me servir de mes lunettes pour concentrer les rayons du soleil sur un de mes vêtements et allumer un feu. En voyant la fumée, les policiers me feraient sortir de la cellule et j'en profiterais pour m'évader. Et s'ils ne remarquaient rien, je pourrais toujours faire pipi sur le vêtement pour éteindre le feu.

Je me suis demandé si Mme Shears avait dit à la police que j'avais tué Wellington et si, quand la police découvrirait qu'elle avait menti, on la mettrait en prison. Parce que dire des mensonges sur les gens, ça s'appelle *Calomnier*.

29.

Je trouve les gens déconcertants.

Pour deux raisons essentielles.

La première raison essentielle est qu'ils parlent beaucoup sans se servir de mots. Siobhan dit que si on lève un sourcil, ça peut signifier plusieurs choses différentes. Ça peut signifier « J'ai envie d'avoir des relations sexuelles avec toi » mais aussi « Je trouve que ce que tu viens de dire est complètement idiot ».

Siobhan dit aussi que quand on ferme la bouche et qu'on expire bruyamment par le nez, ça peut signifier qu'on est détendu, ou qu'on s'ennuie, ou qu'on est fâché. Tout dépend de la quantité d'air qui sort de votre nez et de la rapidité avec laquelle il sort, de la forme qu'a votre bouche à ce moment-là, de la manière dont on est assis et de ce qu'on a dit juste avant et de centaines d'autres choses qui sont bien trop compliquées pour qu'on puisse les déchiffrer en quelques secondes.

La seconde raison essentielle est que les gens parlent souvent par métaphores. Voici quelques exemples de métaphores

C'est une bonne pâte.
Il était la prunelle de ses yeux.
Avoir un squelette dans le placard.
Il fait un temps de chien.
Elle est à la fleur de l'âge.

Le mot métaphore veut dire « transporter quelque chose d'un endroit à un autre » et il vient des mots grecs μετα (qui signifie *d'un endroit à un autre*) et φερειν (qui veut dire *porter*) ; c'est quand on décrit quelque chose en utilisant un mot qui désigne autre chose. Ça veut dire que le mot métaphore est une métaphore.

Je trouve qu'on ferait mieux d'appeler ça un mensonge, parce qu'un chien n'a rien à voir avec le temps et que personne n'a de squelette dans son placard. Quand j'essaie de me représenter une de ces expressions dans ma tête, ça ne fait que m'embrouiller parce que imaginer une prunelle dans un œil, ça n'a rien à voir avec aimer beaucoup quelqu'un et alors je ne me souviens plus de ce qu'on était en train de me dire.

Mon prénom est une métaphore. Il veut dire *qui porte le Christ* et il vient des mots grecs χριστος (qui veut dire *Jésus-Christ*) et φερειν ; c'est le nom qu'on a donné à saint Christophe parce qu'il a fait traverser une rivière à Jésus-Christ.

On ne peut que se demander comment il s'appelait avant d'avoir porté le Christ de l'autre côté de la rivière. En fait, il ne s'appelait pas du tout parce que c'est un récit apocryphe, ce qui veut dire que c'est un mensonge, là encore.

Mère disait que ça signifie que Christopher est un joli prénom parce que c'est l'histoire de quelqu'un de gentil et de serviable, mais je ne veux pas que la signification de mon prénom soit l'histoire de quelqu'un de gentil et de serviable. Je veux que la signification de mon prénom, ce soit moi.

31.

Il était 1 h 12 du matin quand Père est arrivé au commissariat. Je ne l'ai vu qu'à 1 h 28 du matin, mais je savais qu'il était là parce que je l'ai entendu.

Il criait : « Je veux voir mon fils » et : « Mais, putain, pourquoi est-ce que vous l'avez bouclé ? » et : « Évidemment que je suis en rogne, qu'est-ce que vous croyez ? »

Puis j'ai entendu un policier lui dire de se calmer. Puis je n'ai plus rien entendu pendant un bon moment.

À 1 h 28, un policier a ouvert la porte de ma cellule et m'a dit que j'avais de la visite.

Je suis sorti. Père était dans le couloir. Il a levé la main droite et a écarté ses doigts en éventail. J'ai levé la main droite et j'ai écarté mes doigts en éventail et nous nous sommes touché les doigts et les pouces. Nous faisons ça parce que des fois, Père a envie de me serrer dans ses bras, mais moi, je n'aime pas ça, alors nous nous touchons les doigts à la place et ça veut dire qu'il m'aime.

Le policier nous a dit de le suivre au bout du couloir dans une autre pièce. Il y avait une table et trois chaises.

Il nous a dit de nous installer d'un côté de la table et il s'est assis de l'autre côté. Il y avait un magnétophone sur la table et j'ai demandé s'il allait m'interroger et enregistrer ma déposition.

Il a dit : « Ce ne sera sans doute pas nécessaire. » C'était un inspecteur. Je le savais parce qu'il ne portait pas d'uniforme. Son nez était très poilu. On aurait dit que deux toutes petites souris s'étaient cachées dans ses narines[1].

Il a dit : « J'ai parlé à ton père. Il me dit que tu n'as pas fait exprès de frapper mon collègue. »

Je n'ai rien répondu parce que ce n'était pas une question.

Il a dit : « Est-ce que tu l'as fait exprès ? »

J'ai dit : « Oui. »

Il a fait une grimace et il a dit : « Mais tu ne voulais pas lui faire mal ? »

J'ai réfléchi et j'ai dit : « Non. Je ne voulais pas lui faire mal, je voulais simplement qu'il arrête de me toucher. »

Alors il a dit : « Tu sais que ce n'est pas bien de frapper un policier ? »

J'ai dit : « Oui. »

Il est resté silencieux quelques secondes, puis il a demandé : « Est-ce que c'est toi qui as tué le chien, Christopher ? »

----

1. Ce n'est pas une *métaphore*, c'est une *comparaison*, ce qui veut dire qu'on aurait vraiment pu croire que deux toutes petites souris s'étaient cachées dans ses narines et que si vous vous représentez, dans votre tête, l'image d'un homme avec deux toutes petites souris cachées dans ses narines, vous saurez à quoi ressemblait l'inspecteur de police. Une comparaison n'est pas un mensonge, sauf si c'est une mauvaise comparaison.

J'ai dit : « Ce n'est pas moi. »

Il a dit : « Tu sais que ce n'est pas bien de mentir à un policier et que ça peut t'attirer de graves ennuis ? »

J'ai dit : « Oui. »

Il a dit : « Alors, tu sais qui a tué le chien ? »

J'ai dit : « Non. »

Il a dit : « Tu dis la vérité ? »

J'ai dit : « Oui. Je dis toujours la vérité. »

Et il a dit : « Bien. Je suis obligé de te donner un avertissement. »

J'ai demandé : « Est-ce que vous allez l'écrire sur une feuille de papier, et est-ce que je pourrai le garder, comme un certificat ? »

Il a répondu : « Non. Nous allons simplement noter ce qui s'est passé, que tu as frappé un policier, mais que c'était un accident et que tu n'avais pas l'intention de lui faire mal. »

J'ai dit : « Ce n'était pas un accident. »

Père a dit : « Christopher, je t'en prie. »

L'inspecteur a fermé la bouche et a expiré bruyamment par le nez puis il a dit : « Si tu t'attires de nouveaux ennuis, nous ressortirons ce procès-verbal. Nous verrons que tu as déjà reçu un avertissement et nous prendrons les choses beaucoup plus au sérieux. Tu comprends ce que je te dis ? »

J'ai répondu que oui.

Alors il a dit que nous pouvions partir et il s'est levé, il a ouvert la porte et nous sommes sortis dans le couloir, nous sommes allés jusqu'au comptoir où j'ai repris mon Couteau de l'Armée Suisse, mon bout de ficelle, la pièce du casse-tête en bois, les 3 croquettes de nourriture pour rat de Toby, mes 1 £ 47, le trombone et ma clé de la porte d'entrée, qui avaient tous été rangés dans un sachet en plastique. Nous sommes sortis, nous sommes montés dans la voiture de Père qui était garée dehors et nous sommes rentrés à la maison.

37.

Je ne mens pas. Mère disait que c'est parce que je suis quelqu'un de bien. Mais ce n'est pas pour ça. C'est parce que je ne sais pas mentir.

Mère était quelqu'un de petit. Elle sentait bon. Des fois, elle portait un gilet de laine avec une fermeture Éclair devant. Il était rose et, sur le sein droit, il y avait une toute petite étiquette qui disait **Berghaus**.

Mentir, c'est dire que quelque chose s'est passé alors que ça ne s'est pas passé. En fait, il ne s'est passé qu'une chose à un moment donné et en un lieu donné. Et il y a un nombre infini de choses qui ne se sont pas passées à ce moment-là et à cet endroit-là. Si je pense à quelque chose qui ne s'est pas passé, je me mets à penser à toutes les autres choses qui ne se sont pas passées.

Par exemple, ce matin, au petit déjeuner, j'ai pris du Ready Brek et un milk-shake chaud à la framboise. Mais si je dis qu'en réalité j'ai pris des Shreddies et une tasse de thé[1], je me mets à penser à des Coco-Pops, à de la limonade, à du porridge et à du Pepsi, et je pense que je n'ai pas pris mon petit déjeuner en Égypte, qu'il n'y avait pas de rhinocéros dans la pièce, que Père ne portait pas de scaphandre, et ainsi de suite. Rien que d'écrire ça, j'ai la tête qui tourne et j'ai peur, comme quand je me trouve au sommet d'un très grand immeuble et qu'il y a des milliers de maisons, de voitures et de gens au-dessous de moi et qu'ils se bousculent tellement dans ma tête que j'ai peur d'oublier de me tenir bien droit et de m'accrocher à la rambarde, et alors je me dis que je vais tomber et me tuer.

C'est aussi une des raisons pour lesquelles je n'aime pas les vrais romans : ils racontent des mensonges sur des choses qui ne se sont pas passées, alors ça me fait tourner la tête et ça me fait peur.

C'est pour ça que tout ce que j'ai écrit ici est vrai.

---

1. En fait, il n'y a aucune chance pour que je prenne des Shreddies et du thé, parce qu'ils sont bruns tous les deux.

41.

Il y avait des nuages dans le ciel quand nous sommes rentrés à la maison, alors je n'ai pas pu voir la Voie lactée.

J'ai dit : « Je suis désolé », parce que Père avait dû venir au commissariat et que ce n'était pas bien.

Il a dit : « Ce n'est rien. »

J'ai dit : « Je n'ai pas tué le chien. »

Il a dit : « Je sais. »

Puis il a dit : « Christopher, tâche d'éviter les ennuis, tu veux ? »

J'ai dit : « Je ne savais pas que j'allais m'attirer des ennuis. J'aime bien Wellington et je voulais lui dire bonjour. Je ne savais pas que quelqu'un l'avait tué. »

Père a dit : « Évite de te mêler des affaires des autres, c'est tout. »

J'ai réfléchi un moment et j'ai dit : « Je vais découvrir qui a tué Wellington. »

Père a dit : « Tu as entendu ce que je viens de dire, Christopher ? »

J'ai dit : « Oui, j'ai entendu, mais quand un crime a été commis, il faut trouver le coupable pour qu'il soit puni. »

Il a dit : « Ce n'est qu'un chien, Christopher, rien qu'un chien. »

J'ai répondu : « Je trouve que les chiens, c'est important aussi. »

Il a dit : « Arrête. »

J'ai dit : « Je me demande si la police va découvrir qui l'a tué et si elle va punir le coupable. »

Alors Père a donné un coup de poing sur le volant et la voiture a fait une embardée de l'autre côté de la ligne discontinue, au milieu de la route, et il a crié : « Je t'ai dit d'arrêter, bon sang. »

J'ai compris qu'il était en colère parce qu'il criait, et comme je ne voulais pas le mettre en colère, je n'ai plus rien dit jusqu'à ce que nous soyons arrivés à la maison.

Nous sommes entrés par la porte de devant, je suis allé à la cuisine et j'ai pris une carotte pour Toby. Je suis monté, j'ai fermé la porte de ma chambre, j'ai fait sortir Toby et je lui ai donné la carotte. Puis j'ai branché l'ordinateur, j'ai fait 76 parties de **Minesweeper** et j'ai réussi la version avancée en 102 secondes, soit 3 secondes seulement de plus que mon record, qui était de 99 secondes.

À 2 h 07, j'ai eu envie d'un jus d'orange avant de me brosser les dents et d'aller me coucher, alors je suis descendu à la cuisine. Père était assis sur le canapé, il regardait la télévision et buvait du whisky. Des larmes coulaient de ses yeux.

J'ai demandé : « Tu es triste à cause de Wellington ? »

Il m'a regardé longtemps, il a aspiré de l'air par le nez. Puis il a dit : « Oui, Christopher, il y a de ça. Il y a de ça, c'est vrai. »

J'ai préféré le laisser seul parce que, quand je suis triste, j'aime mieux rester seul. Alors je n'ai plus rien dit. Je suis allé à la cuisine, je me suis fait un jus d'orange et je l'ai monté dans ma chambre.

43.

Mère est morte il y a 2 ans.

Un jour, je suis rentré de l'école, j'ai sonné et comme personne ne répondait, je suis allé chercher la clé qui est toujours cachée sous un pot de fleurs, derrière la porte de la cuisine. Je suis entré dans la maison et j'ai continué la maquette Airfix d'un char Sherman que j'avais commencée.

Une heure et demie plus tard, Père est rentré du travail. Il dirige une entreprise. Il s'occupe de l'entretien d'installations de chauffage et répare des chaudières avec un homme qui s'appelle Rhodri ; c'est son employé. Il a frappé à la porte de ma chambre, il l'a ouverte et m'a demandé si j'avais vu Mère.

J'ai dit que non. Il est descendu et a commencé à téléphoner. Je n'ai pas entendu ce qu'il disait.

Puis il est monté dans ma chambre. Il a dit qu'il fallait qu'il sorte un moment et qu'il ne savait pas pour combien de temps il en avait. Il a dit que si j'avais besoin de quelque chose je pouvais l'appeler sur son portable.

Il est resté parti pendant deux heures et demie. Quand il est rentré, je suis descendu. Il était assis à la cuisine et regardait dans le jardin par la fenêtre de derrière, en direction du bassin, de la grille de fer rouillée et de la pointe du clocher de l'église de Manstead Street qui ressemble à un château parce qu'elle est normande.

Père a dit : « Tu sais, j'ai bien peur que tu ne revoies pas ta mère pendant un bon bout de temps. »

Il ne me regardait pas en disant ça. Il regardait toujours par la fenêtre.

En général, les gens vous regardent quand ils vous parlent. Je sais qu'ils essaient de deviner ce que je pense, mais moi, je suis incapable de dire ce qu'ils pensent. C'est comme si je me trouvais dans une pièce avec un miroir sans tain, dans un film d'espionnage. Mais j'ai trouvé ça agréable, que Père me parle sans me regarder.

J'ai dit : « Pourquoi ? »

Il a attendu très longtemps, et puis il a dit : « Elle est à l'hôpital. »

J'ai demandé : « Est-ce qu'on pourra aller la voir ? », parce que j'aime bien les hôpitaux. C'est à cause des uniformes et des appareils.

Père a dit : « Non. »

J'ai dit : « Pourquoi ? »

Il a dit : « Elle a besoin de repos. Elle n'a pas le droit de recevoir de visites. »

J'ai demandé : « C'est un hôpital psychiatrique ? »

Père a dit : « Non. C'est un hôpital normal. Elle a une maladie… une maladie de cœur. »

J'ai dit : « Il faudra qu'on lui apporte à manger », parce que je sais qu'à l'hôpital la nourriture n'est pas très bonne. David, qui est à mon école, est allé à l'hôpital pour se faire opérer de la jambe ; on lui a allongé le muscle du mollet pour qu'il marche mieux. Les repas étaient dégoûtants, alors sa mère lui apportait à manger tous les jours.

Père est de nouveau resté silencieux un long moment, puis il a dit : « Je lui apporterai quelque chose dans la journée, pendant que tu seras à l'école. Je demanderai aux médecins de le donner à ta maman, d'accord ? »

J'ai dit : « Mais tu ne sais pas faire la cuisine. »

Père a pris son visage dans ses mains et il a dit : « Écoute, Christopher. Je passerai chez Marks and Spencer chercher des plats tout préparés. Elle aime bien ça. »

J'ai dit que j'allais lui écrire une carte de « Prompt Rétablissement », parce qu'on fait ça quand les gens sont à l'hôpital.

Père a dit qu'il la lui apporterait le lendemain.

47.

Le lendemain matin, le bus scolaire a doublé 4 voitures rouges d'affilée, ce qui voulait dire que c'était une **Bonne Journée**, alors j'ai décidé de ne plus être triste à cause de Wellington.

M. Jeavons, le psychologue de l'école, m'a demandé un jour pourquoi 4 voitures rouges d'affilée veulent dire que c'est une **Bonne Journée**, 3 voitures rouges d'affilée une **Assez Bonne Journée** et 5 voitures rouges d'affilée une **Super Bonne Journée**. Et aussi pourquoi 4 voitures jaunes d'affilée veulent dire que c'est une **Mauvaise Journée**, c'est-à-dire un jour où je ne parle à personne, où je reste assis dans mon coin à lire des livres, où je ne déjeune pas et où je ne prends *Aucun Risque*. Il a dit que j'étais pourtant quelqu'un de très logique, et que ça l'étonnait que je me fasse des idées pareilles, parce que ça manquait de logique.

J'ai dit que j'aime que les choses soient en ordre. Et qu'être logique est une manière de mettre les choses en ordre. Surtout quand il s'agit de nombres, ou bien d'une discussion. Mais il y a d'autres manières de mettre les choses en ordre. Et c'est pour ça qu'il y a des **Bonnes Journées** et des **Mauvaises Journées**. J'ai dit que quand les gens qui travaillent dans un bureau sortent de chez eux le matin et voient qu'il fait beau, ils sont contents, ou bien ils voient qu'il pleut et ça les met de mauvaise humeur, mais la seule différence, c'est le temps qu'il fait, et s'ils travaillent dans un bureau, ce n'est pas à cause du temps qu'ils passeront une bonne ou une mauvaise journée.

J'ai dit que le matin, quand Père se lève, il enfile toujours son pantalon avant ses chaussettes. Ce n'est pas logique mais il fait toujours comme ça, parce qu'il aime que les choses soient en ordre, lui aussi. Et quand il monte l'escalier, il prend deux marches à la fois en commençant toujours par le pied droit.

M. Jeavons a dit que j'étais très intelligent.

J'ai dit que je n'étais pas intelligent. Je remarque comment les choses se passent, c'est tout, ça n'a rien à voir avec l'intelligence. C'est simplement être observateur. Être intelligent, c'est regarder comment les choses se passent et s'en servir pour découvrir quelque chose de nouveau. Comprendre que l'univers est en expansion, par exemple, ou qui a commis un meurtre. Ou voir un nom et attribuer à chaque lettre une valeur de 1 à 26 (**a = 1**, **b = 2**, etc.), additionner les chiffres dans sa tête et trouver que le résultat est un nombre premier, comme **Jésus-Christ** (151), **Scooby Doo** (113), **Sherlock Holmes** (163) ou **Doctor Watson** (157).

M. Jeavons m'a demandé si ça me donnait une impression de sécurité, que les choses soient toujours en ordre, et j'ai dit que oui.

Puis il m'a demandé si je n'aimais pas que les choses changent. J'ai dit que ça me serait égal si je devenais astronaute par exemple, ce qui est un des plus grands changements que je puisse imaginer, à part me transformer en fille ou être mort.

Il m'a demandé si j'avais envie de devenir astronaute et j'ai dit que oui.

Il m'a dit que c'était très difficile. J'ai dit que je le savais. Il faut être officier d'aviation et respecter tout plein de consignes, être prêt à tuer d'autres êtres humains, et moi, je ne suis pas capable de respecter des consignes. En plus, je n'ai pas les 10/10 de vision qu'il faut pour devenir pilote. Mais j'ai dit que ce n'était pas parce que quelque chose a très peu de chances d'arriver qu'on ne peut pas en avoir envie.

Terry, le grand frère de Francis de l'école, dit que les seuls métiers que je pourrai faire, c'est ranger les Caddies au supermarché ou ramasser du crottin d'âne dans une réserve d'animaux, et qu'on ne laisse pas les mongols conduire des fusées qui coûtent des milliards. Quand j'ai raconté ça à Père, il m'a dit que Terry était jaloux, parce que je suis plus intelligent que lui. C'est idiot parce qu'on ne fait pas de concours. Mais Terry est idiot, si bien que *quod erat demonstrandum*, ce qui veut dire en latin *ce qui était la chose à démontrer*, ce qui veut dire *la preuve est faite*.

Je ne suis pas mongol, ce qui veut dire *mongolien*, contrairement à Francis, qui est mongol, et même s'il y a peu de chances que je devienne astronaute, j'irai à l'université et j'étudierai les mathématiques, ou la physique, ou la physique et les mathématiques (c'est une double licence), parce que j'aime les mathématiques et la physique et que je suis très bon dans ces matières.

Mais Terry n'ira pas à l'université. Père dit qu'il a de bonnes chances de finir en prison.

Terry a un tatouage sur le bras qui représente un cœur avec un couteau au milieu.

Mais c'est ce qu'on appelle une digression et j'en reviens au fait que c'était une **Bonne Journée**.

Comme c'était une **Bonne Journée**, j'ai décidé d'essayer de découvrir qui avait tué Wellington parce qu'une **Bonne Journée** est un jour où on peut faire des projets et prévoir des choses.

Quand j'ai dit ça à Siobhan, elle a dit : « Eh bien, nous étions censés écrire des histoires aujourd'hui, alors pourquoi n'écrirais-tu pas ce qui t'est arrivé quand tu as trouvé Wellington et que tu es allé au commissariat ? »

Voilà comment j'ai commencé à écrire tout ça.

Siobhan m'a dit qu'elle m'aiderait pour l'orthographe, la grammaire et les notes de bas de page.

53.

Mère est morte deux semaines plus tard.

Je n'étais pas allé la voir à l'hôpital, mais Père lui avait apporté tout plein de repas de chez Marks and Spencer. Il disait qu'elle avait bonne mine et avait l'air d'aller mieux. Elle pensait beaucoup à moi et avait posé ma carte de « Prompt Rétablissement » sur la table, à côté de son lit. Père a dit qu'elle lui avait fait très plaisir.

Sur le devant de la carte, il y avait des images de voitures. Comme ça

Je l'avais faite avec Mme Peters, qui s'occupe des arts plastiques à l'école. C'était une linogravure. On dessine quelque chose sur un morceau de lino et Mme Peters enlève ce qu'il y a autour du dessin avec un couteau Stanley, puis on met de l'encre sur le lino et on le pose sur une feuille de papier en appuyant bien fort. Si toutes les voitures étaient pareilles, c'est parce que j'ai dessiné une seule voiture et que je l'ai posée sur le papier neuf fois. C'est Mme Peters qui a eu l'idée de faire tout plein de voitures, et ça m'a bien plu. J'ai peint toutes les voitures en rouge pour que ça soit une **Super Super Bonne Journée** pour Mère.

Père a dit qu'elle était morte d'une crise cardiaque et que c'était inattendu.

J'ai dit : « Quel genre de crise cardiaque ? », parce que j'étais étonné.

Mère n'avait que 38 ans et les crises cardiaques surviennent généralement chez des personnes plus âgées. En plus, Mère était très active, elle faisait du vélo et consommait des aliments sains, qui contiennent beaucoup de fibres et peu de graisses saturées, comme du poulet, des légumes et du muesli.

Père a dit qu'il ne savait pas quel genre de crise cardiaque c'était et que ce n'était pas le moment de poser des questions pareilles.

J'ai dit que c'était sans doute une rupture d'anévrisme.

Une crise cardiaque se produit quand certains muscles du cœur cessent d'être alimentés en sang et meurent. Il existe deux grandes catégories de crise cardiaque. La première est l'embolie. Elle se produit quand un caillot de sang obstrue un des vaisseaux sanguins qui conduisent le sang vers les muscles du cœur. On peut l'éviter en prenant de l'aspirine et en mangeant du poisson. Ce qui explique que les Esquimaux ne soient pas sujets à ce type de crise cardiaque, parce qu'ils mangent du poisson, ce qui empêche leur sang de coaguler, mais, s'ils se coupent profondément, ils risquent de mourir d'hémorragie.

Une rupture d'anévrisme se produit quand un vaisseau sanguin se déchire et que le sang n'arrive plus aux muscles du cœur parce qu'il s'échappe par la déchirure. Ça arrive à certaines personnes à cause d'une fragilité d'un vaisseau sanguin, comme à Mme Hardisty qui habitait dans notre rue, au numéro 72, et qui avait un point faible dans les vaisseaux sanguins du cou. Elle est morte simplement parce qu'elle a tourné la tête pour faire un créneau.

Après tout, c'était peut-être quand même une embolie, parce que le sang coagule beaucoup plus facilement quand on reste couché longtemps, ce qui est le cas quand on est à l'hôpital.

Père a dit : « Je suis désolé, Christopher, je suis vraiment désolé. »

Mais ce n'était pas sa faute.

Et puis Mme Shears est venue nous faire à dîner. Elle portait des sandales, un jean et un T-shirt avec les mots **WINDSURF** et **CORFOU**, et une image de planche à voile.

Père était assis et elle était debout à côté de lui. Elle a appuyé sa tête contre ses seins et elle a dit : « Allons, Ed, on va s'en sortir. »

Et puis elle a préparé des spaghettis à la sauce tomate.

Après le dîner, elle a joué au Scrabble avec moi et je l'ai battue par 247 à 134.

59.

J'ai décidé de découvrir qui avait tué Wellington. Père m'avait dit de ne pas m'occuper des affaires des autres, mais je ne fais pas toujours ce qu'on me dit, parce que, quand les gens vous disent ce que vous devez faire, c'est généralement déconcertant et ça n'a pas de sens.

Par exemple, ils disent souvent « Tais-toi », mais ils ne vous disent pas pendant combien de temps. Ou bien il y a un écriteau qui dit IL EST INTERDIT DE MARCHER SUR LA PELOUSE, mais il faudrait dire IL EST INTERDIT DE MARCHER SUR LA PELOUSE AUTOUR DE CET ÉCRI-TEAU ou IL EST INTERDIT DE MARCHER SUR LA PELOUSE DANS CE PARC, parce qu'il y a beaucoup de pelouses sur lesquelles on a le droit de marcher.

En plus, les gens désobéissent tout le temps aux règles. Par exemple, Père roule souvent à plus de 50 km/h dans une zone limitée à 50 km/h, il lui arrive de conduire quand il a bu, et souvent, il ne met pas sa ceinture de sécurité quand il conduit sa camionnette. Et dans la Bible, il est dit *Tu ne tueras point*, mais il y a eu les croisades, deux guerres mondiales et la guerre du Golfe et, dans toutes ces guerres, des chrétiens ont tué des gens.

Et puis, je ne sais pas ce que Père veut dire par « Ne t'occupe pas des affaires des autres ». Je ne sais pas ce qu'il veut dire par « les affaires des autres », parce que je fais plein de choses avec d'autres gens, à l'école, au magasin et dans le bus, et que son métier consiste à aller chez les autres et à réparer leur chaudière et leur chauffage. Et tout ça, ce sont les affaires des autres.

Siobhan comprend. Quand elle me dit de ne pas faire quelque chose, elle me dit exactement ce que je ne dois pas faire. Et ça me plaît.

Par exemple, elle m'a dit un jour : « Tu ne dois jamais donner de coup de poing à Sarah ou la frapper d'une manière ou d'une autre, Christopher. Même si c'est elle qui a commencé. Si elle te tape de nouveau, éloigne-toi, reste calme et compte de 1 à 50, puis viens me raconter ce qu'elle a fait, ou parles-en à un autre membre du personnel. »

Elle m'a aussi dit un jour : « Si tu veux faire de la balançoire et qu'il y a déjà d'autres enfants sur les balançoires, il ne faut jamais les pousser pour les faire descendre. Il faut leur demander si tu peux en faire. Et tu dois attendre qu'ils aient fini. »

Mais quand d'autres gens vous disent ce qu'il ne faut pas faire, ils ne font pas comme ça. Alors, je décide moi-même ce que je vais faire et ce que je ne vais pas faire.

Ce soir-là, je suis allé chez Mme Shears, j'ai frappé à la porte et j'ai attendu qu'elle réponde.

Quand elle a ouvert la porte, elle avait une tasse de thé à la main et elle portait des pantoufles en peau de mouton. Elle était en train de regarder une émission de jeux à la télévision parce qu'un téléviseur était allumé et que j'ai entendu quelqu'un qui disait : « La capitale du Venezuela est... a) Maracas, b) Caracas, c) Bogota ou d) Georgetown. » Moi, je savais que c'est Caracas. Elle a dit : « Franchement, Christopher, je n'ai pas tellement envie de te voir là, maintenant. »

J'ai dit : « Ce n'est pas moi qui ai tué Wellington. »

Elle a dit : « Qu'est-ce que tu viens faire ici ? »

J'ai dit : « Je voulais vous dire que ce n'est pas moi qui ai tué Wellington. Et aussi que j'ai décidé de découvrir qui l'a tué. »

Sa tasse a penché et un peu de thé est tombé sur le tapis de son entrée. Ça a fait une tache plus foncée.

J'ai dit : « Est-ce que vous savez qui a tué Wellington ? »

Elle n'a pas répondu à ma question. Tout ce qu'elle a dit, c'est : « Au revoir, Christopher », et elle a refermé la porte.

Alors j'ai décidé de faire quelques investigations.

Je savais qu'elle m'observait et qu'elle attendait que je parte, parce que je la voyais de l'autre côté de la vitre dépolie de sa porte d'entrée. J'ai descendu le chemin et je suis sorti du jardin. Je me suis retourné et j'ai vu qu'elle n'était plus là. J'ai vérifié que personne ne me regardait, j'ai escaladé le mur et je me suis dirigé sur le côté de la maison, vers le fond, jusqu'à la cabane où elle range tous ses outils de jardin.

La cabane était fermée par un cadenas et je ne pouvais pas entrer, alors j'ai fait le tour jusqu'à la fenêtre, sur le côté. Et là, j'ai eu de la chance. En regardant par la fenêtre, j'ai aperçu une fourche qui ressemblait tout à fait à celle qui avait été plantée dans Wellington. Elle était posée sur le banc près de la fenêtre et quelqu'un l'avait nettoyée parce qu'il n'y avait pas de sang sur les dents.

J'ai vu d'autres outils aussi, une bêche et un râteau et une de ces longues cisailles dont on se sert pour couper les branches qui sont trop hautes. Et ils avaient tous un manche en plastique vert, comme la fourche. Ça voulait dire que la fourche appartenait à Mme Shears. Ou alors, c'était une *Fausse Piste*, c'est-à-dire un indice qui vous conduit vers une mauvaise conclusion ou quelque chose qui ressemble à un indice mais qui n'en est pas un.

Je me suis demandé si c'était Mme Shears qui avait tué Wellington. Mais si c'était elle, pourquoi serait-elle sortie de chez elle en criant : « Putain de merde, qu'est-ce que tu as fait à mon chien ? »

J'ai pensé que Mme Shears n'avait probablement pas tué Wellington. Mais que celui qui l'avait fait l'avait sans doute tué avec la fourche de Mme Shears. Or la cabane était fermée. Ça voulait dire que le coupable avait la clé de la cabane de Mme Shears, ou qu'elle l'avait laissée ouverte, ou qu'elle avait laissé sa fourche traîner dans le jardin.

J'ai entendu du bruit, je me suis retourné et j'ai vu Mme Shears qui me regardait depuis la pelouse.

J'ai dit : « Je voulais voir si on avait rangé la fourche. »

Elle a dit : « Si tu ne fiches pas le camp immédiatement, j'appelle la police. »

Alors je suis rentré à la maison.

En arrivant, j'ai dit bonjour à Père, je suis monté, j'ai nourri Toby, mon rat. J'étais content parce que j'étais un détective et que je découvrais des choses.

61.

Mme Forbes de l'école dit que quand Mère est morte, elle est montée au paradis. C'est parce que Mme Forbes est très vieille et qu'elle croit au paradis. Elle porte un pantalon de survêtement parce qu'elle dit que c'est plus confortable que les pantalons ordinaires. Et elle a une jambe légèrement plus courte que l'autre à cause d'un accident de moto.

Mais quand Mère est morte, elle n'est pas allée au paradis parce que le paradis n'existe pas.

Le mari de Mme Peters est pasteur, on l'appelle le révérend Peters et, des fois, il vient à l'école pour nous parler. Je lui ai demandé où était le paradis et il a dit : « Il n'est pas dans notre univers. C'est un endroit tout à fait différent. »

Quand il réfléchit, le révérend Peters fait un drôle de petit bruit avec sa langue, des fois. Il fume des cigarettes et son haleine sent le tabac. Ça ne me plaît pas.

J'ai dit qu'il n'y a rien en dehors de l'univers et qu'il n'existe pas d'endroit tout à fait différent. Ce serait éventuellement possible si on traversait un trou noir, mais un trou noir est ce qu'on appelle une *Singularité*, ce qui veut dire qu'il est impossible de découvrir ce qui se trouve de l'autre côté, parce que le champ de gravitation d'un trou noir est tel que même les ondes électromagnétiques comme la lumière ne peuvent pas en sortir. Or ce sont les ondes électromagnétiques qui nous renseignent sur les choses éloignées. En plus, si le paradis se trouvait de l'autre côté d'un trou noir, il faudrait y expédier les gens morts avec des fusées, et ce n'est pas le cas, parce qu'on le remarquerait.

Je pense que les gens croient au paradis parce qu'ils n'ont pas envie de mourir, parce qu'ils veulent continuer à vivre et qu'ils n'ont pas envie que d'autres gens s'installent dans leur maison et jettent leurs affaires à la poubelle.

Le révérend Peters a dit : « Tu sais, quand je te dis que le paradis est en dehors de l'univers, ce n'est qu'une façon de parler. J'imagine que ce que cela veut dire en réalité, c'est qu'ils sont avec Dieu. »

J'ai répondu : « Et où est Dieu ? »

Le révérend Peters a dit que nous en reparlerions un autre jour, quand il aurait plus de temps.

Ce qui se passe en vrai quand on meurt, c'est que le cerveau arrête de fonctionner et que le corps pourrit, comme c'est arrivé à Lapin quand il est mort et que nous l'avons enterré au fond du jardin. Toutes ses molécules se sont décomposées en d'autres molécules et elles se sont mélangées à la terre, elles ont été mangées par des vers et assimilées par des plantes et si, dans dix ans, nous allons creuser au même endroit, il ne restera que son squelette. Et dans mille ans, son squelette lui-même aura disparu. Mais ça ne fait rien, parce que maintenant, il fait partie des fleurs, et du pommier, et du buisson d'aubépine.

Quand les gens meurent, des fois on les met dans des cercueils, ce qui veut dire qu'ils ne se mélangent pas à la terre pendant très longtemps, jusqu'à ce que le bois du cercueil pourrisse.

Mais Mère a été incinérée. Ça veut dire qu'on l'a mise dans un cercueil et qu'on l'a brûlée, pulvérisée et transformée en cendre et en fumée. Je ne sais pas ce qu'on fait de la cendre et je n'ai pas pu demander aux gens du crématorium, parce que je n'ai pas assisté à la cérémonie. Mais la fumée sort par la cheminée et elle se mélange à l'air et des fois, je lève les yeux vers le ciel et je pense qu'il y a des molécules de Mère là-haut, ou dans les nuages au-dessus de l'Afrique ou de l'Antarctique ou qu'elles retombent sous forme de pluie dans les forêts pluviales du Brésil ou en neige, ailleurs.

67.

Le lendemain, c'était samedi et il n'y a pas grand-chose à faire le samedi, sauf quand Père m'emmène faire du bateau sur le lac ou à la jardinerie. Mais ce samedi-là, l'Angleterre jouait contre la Roumanie, ce qui voulait dire qu'il n'y aurait pas de sortie, parce que Père voulait regarder le match à la télévision. Alors j'ai décidé de poursuivre mon enquête tout seul.

J'ai décidé d'aller demander aux autres gens de notre rue s'ils avaient vu quelqu'un tuer Wellington ou s'ils avaient remarqué quelque chose d'insolite dans la rue jeudi soir.

D'habitude, je ne parle pas aux étrangers. Je n'aime pas parler aux étrangers. Ce n'est pas tellement à cause du **Danger Étranger** dont on nous parle à l'école, quand un homme bizarre vous offre des bonbons ou vous propose de faire un tour en voiture parce qu'il veut avoir des relations sexuelles avec vous. Ça, ça ne m'inquiète pas. Si un homme bizarre me touche, je le frapperai, et je peux frapper très fort. Par exemple, quand j'ai donné un coup de poing à Sarah parce qu'elle m'avait tiré les cheveux, je l'ai assommée, elle a eu une commotion cérébrale et on a dû l'emmener au Service des Urgences à l'hôpital. En plus, j'ai toujours mon Couteau de l'Armée Suisse dans ma poche, et avec sa lame scie, je peux couper les doigts de quelqu'un.

Je n'aime pas les étrangers, parce que je n'aime pas les gens que je n'ai jamais vus. J'ai du mal à les comprendre. C'est comme en France, là où on allait camper des fois pendant les vacances, quand Mère était vivante. Je détestais ça parce que je ne comprenais pas ce que les gens disaient dans les magasins, au restaurant ou à la plage, et ça me faisait peur.

Je mets longtemps à m'habituer aux gens que je ne connais pas. Par exemple, quand il y a un nouveau membre du personnel à l'école, j'attends des semaines et des semaines avant de lui parler. D'abord, je l'observe jusqu'à ce que je sois sûr qu'il n'est pas dangereux. Puis je lui pose des questions sur lui, je lui demande s'il a des animaux domestiques, quelle est sa couleur préférée, ce qu'il sait des missions spatiales Apollo, je lui fais dessiner le plan de sa maison et je lui demande quelle voiture il a, et comme ça, je le connais. Alors ça m'est égal d'être dans la même pièce que lui et je n'ai pas besoin de le surveiller tout le temps.

Donc, c'était courageux de parler à d'autres gens de notre rue. Mais il faut être courageux pour faire une enquête, alors je n'avais pas le choix.

J'ai commencé par faire un plan de notre partie de la rue. Elle s'appelle Randolph Street. Ça a donné ça

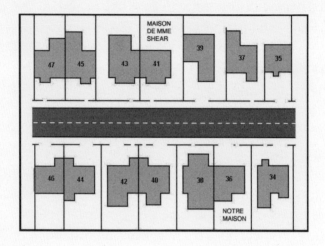

Puis j'ai vérifié que j'avais bien mon Couteau de l'Armée Suisse dans ma poche, je suis sorti et j'ai frappé à la porte du numéro 40, qui se trouve en face de chez Mme Shears, ce qui veut dire que c'étaient eux qui avaient le plus de chances d'avoir vu quelque chose. Les gens qui habitent au numéro 40 s'appellent Thompson.

M. Thompson a ouvert la porte. Il portait un T-shirt avec cette inscription

La BIÈRE
Aide les moches
à faire l'amour
depuis 2 000 ans

M. Thompson a dit : « Qu'est-ce tu veux ? »

J'ai dit : « Est-ce que vous savez qui a tué Wellington ? »

60

Je n'ai pas regardé son visage. Je n'aime pas regarder le visage des gens, surtout si ce sont des étrangers. Il est resté silencieux pendant quelques secondes.

Puis il a dit : « Qui es-tu ? »

J'ai dit : « Je suis Christopher Boone, du numéro 36, et je vous connais. Vous êtes monsieur Thompson. »

Il a dit : « Je suis son frère. »

J'ai dit : « Est-ce que vous savez qui a tué Wellington ? »

Il a dit : « C'est qui, Wellington ? »

J'ai dit : « Le chien de Mme Shears. La dame du numéro 41. »

Il a dit : « Quelqu'un a tué son chien ? »

J'ai dit : « Oui, avec une fourche. »

Il a dit : « Seigneur. »

J'ai dit : « Une fourche de jardin », parce qu'il faut être précis quand on interroge un témoin. Puis j'ai dit : « Vous savez qui l'a tué ? »

Il a dit : « Je n'en ai pas la moindre idée. »

J'ai dit : « Est-ce que vous avez remarqué quelque chose de suspect, jeudi soir ? »

Il a dit : « Écoute, mon vieux, tu crois vraiment que c'est une bonne idée d'aller poser des questions comme ça ? »

J'ai dit : « Oui, parce que je veux découvrir qui a tué Wellington. J'écris un livre dessus. »

Il a dit : « J'étais à Colchester, jeudi. Tu t'es trompé d'adresse, mon gars. »

J'ai dit : « Merci », et je suis parti.

Personne n'a répondu au numéro 42.

J'avais déjà vu les gens qui habitent au numéro 44, mais je ne savais pas comment ils s'appelaient. C'étaient des Noirs. Il y avait un monsieur et une dame avec deux enfants, un garçon et une fille. C'est la dame qui a ouvert. Elle portait des bottes qui ressemblaient à des bottes de l'armée et elle avait 5 bracelets en métal de couleur argentée au poignet. Ils cliquetaient. Elle a dit : « Ah, tu es Christopher, c'est bien ça ? »

J'ai dit que oui et je lui ai demandé si elle savait qui avait tué Wellington. Elle savait qui était Wellington, alors je n'ai pas eu à le lui expliquer, et on lui avait dit qu'il avait été tué.

Je lui ai demandé si elle avait vu quelque chose de suspect jeudi soir, quelque chose qui pourrait être un indice.

Elle a dit : « Quel genre de chose ? »

J'ai dit : « Des étrangers, par exemple. Ou un bruit de dispute. »

Mais elle a dit que non.

Alors j'ai décidé de faire ce qu'on appelle *Changer de Tactique* et je lui ai demandé si elle connaissait quelqu'un qui pourrait avoir envie de faire de la peine à Mme Shears.

Elle a dit : « Tu devrais peut-être poser la question à ton père. »

J'ai expliqué que je ne pouvais pas faire ça. Cette enquête était un secret parce qu'il m'avait dit de ne pas m'occuper des affaires des autres.

Elle a dit : « Il n'a peut-être pas tort, Christopher. »

J'ai dit : « Alors vous ne voyez rien qui pourrait être un indice. »

Elle a dit : « Non », et puis elle a dit : « Fais quand même attention, jeune homme. »

J'ai dit que je ferais attention, puis j'ai dit merci de m'avoir aidé en répondant à mes questions et je suis allé au numéro 43, la maison qui se trouve à côté de celle de Mme Shears.

Les gens qui habitent au numéro 43 sont M. Wise et la mère de M. Wise. Elle est dans une chaise roulante, alors il vit avec elle pour pouvoir l'emmener dans les magasins et la conduire où elle veut.

C'est M. Wise qui a ouvert la porte. Il sentait drôlement, une odeur de vieux biscuits et de pop-corn avarié, comme quand on ne s'est pas lavé depuis très longtemps. Jason de l'école sent comme ça parce que sa famille est pauvre.

J'ai demandé à M. Wise s'il savait qui avait tué Wellington dans la nuit de jeudi.

Il a dit : « Merde alors, ils les prennent au berceau à la police. »

Et il a ri. Je n'aime pas que les gens se moquent de moi, alors je me suis retourné et je suis parti.

Je n'ai pas frappé à la porte du numéro 38. C'est la maison à côté de la nôtre. Les gens qui y habitent se droguent et Père dit que je ne dois jamais leur parler, alors je ne leur parle pas. Ils écoutent de la musique très fort la nuit et des fois, ils me font peur quand je les vois dans la rue. En plus, ce n'est pas vraiment leur maison.

Alors j'ai remarqué que la vieille dame qui habite au numéro 39, en face de chez Mme Shears, était dans son jardin, devant la maison, en train de tailler sa haie avec un taille-haie électrique. Elle s'appelle Mme Alexander. Elle a un chien, un teckel. Je me suis dit que c'était sûrement quelqu'un de bien puisqu'elle aime les chiens. Mais le chien n'était pas avec elle dans le jardin. Il était à l'intérieur de la maison.

Mme Alexander portait un jean et des baskets. Ce n'est pas ce que les vieilles personnes portent d'habitude. Il y avait de la boue sur son jean. Les baskets étaient des New Balance. Les lacets étaient rouges.

Je me suis dirigé vers Mme Alexander et j'ai dit : « Vous savez que Wellington s'est fait tuer ? »

Elle a arrêté le taille-haie électrique et a dit : « Excuse-moi, pourrais-tu répéter ? Je suis un peu sourde. »

Alors j'ai dit : « Vous savez que Wellington s'est fait tuer ? »

Elle a dit : « Je l'ai appris hier. C'est terrible. Terrible. »

J'ai dit : « Est-ce que vous savez qui l'a tué ? »

Elle a répondu : « Non. »

J'ai dit : « Il y a forcément quelqu'un qui le sait, parce que celui qui a tué Wellington sait qu'il a tué Wellington. Ou alors c'était un fou et il ne savait pas ce qu'il faisait. Ou alors il est amnésique. »

Elle a dit : « Tu dois avoir raison. »

J'ai dit : « Merci d'avoir bien voulu répondre à mes questions. »

Elle a dit : « Tu es Christopher, c'est bien ça ? »

J'ai dit : « Oui. J'habite au numéro 36. »

Elle a dit : « Nous ne nous sommes encore jamais parlé, si j'ai bonne mémoire. »

J'ai dit : « Non. Je n'aime pas parler aux étrangers. Mais je mène une enquête. »

Elle a dit : « Je te vois passer tous les jours, quand tu vas à l'école. »

Je n'ai pas répondu à ça.

Elle a dit : « C'est très gentil d'être venu me dire bonjour. »

Je n'ai pas répondu à ça non plus, parce que Mme Alexander faisait ce qu'on appelle bavarder ; c'est quand on se dit des choses qui ne sont ni des questions ni des réponses et qui n'ont pas de lien.

Alors elle a dit : « Même si c'est seulement pour les besoins de ton enquête. »

J'ai dit : « Merci » encore une fois.

J'allais faire demi-tour et m'en aller quand elle a dit : « J'ai un petit-fils de ton âge. »

J'ai essayé de bavarder en disant : « J'ai quinze ans, trois mois et deux jours. »

Elle a dit : « Enfin, à peu près de ton âge. »

Puis nous n'avons pas parlé pendant un moment jusqu'à ce qu'elle dise : « Tu n'as pas de chien ? »

J'ai dit : « Non. »

Elle a dit : « Tu aimerais sûrement en avoir un, non ? »

J'ai dit : « J'ai un rat. »

Elle a dit : « Un rat ? »

J'ai dit : « Il s'appelle Toby. »

Elle a dit : « Ah. »

J'ai dit : « En général, les gens n'aiment pas les rats parce qu'ils croient qu'ils transmettent des maladies comme la peste bubonique. Mais c'est seulement parce qu'ils vivaient dans les égouts et qu'ils avaient embarqué sur des bateaux venant de pays étrangers où il y avait des maladies bizarres. En fait, les rats sont très propres. Toby se lave tout le temps. Et puis, on n'est pas obligé de les sortir. Je le laisse simplement courir dans ma chambre pour qu'il prenne un peu d'exercice. Des fois, il s'assied sur mon épaule ou il se cache dans ma manche comme si c'était un terrier. Mais dans la nature, les rats ne vivent pas dans des terriers. »

Mme Alexander a dit : « Tu veux venir goûter chez moi ? »

J'ai dit : « Je n'entre jamais chez les gens. »

Elle a dit : « Dans ce cas, je pourrais peut-être t'apporter à goûter dehors. Tu aimes la citronnade ? »

J'ai répondu : « Je n'aime que le jus d'orange. »

Elle a dit : « Ça tombe bien, j'en ai aussi. Et que dirais-tu d'une tranche de Battenberg ? »

J'ai dit : « Je ne sais pas, parce que je ne sais pas ce que c'est, le Battenberg. »

Elle a dit : « C'est une sorte de gâteau. Il y a quatre carreaux roses et jaunes au milieu et une couche de pâte d'amandes autour. »

J'ai dit : « Est-ce que c'est un gâteau parallélépipédique, avec une coupe transversale carrée, divisée en carrés de taille égale et de couleurs alternées ? »

Elle a dit : « Oui, si tu veux. »

J'ai dit : « Je pense que j'aimerais bien les carrés roses mais pas les carrés jaunes, parce que je n'aime pas le jaune. Et je ne sais pas ce que c'est que de la pâte d'amandes, alors je ne sais pas si j'aimerais ça. »

Elle a dit : « J'ai bien peur qu'elle soit jaune, elle aussi. Je ferais peut-être mieux d'aller chercher quelques biscuits. Tu aimes les biscuits ? »

J'ai dit : « Ça dépend lesquels. »

Elle a dit : « Eh bien, je vais t'en apporter un assortiment. »

Alors elle s'est retournée et elle est entrée dans la maison. Elle se déplaçait très lentement, parce que c'est une vieille dame, et elle est restée plus de six minutes à l'intérieur. Je commençais à m'inquiéter parce que je ne savais pas ce qu'elle faisait. Je ne la connaissais pas assez bien pour savoir si elle disait la vérité à propos du jus d'orange et des biscuits qu'elle devait rapporter. Je me suis dit qu'elle appelait peut-être la police et que je risquais d'avoir de graves ennuis à cause de l'avertissement.

Alors je suis parti.

En traversant la rue, j'ai pensé à l'assassin de Wellington et j'ai eu une inspiration. J'ai imaginé dans ma tête le Raisonnement suivant

1. Quelle raison peut-on avoir de tuer un chien ?

a) On déteste ce chien.

b) On est fou.

c) On veut faire de la peine à Mme Shears.

2. Je ne connaissais personne qui détestait Wellington donc si **a)** était vrai, c'était sans doute un étranger.

3. Je ne connaissais pas de fous, donc si **b)** était vrai, c'était sans doute aussi un étranger.

4. La plupart des meurtres sont commis par un familier de la victime. En fait, c'est le jour de Noël et par un membre de sa famille qu'on a le plus de chances de se faire assassiner. C'est un fait. Donc, Wellington avait de bonnes chances d'avoir été tué par quelqu'un qu'il connaissait.

5. Si **c)** était vrai, je ne connaissais qu'une personne qui n'aimait pas Mme Shears, c'était M. Shears, qui connaissait très bien Wellington.

Ce qui voulait dire que M. Shears était mon **Suspect Numéro 1.**

M. Shears était marié à Mme Shears et ils vivaient ensemble. Mais il y a deux ans, M. Shears est parti et on ne l'a plus jamais revu. C'est pour ça que Mme Shears est venue chez nous et nous a fait la cuisine quand Mère est morte, parce qu'elle n'avait plus à faire la cuisine pour M. Shears et qu'elle n'avait pas à rester chez lui et à être sa femme. Père disait aussi qu'elle avait besoin de compagnie et qu'elle n'aimait pas rester seule.

Des fois, Mme Shears passait la nuit chez nous. Ça me plaisait, parce qu'elle rangeait les bocaux et les casseroles par ordre de taille sur les étagères de la cuisine, avec les étiquettes tournées devant, et qu'elle mettait les couteaux, les fourchettes et les cuillers dans les bons compartiments du tiroir à couverts. Mais elle fumait des cigarettes et disait tout plein de choses que je ne comprenais pas, par exemple : « Je vais me pieuter », et : « Ça caille » et : « Il faut faire la bouffe. » Et ça ne me plaisait pas qu'elle dise des choses comme ça, parce que je ne savais pas ce qu'elle voulait dire.

Je ne sais pas pourquoi M. Shears a quitté Mme Shears parce que personne ne me l'a dit. Mais quand on se marie, c'est parce qu'on veut vivre ensemble et avoir des enfants, et si on se marie à l'église, il faut promettre de rester ensemble jusqu'à ce que la mort nous sépare. Et si on ne veut plus vivre ensemble, il faut divorcer. On fait ça quand un des deux a eu des relations sexuelles avec quelqu'un d'autre ou quand on se dispute tout le temps, qu'on se déteste et qu'on ne veut plus vivre dans la même maison et avoir des enfants. Et comme M. Shears ne voulait plus vivre dans la même maison que Mme Shears, il la détestait sans doute et il aurait très bien pu revenir tuer son chien pour lui faire de la peine.

J'ai décidé d'essayer d'en savoir plus long sur M. Shears.

71.

Tous les autres enfants de mon école sont idiots. Normalement, je ne devrais pas dire qu'ils sont idiots, pourtant, ils le sont. On doit dire qu'ils ont des difficultés d'apprentissage ou que ce sont des enfants déficients. Mais c'est idiot, parce que tout le monde a des difficultés d'apprentissage et que c'est difficile d'apprendre le français ou de comprendre la Relativité. Et puis tout le monde a des déficiences, comme Père qui a toujours sur lui un petit paquet d'édulcorant artificiel pour arrêter de grossir, ou Mme Peters qui a un Sonotone beige, ou Siobhan qui a des lunettes dont les verres sont si épais qu'elles vous donnent mal à la tête quand on les lui emprunte. Pourtant, on ne dit pas d'eux qu'ils sont Déficients, même s'ils ont des déficiences.

Siobhan dit que nous devons utiliser ces mots-là parce que avant on appelait les enfants qui sont comme ceux de l'école des *tarés*, des *débiles* ou des *mongols* et que ce sont de vilains mots. Mais c'est idiot aussi parce que, des fois, quand ils nous voient descendre du bus, les enfants de l'école qui est au bout de la rue nous crient : « Ouh, les déficients. » Moi, je n'y fais pas attention, parce que je n'écoute pas ce que disent les autres. Il n'y a que des bâtons et des pierres qui pourraient me briser les os, et en plus, j'ai mon Couteau de l'Armée Suisse, alors s'ils me frappent et que je les tue ce sera de la légitime défense et je n'irai pas en prison.

Je vais prouver que je ne suis pas idiot. Le mois prochain, je passe l'épreuve de maths des A Levels[*] et j'aurai un Très Bien. Personne de notre école n'a jamais passé les A Levels, et au début, la directrice, Mme Gascoyne, ne voulait pas que je m'inscrive. Elle a dit qu'ils n'avaient pas les installations nécessaires pour organiser ce genre d'épreuves. Mais Père est venu discuter avec Mme Gascoyne et il s'est mis vraiment en colère. Mme Gascoyne a dit qu'ils ne voulaient pas m'accorder un traitement de faveur, parce que sinon, tous les autres élèves de l'école réclameraient un traitement de faveur et que ça créerait un précédent. Elle a dit que je pourrais toujours passer mes A Levels plus tard, à 18 ans.

J'étais assis dans le bureau de Mme Gascoyne avec Père quand elle a dit ça. Et Père a dit : « Vous ne croyez pas que Christopher en chie déjà assez comme ça, sans que vous l'enfonciez encore ? Enfin, merde, c'est le seul truc où il soit vraiment bon. »

Mme Gascoyne a dit qu'ils en reparleraient tranquillement tous les deux, Père et elle. Mais Père lui a demandé si elle avait l'intention de dire des choses qu'elle ne

---

[*] Équivalent du baccalauréat, à cette différence près que les candidats choisissent un nombre limité de matières. Les A Levels s'obtiennent séparément dans les disciplines choisies (*NdT*).

voulait pas que j'entende, et elle a dit non, alors il a dit :
« Eh bien, vous n'avez qu'à les dire tout de suite. »

Elle a dit que si je présentais l'épreuve de maths, il faudrait qu'un membre du personnel me surveille dans une salle à part pendant trois heures. Père a dit qu'il voulait bien payer 50 £ pour que quelqu'un vienne faire ça un jour, après l'école, et que ce serait comme ça et pas autrement. Elle a dit qu'elle allait y réfléchir. La semaine suivante, elle a appelé Père à la maison et lui a dit qu'elle était d'accord pour que je me présente à l'épreuve de maths des A Levels, et que le révérend Peters serait ce qu'on appelle le surveillant.

Quand j'aurai réussi mon examen de maths, je m'inscrirai à celui de maths et de physique avancées, et alors, je pourrai entrer à l'université. Il n'y a pas d'université à Swindon, la ville où nous habitons, parce que c'est trop petit. Il faudra que nous déménagions dans une ville où il y en a une, parce que je n'ai pas envie de vivre tout seul, ni dans une maison où il y a d'autres étudiants. Mais ce n'est pas grave parce que Père a envie de déménager, lui aussi. Des fois, il dit : « Il faut qu'on se tire d'ici, mon vieux. » Et des fois il dit : « Swindon, c'est vraiment le trou du cul du monde. »

Et puis, quand j'aurai un diplôme de maths ou de physique, ou de maths et physique, je pourrai avoir un métier et gagner beaucoup d'argent et je pourrai payer quelqu'un pour s'occuper de moi, me faire la cuisine et laver mes vêtements, ou bien je trouverai une dame qui m'épousera et qui sera ma femme. Alors elle s'occupera de moi, comme ça j'aurai de la compagnie et je ne serai pas tout seul.

73.

Avant, je pensais que Mère et Père allaient peut-être divorcer. Ils se disputaient beaucoup et des fois, ils se détestaient. C'est parce que c'est fatigant de devoir s'occuper de quelqu'un qui a des Problèmes Comportementaux comme moi. Avant, j'avais beaucoup de Problèmes Comportementaux. J'en ai moins maintenant, parce que j'ai grandi et que je suis capable de prendre des décisions moi-même et de faire des choses tout seul, comme sortir de la maison et aller faire des courses au magasin qui est au bout de la rue.

Voici quelques-uns de mes Problèmes Comportementaux

A. Ne pas parler aux gens pendant longtemps[1].

B. Ne rien manger et ne rien boire pendant longtemps[2].

_____

1. Une fois, je n'ai parlé à personne pendant 5 semaines.
2. Quand j'avais 6 ans, Mère me faisait boire des repas de régime parfumés à la fraise, qu'elle versait dans un verre doseur, et je devais

C. Ne pas aimer qu'on me touche.

D. Crier quand je suis fâché ou déconcerté.

E. Ne pas aimer être dans des endroits vraiment petits avec d'autres gens.

F. Casser des choses quand je suis fâché ou déconcerté.

G. Grogner.

H. Ne pas aimer ce qui est jaune ou brun et refuser de toucher ce qui est jaune ou brun.

I. Refuser de me servir de ma brosse à dents si quelqu'un y a touché.

J. Refuser de manger si différentes sortes d'aliments se touchent.

K. Ne pas remarquer que les gens sont fâchés contre moi.

L. Ne pas sourire.

M. Dire des choses que les autres trouvent grossières[1].

N. Faire des bêtises[2].

O. Frapper les autres.

P. Détester la France.

---

essayer d'avaler un quart de litre le plus vite possible pour battre mon record.

1. Les gens disent qu'il faut toujours dire la vérité. Ils ne le pensent pas vraiment, parce qu'on ne doit pas dire aux vieilles personnes qu'elles sont vieilles, et qu'on ne doit pas dire aux gens qu'ils ont une drôle d'odeur ni qu'un adulte a pété. Et on ne doit pas dire à quelqu'un « je ne t'aime pas », sauf s'il a été vraiment très méchant avec vous.

2. Faire des bêtises, c'est par exemple vider un pot de beurre de cacahuètes sur la table de la cuisine et l'étaler au couteau pour couvrir toute la table, jusqu'au bord, ou faire brûler des objets sur la cuisinière à gaz pour voir ce qui se passe, comme mes chaussures, du papier d'aluminium ou du sucre.

Q. Conduire la voiture de Mère[1].

R. Me fâcher quand quelqu'un a déplacé les meubles[2].

Des fois, quand je faisais des choses comme ça, Mère et Père se mettaient en colère, et ils me grondaient ou ils se disputaient. Des fois, Père disait : « Christopher, si tu ne te tiens pas tranquille, je te jure que tu vas passer un mauvais quart d'heure », ou Mère disait : « Tu sais, Christopher, j'envisage sérieusement de te mettre dans une institution » ou bien : « Mais il va me faire mourir, ce gosse. »

---

1. Je ne l'ai fait qu'une fois. Mère était allée en ville en bus et je lui ai emprunté ses clés. Je n'avais jamais conduit de voiture et j'avais 8 ans et 5 mois, alors je suis rentré dans le mur et la voiture n'est plus là parce que Mère est morte.

2. Il est permis de déplacer les chaises et la table de la cuisine parce que ce n'est pas la même chose, mais ça me fait tourner la tête et ça me rend malade si quelqu'un déplace le canapé et les chaises du salon ou de la salle à manger. Mère le faisait pour passer l'aspirateur, alors j'avais dessiné un plan précis de l'emplacement de tous les meubles. J'avais pris des mesures, et je remettais tout en place après. Alors, je me sentais mieux. Depuis que Mère est morte, Père n'a plus passé l'aspirateur, alors tout va bien. Mme Shears l'a passé une fois, mais j'ai grogné, alors elle s'est disputée avec Père et elle ne l'a plus jamais fait.

79.

Quand je suis rentré, Père était assis à la table de la cuisine. Il m'avait fait à dîner. Il portait une chemise à carreaux. Pour le dîner, il y avait des haricots blancs, des brocolis et deux tranches de jambon disposés sur mon assiette de manière que les différents aliments ne se touchent pas.

Il a dit : « Où étais-tu passé ? »

J'ai dit : « J'étais sorti. » Ça s'appelle un mensonge par omission. Ce n'est pas un mensonge du tout. C'est quand on dit la vérité, mais pas toute la vérité. Des mensonges par omission, on en fait tout le temps. Par exemple, si quelqu'un vous demande : « Qu'est-ce que tu comptes faire aujourd'hui ? », vous répondez : « Je compte faire de la peinture avec Mme Peters », mais vous ne dites pas : « Je compte déjeuner, je compte aller aux toilettes, je compte rentrer à la maison après l'école, je compte jouer avec Toby, je compte dîner, je compte jouer à l'ordinateur et je compte aller me coucher. » J'ai fait un mensonge par omission parce que je savais que Père ne voulait pas que je mène mon enquête.

Père a dit : « Mme Shears vient de m'appeler. »

J'ai commencé à manger mes haricots blancs, mes brocolis et mes deux tranches de jambon.

Et puis Père a demandé : « Tu pourrais m'expliquer ce que tu fabriquais dans son jardin ? »

J'ai dit : « Je faisais des investigations pour essayer de découvrir qui a tué Wellington. »

Père a répondu : « Comment faut-il te dire les choses, Christopher ? »

Les haricots blancs, les brocolis et le jambon étaient froids, mais ça m'était égal. Je mange très lentement, alors mes repas sont presque toujours froids.

Père a dit : « Je t'ai pourtant bien dit de ne pas t'occuper des affaires des autres. »

J'ai dit : « Je pense que c'est sans doute M. Shears qui a tué Wellington. »

Père n'a rien dit.

J'ai dit : « C'est mon Suspect Numéro 1. Parce que je pense qu'on a pu tuer Wellington pour faire de la peine à Mme Shears. Or un meurtre est généralement commis par un familier... »

Père a tapé du poing sur la table si fort que les assiettes, son couteau et sa fourchette ont sauté en l'air et que mon jambon a glissé de côté. Il a touché les brocolis, je ne pouvais plus manger le jambon ni les brocolis.

Puis il a crié : « Je ne veux plus entendre prononcer le nom de cet homme sous mon toit. »

J'ai demandé : « Pourquoi ? »

Il a dit : « C'est un sale type. »

J'ai dit : « Est-ce que ça veut dire qu'il a peut-être tué Wellington ? »

Père a pris sa tête entre ses mains et a dit : « Nom de Dieu. »

J'ai bien vu que Père était en colère contre moi, alors j'ai dit : « Je sais que tu ne veux pas que je me mêle des affaires des autres, mais Mme Shears est notre amie. »

Père a dit : « Eh bien, elle ne l'est plus. »

J'ai demandé : « Pourquoi ? »

Père a dit : « Écoute-moi bien, Christopher. C'est la dernière fois que je te le dis et je ne le répéterai pas. Regarde-moi quand je te parle, tu veux ? Allons, regarde-moi. Je ne veux pas que tu ailles demander à Mme Shears qui a tué ce foutu chien. Je ne veux pas que tu ailles demander à qui que ce soit qui a tué ce foutu chien. Tu n'as pas le droit d'entrer sans permission dans le jardin d'autrui. Et tu vas arrêter immédiatement cette enquête à la con. »

Je n'ai rien dit.

Père a dit : « Tu vas me le promettre, Christopher. Et tu sais ce que ça veut dire. »

Je savais ce que ça veut dire. Quand on promet, il faut dire qu'on ne fera plus jamais quelque chose, et puis il ne faut plus jamais le faire parce que sinon, la promesse est un mensonge. J'ai dit : « Je sais. »

Père a dit : « Promets-moi d'arrêter ça. Promets-moi de laisser tomber ce petit jeu immédiatement. Tu veux ? »

J'ai dit : « Je te le promets. »

83.

Je pense que je ferais un très bon astronaute.

Pour être un bon astronaute, il faut être intelligent et je suis intelligent. Il faut aussi comprendre le fonctionnement des machines, et je suis très fort pour comprendre le fonctionnement des machines. En plus, il faut ne pas avoir peur de se retrouver tout seul dans un minuscule vaisseau spatial, à des milliers et des milliers de kilomètres de la surface de la terre, ne pas paniquer, ni faire une crise de claustrophobie, avoir le mal du pays ou devenir fou. Moi, j'aime bien les endroits où il n'y a pas beaucoup de place, à condition qu'il n'y ait personne d'autre que moi dedans. Des fois, quand j'ai envie d'être seul, je m'installe dans le séchoir, à côté de la salle de bains, je me glisse tout contre la chaudière, je referme la porte derrière moi, je reste des heures assis à réfléchir et je me sens beaucoup plus calme.

Alors, il faudrait que je sois astronaute en solitaire, ou que j'aie un coin du vaisseau spatial rien que pour moi, où personne d'autre ne puisse entrer.

En plus, il n'y a rien de jaune ni de brun dans un vaisseau spatial et ça aussi, c'est bien.

Je serais obligé de parler à d'autres gens, au centre de contrôle, mais ça se ferait par liaison radio et avec un écran de télé, alors ça ne serait pas comme avec des vrais gens qui sont des étrangers, ça serait plutôt comme dans un jeu vidéo.

Je n'aurais pas du tout le mal du pays, parce que je serais entouré de tout plein de choses que j'aime, les machines, les ordinateurs et l'espace. Je pourrais regarder par un hublot du vaisseau spatial et je saurais qu'il n'y a personne d'autre que moi à des milliers et des milliers de kilomètres à la ronde. Des fois, la nuit, l'été, je fais semblant que c'est comme ça ; je sors et je me couche sur la pelouse, je regarde le ciel et je mets mes mains des deux côtés de mon visage pour ne pas voir la barrière, la cheminée et la corde à linge, et je peux faire semblant d'être dans l'espace.

Je ne verrais que des étoiles. Les étoiles sont le lieu où les molécules qui constituent la vie se sont formées, il y a des milliards d'années. Par exemple, tout le fer qui se trouve dans votre sang et vous évite d'être anémique a été fabriqué dans une étoile.

J'aimerais bien pouvoir emmener Toby avec moi dans l'espace. D'ailleurs, j'aurais peut-être le droit de l'emmener parce que des fois, ils envoient des animaux dans l'espace pour faire des expériences, et si je pouvais trouver une bonne expérience à faire avec un rat sans lui faire de mal, je pourrais les convaincre de me permettre d'emmener Toby.

Sinon, je partirais tout de même parce que ce serait un Rêve Qui S'est Réalisé.

89.

Le lendemain, à l'école, j'ai dit à Siobhan que Père m'avait interdit de continuer mon enquête, ce qui voulait dire que le livre était terminé. Je lui ai montré les pages que j'avais déjà écrites, avec le schéma de l'univers, le plan de la rue et les nombres premiers. Elle a dit que ça ne faisait rien. Elle a dit que c'était un très bon livre et que je devais être fier de l'avoir écrit, même s'il était très court. Il y a d'ailleurs de très bons livres qui sont très courts comme *Au cœur des ténèbres* qui est un roman de Conrad.

Mais j'ai dit que ce n'était pas un vrai livre, parce qu'il n'y avait pas de vraie conclusion, puisque que je n'avais pas découvert qui avait tué Wellington et que l'assassin Courait Toujours.

Alors elle a dit que la vie, c'est comme ça, que tous les crimes ne sont pas élucidés et que tous les assassins ne se font pas prendre. Comme Jack l'Éventreur.

J'ai dit que l'idée que l'assassin Coure Toujours ne me plaisait pas. J'ai dit que je n'aimais pas penser que celui qui avait tué Wellington habitait peut-être près de chez nous, et que je risquais de le rencontrer quand je sors me promener la nuit. Ce qui était tout à fait possible, parce qu'un meurtre est généralement commis par un familier de la victime.

Et puis j'ai dit : « Père ne veut plus que je prononce le nom de M. Shears chez nous, parce que c'est un sale type. Ça veut peut-être dire que c'est lui qui a tué Wellington. »

Elle a dit : « Peut-être que ton père n'aime pas beaucoup M. Shears, c'est tout. »

J'ai demandé : « Pourquoi ? »

Elle a dit : « Je n'en sais rien, Christopher. Je n'en sais rien, parce que je ne connais pas M. Shears. »

J'ai dit : « Avant, M. Shears était marié à Mme Shears et il l'a quittée, comme dans un divorce. Mais je ne sais pas s'ils ont vraiment divorcé. »

Siobhan a dit : « Voyons, Mme Shears est une de vos amies, non ? C'est ton amie, et celle de ton père. Alors peut-être que ton père n'aime pas M. Shears parce qu'il a quitté Mme Shears. Parce qu'il n'a pas été gentil avec quelqu'un qui est votre amie. »

J'ai dit : « Mais Père dit que Mme Shears n'est plus notre amie. »

Siobhan a dit : « Je suis désolée, Christopher. J'aimerais pouvoir répondre à tes questions, mais je n'en sais pas plus que toi. »

Et puis la cloche a sonné la fin de l'école.

Le lendemain, j'ai vu 4 voitures jaunes d'affilée en allant à l'école. C'était une **Mauvaise Journée**, alors je n'ai pas déjeuné et je suis resté assis dans un coin toute la journée à lire mon manuel de maths pour l'épreuve des A Levels. Et le lendemain aussi, j'ai vu 3 voitures jaunes d'affilée en allant à l'école. C'était une nouvelle **Mauvaise Journée**, alors je n'ai parlé à personne et j'ai passé tout l'après-midi dans un coin de la Bibliothèque à grogner, la tête enfoncée dans l'angle des deux murs. Comme ça, j'étais en sécurité et je me suis senti plus calme. Mais le troisième jour, j'ai gardé les yeux fermés pendant tout le trajet jusqu'à ce qu'on sorte du bus, parce que après 2 **Mauvaises Journées** d'affilée j'ai le droit de faire ça.

97.

En fait, le livre n'était pas terminé, parce que 5 jours plus tard, j'ai vu 5 voitures rouges d'affilée. C'était donc une **Super Bonne Journée** et je savais qu'il allait se passer quelque chose de spécial. Comme il ne s'est rien passé de spécial à l'école, il allait forcément se passer quelque chose de spécial après l'école. En rentrant à la maison, je me suis arrêté au magasin qui est au bout de la rue pour acheter des rubans de réglisse et un Milky Bar avec mon argent de poche.

Et après avoir acheté mes rubans de réglisse et mon Milky Bar, je me suis retourné et j'ai vu Mme Alexander, la vieille dame du numéro 39 qui était, elle aussi, dans le magasin. Ce jour-là, elle ne portait pas de jean. Elle portait une robe, comme une vieille dame normale. Et elle sentait la cuisine.

Elle a dit : « Qu'est-ce qui t'est arrivé l'autre jour ? »

J'ai dit : « Quel jour ? »

Elle a dit : « Quand je suis revenue, tu n'étais plus là. J'ai dû manger tous les biscuits toute seule. »

J'ai dit : « Je suis parti. »

Elle a dit : « J'ai cru remarquer. »

J'ai dit : « Je me suis dit que vous alliez peut-être appeler la police. »

Elle a dit : « Et pourquoi diable aurais-je fait ça ? »

J'ai dit : « Parce que je me mêlais des affaires des autres et que Père ne veut pas que j'essaie de savoir qui a tué Wellington. En plus un inspecteur m'a donné un avertissement. Ça fait que si je m'attire de nouveaux ennuis, ça va être bien plus grave, à cause de l'avertissement. »

Alors la dame indienne qui était derrière le comptoir a dit à Mme Alexander : « Vous désirez ? » Mme Alexander a dit qu'il lui fallait une bouteille de lait et un paquet de Gâteaux Jaffa et je suis sorti du magasin.

Dehors, j'ai vu le teckel de Mme Alexander assis sur le trottoir. Il portait un petit manteau en tissu écossais, ça veut dire à carreaux. Elle avait attaché sa laisse à la gouttière, près de la porte. J'aime bien les chiens, alors je me suis baissé, j'ai dit bonjour à son chien et il m'a léché la main. Il avait la langue rêche et mouillée, et il aimait bien l'odeur de mon pantalon alors il s'est mis à le renifler.

Mme Alexander est sortie et a dit : « Il s'appelle Ivor. »

Je n'ai rien dit.

Mme Alexander a dit : « Tu es vraiment timide à ce point, Christopher ? »

J'ai dit : « Je n'ai pas le droit de vous parler. »

Elle a dit : « Ne t'en fais pas. Je ne vais pas avertir la police. Et je n'en parlerai pas non plus à ton père, parce qu'il n'y a rien de mal à bavarder un peu. C'est plutôt sympathique, tu ne crois pas ? »

J'ai dit : « Je ne sais pas bavarder. »

Alors elle a dit : « Tu aimes les ordinateurs ? »

J'ai dit : « Oui. J'en ai un chez moi, dans ma chambre. »

Elle a dit : « Je sais. Je t'aperçois quelquefois, assis devant ton ordinateur dans ta chambre, quand je regarde de l'autre côté de la rue. »

Puis elle a détaché la laisse d'Ivor de la gouttière.

Je ne voulais rien dire, parce que je n'avais pas envie de m'attirer des ennuis.

Puis je me suis rappelé que c'était une **Super Bonne Journée** et qu'il ne m'était encore rien arrivé de spécial. C'était peut-être ça, la chose spéciale qui devait arriver : parler à Mme Alexander. Et j'ai pensé qu'elle pourrait me dire quelque chose sur Wellington ou sur M. Shears sans que j'aie à lui poser de questions. Comme ça, j'aurais quand même tenu ma promesse.

Alors j'ai dit : « J'aime bien les maths aussi, et m'occuper de Toby. Et puis, j'aime l'espace et j'aime être seul. »

Elle a dit : « Tu es sûrement très bon en maths. »

J'ai dit : « Oui. Je vais passer l'épreuve de maths des A Levels le mois prochain. Et j'aurai un Très Bien. »

Mme Alexander a dit : « Les A Levels ? C'est vrai ? »

J'ai répondu : « Oui. Je ne mens jamais. »

Elle a dit : « Excuse-moi. Je n'ai pas imaginé un instant que tu mentais. Simplement, je n'étais pas sûre d'avoir bien entendu. Je suis un peu sourde, tu sais. »

J'ai dit : « Je sais. Vous me l'avez déjà dit. » Et puis j'ai dit : « Je suis le premier de l'école à passer une épreuve des A Levels, parce que c'est une école spéciale. »

Elle a dit : « Je suis épatée. Et j'espère vraiment que tu auras un Très Bien. »

J'ai dit : « J'en suis sûr. »

Alors elle a dit : « Je sais aussi que le jaune n'est pas ta couleur préférée. »

J'ai dit : « Non. Pas le brun non plus. Ma couleur préférée est le rouge. Et la couleur du métal. »

Et puis Ivor a fait caca et Mme Alexander a ramassé le caca en mettant la main dans un sachet en plastique. Elle a retourné le sachet et a fait un nœud en haut, si bien que le caca a été enfermé hermétiquement et qu'elle ne l'a pas touché avec ses mains.

Alors j'ai fait un raisonnement. Père ne m'avait fait promettre que cinq choses qui étaient

1. Ne plus prononcer le nom de M. Shears sous son toit.

2. Ne pas demander à qui que ce soit qui avait tué ce foutu chien.

3. Ne pas demander à Mme Shears qui avait tué ce foutu chien.

4. Ne pas entrer sans permission dans le jardin d'autrui.

5. Arrêter cette enquête à la con.

Or poser des questions sur M. Shears ne figurait pas sur la liste. Quand on est détective, il faut accepter de *Prendre des Risques*, et comme c'était une **Super Bonne Journée**, c'était un bon jour pour *Prendre des Risques*. Alors j'ai dit, et c'était comme si je bavardais : « Vous connaissez M. Shears ? »

Mme Alexander a dit : « Non, pas vraiment. Il m'est arrivé de lui dire bonjour et d'échanger quelques mots avec lui dans la rue. Mais je ne peux pas dire que je le connaisse. Je crois qu'il travaillait dans une banque. La National Westminster. En ville. »

J'ai dit : « Père dit que c'est un sale type. Vous savez pourquoi il dit ça ? Est-ce que M. Shears est un sale type ? »

Mme Alexander a dit : « Pourquoi est-ce que tu me demandes ça, Christopher ? »

Je n'ai rien dit, parce que je n'avais pas le droit d'enquêter sur l'assassinat de Wellington et que c'était la raison pour laquelle je demandais ça.

Mais Mme Alexander a dit : « C'est à cause de Wellington ? »

J'ai hoché la tête, parce que ça ne comptait pas comme une question.

Mme Alexander n'a rien dit. Elle s'est dirigée vers la petite boîte rouge suspendue à un poteau près de la grille du parc et a déposé le caca d'Ivor dans la boîte. C'était une chose brune dans une chose rouge et ça m'a fait bizarre dans la tête, alors je n'ai pas regardé. Puis elle est revenue vers moi.

Elle a pris une profonde inspiration et a dit : « Il vaudrait peut-être mieux ne pas parler de tout ça, Christopher. »

J'ai demandé : « Pourquoi ? »

Elle a dit : « Parce que. » Puis elle s'est arrêtée et a décidé de commencer une autre phrase. « Parce que ton père a peut-être raison et que tu ne devrais pas aller poser des questions à tout le monde, comme ça. »

J'ai demandé : « Pourquoi ? »

Elle a dit : « Parce que, visiblement, il trouve ça très pénible. »

J'ai dit : « Pourquoi est-ce qu'il trouve ça très pénible ? »

Alors elle a de nouveau pris une profonde inspiration et a dit : « Parce que… parce que tu sais sûrement très bien pourquoi ton père n'aime pas beaucoup M. Shears. »

J'ai demandé : « Est-ce que M. Shears a tué Mère ? »

Mme Alexander a dit : « Tué ? »

J'ai dit : « Oui. Est-ce qu'il a tué Mère ? »

Mme Alexander a dit : « Non, non. Bien sûr que non. »

J'ai dit : « Mais est-ce que c'est à cause de lui qu'elle était stressée et qu'elle est morte d'une crise cardiaque ? »

Mme Alexander a dit : « Excuse-moi, Christopher, mais je ne sais pas de quoi tu parles. »

J'ai dit : « Ou bien est-ce qu'il lui a fait du mal et c'est pour ça qu'elle a dû aller à l'hôpital ? »

Mme Alexander a dit : « Elle est allée à l'hôpital ? »

J'ai dit : « Oui. D'abord, ce n'était pas très grave, mais elle a eu une crise cardiaque pendant qu'elle était à l'hôpital. »

Mme Alexander a dit : « Oh, mon Dieu. »

J'ai dit : « Et elle est morte. »

Mme Alexander a répété : « Oh, mon Dieu », et puis elle a dit : « Oh, Christopher, je suis vraiment désolée. J'étais loin d'imaginer… »

Alors je lui ai demandé : « Pourquoi est-ce que vous avez dit : "Tu sais sûrement très bien pourquoi ton père n'aime pas beaucoup M. Shears" ? »

Mme Alexander a mis la main devant sa bouche et a dit : « Oh là là là là là. » Mais elle n'a pas répondu à ma question.

Alors j'ai reposé la même question, parce que dans un roman policier, quand un témoin refuse de répondre à une question, c'est pour garder un secret ou éviter des ennuis à quelqu'un, ce qui veut dire que les réponses à ces questions sont les plus importantes de toutes ; voilà pourquoi l'enquêteur doit faire pression sur ce témoin.

Mais au lieu de répondre, c'est Mme Alexander qui m'a posé une question. Elle a dit : « Alors tu n'es pas au courant ? »

J'ai dit : « Au courant de quoi ? »

Elle a répondu : « Écoute, Christopher, ce n'est sans doute pas à moi de t'en parler. » Puis elle a dit : « Ce serait peut-être une bonne idée d'aller faire un petit tour au parc, toi et moi. C'est un peu difficile de discuter de tout cela dans la rue. »

J'étais inquiet. Je ne connaissais pas Mme Alexander. Je savais que c'était une vieille dame et qu'elle aimait les chiens. Mais c'était une étrangère. Je ne vais jamais au parc tout seul, parce que c'est dangereux et qu'il y a des gens qui se font des piqûres de drogue derrière les toilettes publiques, dans le coin. J'avais envie de rentrer à la maison, de monter dans ma chambre, de nourrir Toby et de faire des maths.

Mais en même temps, j'étais tout excité. Parce que je me disais qu'elle allait peut-être me confier un secret. Et que le secret concernerait peut-être l'assassin de Wellington. Ou M. Shears. Alors, j'aurais peut-être de nouvelles preuves contre lui, ou bien je pourrais le *Laver de Tout Soupçon*.

Comme c'était une **Super Bonne Journée**, j'ai décidé d'aller au parc avec Mme Alexander même si ça me faisait peur.

Nous sommes entrés dans le parc, puis Mme Alexander s'est arrêtée et a dit : « Je vais te raconter quelque chose, mais tu dois me promettre de ne pas en parler à ton père. »

J'ai demandé : « Pourquoi ? »

Elle a dit : « Il y a certaines choses que je n'aurais pas dû te dire. Et si je ne t'explique pas ce que j'ai voulu dire, tu vas continuer à te poser des questions. Et tu risques d'en poser à ton père. Ça m'ennuierait, parce que je n'ai pas envie que tu lui fasses de la peine. Alors je vais t'expliquer pourquoi j'ai dit ça. Mais avant, il faut que tu me promettes de n'en parler à personne. »

J'ai demandé : « Pourquoi ? »

Elle a dit : « Je t'en prie, Christopher, fais-moi confiance, c'est tout. »

J'ai dit : « Je le promets. » Parce que si Mme Alexander me disait qui avait tué Wellington, ou si elle me disait que M. Shears avait vraiment tué Mère, je pourrais quand même aller trouver la police, parce qu'on n'est pas obligé de tenir une promesse si quelqu'un a commis un crime et qu'on en est informé.

Mme Alexander a dit : « Avant sa mort, ta mère était une très grande amie de M. Shears. »

J'ai dit : « Je sais. »

Elle a dit : « Je ne suis pas sûre. Je veux dire qu'ils étaient très bons amis. Très, très bons amis. »

J'ai réfléchi un moment et j'ai dit : « Vous voulez dire qu'ils avaient des relations sexuelles ? »

Mme Alexander a dit : « Oui, Christopher. C'est ça. »

Et elle n'a plus rien dit pendant environ 30 secondes.

Puis elle a dit : « Je suis désolée, Christopher. Je ne voulais pas te faire de peine. Je voulais simplement t'expliquer. Pourquoi j'avais dit ça. Tu vois, je pensais que tu étais au courant. C'est pour ça que ton père pense que M. Shears est un sale type. Et c'est sans doute pour ça qu'il ne veut pas que tu parles de M. Shears à tout le monde. Ça lui rappelle de mauvais souvenirs. »

J'ai dit : « Est-ce que c'est pour ça que M. Shears a quitté Mme Shears ? Parce qu'il avait des relations sexuelles avec quelqu'un d'autre, alors qu'il était marié avec Mme Shears ? »

Mme Alexander a dit : « C'est probable, oui. » Puis elle a dit : « Je suis désolée, Christopher. Sincèrement. »

J'ai dit : « Je crois qu'il faut que je parte maintenant. »

Elle a dit : « Ça va aller ? »

J'ai dit : « J'ai peur d'être au parc avec vous, parce que vous êtes une étrangère. »

Elle a dit : « Je ne suis pas une étrangère, Christopher, je suis ton amie. »

J'ai dit : « Je vais rentrer à la maison maintenant. »

Elle a dit : « Si tu as envie de parler de tout ça, tu peux venir me voir quand tu veux. Tu n'as qu'à frapper à la porte. »

J'ai dit : « D'accord. »

Elle a dit : « Christopher ? »

J'ai dit : « Oui. »

Elle a dit : « Pas un mot à ton père à propos de notre petite conversation, c'est entendu ? »

J'ai dit : « Non, je vous l'ai promis. »

Elle a dit : « Rentre chez toi. Et rappelle-toi ce que je t'ai dit. Quand tu veux. »

Alors je suis rentré à la maison.

101.

M. Jeavons dit que si j'aime les maths, c'est parce que c'est sans danger. Il dit que j'aime les maths parce qu'il faut résoudre des problèmes ; ces problèmes sont difficiles et intéressants, mais il y a toujours une réponse claire et nette au bout. Ce qu'il pense, c'est que les maths ne sont pas comme la vie, parce que, dans la vie, il n'y a pas de réponse claire et nette au bout. Je sais que c'est ce qu'il pense, parce qu'il me l'a dit.

C'est parce que M. Jeavons ne comprend rien aux nombres.

Voici une histoire connue qui s'appelle **Le Problème de Monty Hall.** Je l'ai fait figurer dans ce livre parce qu'il illustre ce que je veux dire.

Une revue américaine qui s'appelait *Parade* contenait une rubrique qui s'appelait **Interrogez Marilyn.** Cette rubrique était tenue par Marilyn vos Savant. La revue disait que *Le Livre Guinness des Records* lui attribuait le QI le plus élevé du monde. Et, dans cette rubrique, elle répondait à des questions de maths envoyées par les lecteurs. En septembre 1990, Craig F. Whitaker de Columbia, Maryland, a envoyé cette question (ce n'est pas ce qu'on appelle une citation, parce que je l'ai simplifiée pour qu'elle soit plus facile à comprendre)

Vous êtes candidat à un jeu télévisé où vous pouvez gagner une voiture. L'animateur vous montre trois portes. Il vous dit que la voiture à gagner se trouve derrière une des portes, et qu'il y a des chèvres derrière les deux autres portes. Il vous demande de choisir une porte. Vous choisissez une porte, mais elle reste fermée. L'animateur ouvre ensuite une des deux portes que vous n'avez pas choisies, et il vous montre qu'il y a une chèvre derrière cette porte (parce qu'il sait ce qu'il y a derrière les portes). Il vous donne une dernière chance de changer d'avis avant qu'on n'ouvre les portes et que vous ne gagniez la voiture ou une chèvre. Il vous demande donc si vous souhaitez revenir sur votre décision et choisir l'autre porte fermée. Que devez-vous faire ?

Marilyn vos Savant a répondu qu'il faut toujours changer d'avis et choisir la dernière porte. En effet, il y a 2 chances sur 3 pour qu'il y ait une voiture derrière cette porte.

Mais si vous faites appel à votre intuition, vous estimez vos chances à 50/50, parce que vous pensez que la voiture a tout autant de chances de se trouver derrière n'importe quelle porte.

Plein de gens ont écrit à la revue pour dire que Marilyn vos Savant se trompait, bien qu'elle ait expliqué très consciencieusement pourquoi elle avait raison. 92 % des lettres qu'elle a reçues à propos de ce problème lui donnaient tort, et beaucoup avaient été envoyées par des mathématiciens et des savants. Voici quelques extraits de ces lettres

Le manque général d'aptitudes mathématiques de la population m'inquiète profondément. Je vous en prie, soutenez-moi en reconnaissant votre erreur.
Robert Sachs, Ph. D., Université George Mason

L'ignorance de ce pays en mathématiques est suffisamment consternante sans que le QI le plus élevé du monde s'emploie à l'aggraver. Vous devriez avoir honte !
Scott Smith, Ph. D., Université de Floride

Je suis scandalisé que les corrections apportées par trois mathématiciens au moins ne vous aient pas convaincue de votre erreur.
Kent Ford, Université d'État de Dickinson

Je suis sûr que vous allez recevoir de nombreuses lettres de lycéens et d'étudiants. Vous seriez sans doute bien avisée de conserver leurs adresses. Cela pourrait vous être utile pour vos futures rubriques.
W. Robert Smith, Ph. D., Université d'État de Géorgie

Vous vous fourvoyez entièrement... Combien de mathématiciens courroucés faudra-t-il pour vous faire changer d'avis ?
E. Ray Bobo, Ph. D., Université de Georgetown

Si tous ces docteurs en mathématiques se trompaient, le pays serait en bien fâcheuse posture.
Everett Harman, Ph. D., Institut de Recherche de l'Armée américaine

Or Marilyn vos Savant avait raison. Voici deux façons de le démontrer.

D'abord, par un raisonnement mathématique

Désignons les 3 portes par X, Y et Z.

Désignons par V_X l'hypothèse selon laquelle la voiture se trouve derrière la porte X et ainsi de suite.

Désignons par A_X l'hypothèse selon laquelle l'animateur ouvre la porte X et ainsi de suite.

En supposant que vous choisissiez la porte X, la probabilité que vous gagniez la voiture si vous changez ensuite d'avis est obtenue par la formule suivante :

$P(A_{Z^\wedge} V_Y) + P(A_{Y^\wedge} V_Z)$

$= P(V_Y).P(A_Z|V_Y) + P(V_Z).P(A_Y|V_Z)$

$= (1/3 . 1) + (1/3 . 1) = 2/3$

La deuxième méthode consiste à faire figurer toutes les solutions possibles sur un tableau

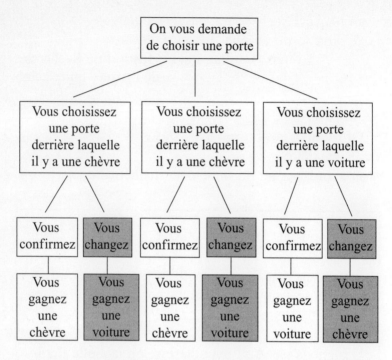

Autrement dit, si vous changez d'avis, vous gagnez la voiture deux fois sur trois. Alors que si vous confirmez votre premier choix, vous n'avez qu'une chance sur trois de la gagner.

Cela montre que, des fois, l'intuition se trompe. Or, dans la vie, les gens se servent de leur intuition pour prendre des décisions. Mais la logique peut vous aider à trouver la bonne solution.

Cela montre aussi que M. Jeavons s'est trompé et que, des fois, les nombres sont très compliqués et qu'ils n'ont rien de clair et net. C'est pour ça que j'aime bien **Le Problème de Monty Hall**.

103.

Quand je suis arrivé à la maison, Rhodri était là. C'est l'homme qui travaille pour Père, qui l'aide à entretenir les installations de chauffage et à réparer les chaudières. Des fois, il vient chez nous, le soir, boire une bière avec Père, regarder la télévision et faire la conversation.

Rhodri portait une salopette blanche avec des traces de saleté partout, il avait une bague en or au majeur de la main gauche et il sentait quelque chose dont je ne sais pas le nom, une odeur que Père a souvent quand il rentre du travail.

J'ai rangé mes rubans de réglisse et mon Milky Bar sur l'étagère, dans ma boîte à provisions spéciale à laquelle Père n'a pas le droit de toucher parce qu'elle est à moi.

Puis Père a dit : « Où étais-tu passé, jeune homme ? »

J'ai dit : « Je suis allé au magasin acheter des rubans de réglisse et un Milky Bar. »

Il a dit : « Tu en as mis du temps. »

J'ai dit : « J'ai parlé au chien de Mme Alexander devant le magasin. Je l'ai caressé et il a reniflé mon pantalon. » C'était un autre mensonge par omission.

Puis Rhodri m'a dit : « Tu te fais drôlement cuisiner, hein ? »

Mais je ne savais pas ce que *cuisiner* veut dire.

Il a dit : « Alors, ça va comme tu veux, capitaine ? »

J'ai répondu : « Oui, merci », parce que c'est ce qu'on doit répondre normalement.

Il a dit : « Combien font 251 fois 864 ? »

J'ai réfléchi et j'ai dit : « 216 864. » C'était une opération vraiment facile, parce qu'il suffit de multiplier **864** par **1 000**, ce qui fait **864 000**. Puis de le diviser par **4**, ce qui fait **216 000**, et on a déjà **250 × 864**. Il suffit ensuite d'ajouter **864** au total pour obtenir **251 × 864**. Ce qui fait **216 864**.

J'ai dit : « C'est juste ? »

Rhodri a dit : « Je n'en sais foutrement rien », et il a ri.

Je n'aime pas que Rhodri se moque de moi. Rhodri se moque souvent de moi. Père dit que c'est amical.

Puis Père a dit : « Je vais te faire chauffer une barquette de Gobi Aloo Sag, tu veux ? »

J'aime bien la nourriture indienne parce qu'elle a un goût épicé. Mais le Gobi Aloo Sag est jaune, alors je mets du colorant alimentaire rouge avant de le manger. J'en ai toujours un petit flacon en plastique dans ma boîte à provisions spéciale.

J'ai dit : « D'accord. »

Rhodri a dit : « Alors, comme ça, Parky leur a fait un sale coup ? » Mais c'était à Père qu'il parlait, pas à moi.

Père a dit : « Ces circuits imprimés m'ont tout l'air de remonter au déluge. »

Rhodri a dit : « Tu vas les prévenir ? »

Père a dit : « À quoi bon ? Ils ne vont pas lui coller un procès, si ? »

Rhodri a dit : « Il ne manquerait plus que ça. »

Père a dit : « Pas la peine de leur mettre la puce à l'oreille. »

Alors je suis allé au jardin.

Siobhan a dit que dans un livre, il doit y avoir des descriptions. J'ai dit que je pourrais prendre des photos et les coller dans le livre. Mais elle a dit qu'un livre, ça doit décrire des choses avec des mots, comme ça les gens qui les lisent peuvent s'en faire une image dans leur tête. Et elle a dit qu'il valait mieux décrire des choses intéressantes ou inhabituelles.

Elle a dit aussi que ça serait bien que, dans mon histoire, je décrive les gens en mentionnant un ou deux détails à leur sujet, pour qu'on puisse plus facilement s'en faire une image. C'est pour ça que j'ai écrit qu'il y avait tous ces petits trous dans les chaussures de M. Jeavons et que j'ai parlé du policier dont on aurait dit qu'il avait deux souris dans le nez et de l'odeur qu'avait Rhodri et dont je ne sais pas le nom.

Alors j'ai décidé de décrire le jardin. Mais il n'était ni très intéressant ni inhabituel. C'était juste un jardin, avec de l'herbe, une cabane à outils et une corde à linge. Le ciel, lui, était intéressant et inhabituel ; généralement, le ciel est ennuyeux, parce qu'il est complètement bleu ou gris, ou couvert de nuages qui sont tous pareils, et on ne dirait pas qu'il se trouve à des centaines de kilomètres au-dessus de notre tête. On dirait plutôt que quelqu'un l'a peint sur un grand toit. Mais dans ce ciel-là, il y avait toutes sortes de nuages, à des altitudes différentes, ce qui permettait de voir à quel point il était grand et ça lui donnait l'air d'être immense.

À l'endroit le plus éloigné, il y avait tout plein de petits nuages blancs qui ressemblaient à des écailles de poisson ou à des dunes, avec un dessin très régulier.

Puis, un peu moins loin, vers l'ouest, il y avait de gros nuages légèrement orangés, parce que c'était presque le soir et que le soleil se couchait.

Puis, plus près du sol, il y avait un énorme nuage de couleur grise, parce que c'était un nuage de pluie. Il se terminait en pointe et il était comme ça

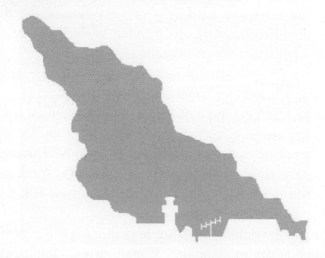

En le regardant longtemps, j'ai vu qu'il se déplaçait très lentement. On aurait dit un vaisseau spatial extra-terrestre de plusieurs centaines de kilomètres de long, comme dans *Dune* ou *Blake's 7* ou *Rencontres du troi-sième type*, sauf qu'il n'était pas fait d'une matière solide, mais de gouttelettes de vapeur d'eau condensée, parce que c'est en ça que sont faits les nuages.

Mais ça aurait pu être un vaisseau spatial extraterrestre.

Les gens pensent que les vaisseaux spatiaux extraterrestres sont forcément solides et fabriqués avec du métal, qu'ils ont des phares tout autour et se déplacent lentement dans le ciel, parce que c'est comme ça que nous construirions un vaisseau spatial si nous pouvions en construire un de cette dimension. Mais les extraterrestres, s'ils existent, sont sans doute très différents de nous. Ils peuvent ressembler à de grosses limaces, ou être plats comme des reflets. Ils peuvent aussi être plus grands que des planètes. Ou ne pas avoir de corps du tout. Ils peuvent être de l'information pure, et rien d'autre, comme dans un ordinateur. Et leurs vaisseaux spatiaux peuvent ressembler à des nuages, ou être faits d'éléments disjoints, comme de la poussière ou des feuilles.

Puis j'ai écouté les sons du jardin et j'ai entendu un oiseau qui chantait, j'ai entendu le bruit de la circulation qui faisait comme des vagues qui déferlent sur une plage et j'ai entendu quelqu'un qui faisait de la musique quelque part et des enfants qui criaient. Et dans l'intervalle entre ces bruits, en écoutant très attentivement et en étant parfaitement silencieux, j'ai entendu un minuscule bruit aigu dans mes oreilles et l'air qui entrait et sortait de mon nez.

Puis j'ai humé l'air pour voir si je pouvais sentir l'odeur du jardin. Mais je n'ai rien senti. Il ne sentait rien. Et ça aussi, c'était intéressant.

Alors je suis rentré et j'ai donné à manger à Toby.

107.

Le Chien des Baskerville est mon livre préféré.

Dans *Le Chien des Baskerville*, Sherlock Holmes et le docteur Watson reçoivent la visite de James Mortimer, un médecin qui arrive des landes du Devon. L'ami de James Mortimer, sir Charles Baskerville, a succombé à une crise cardiaque et James Mortimer pense qu'il est mort de peur. James Mortimer possède aussi un très vieux manuscrit qui décrit la malédiction des Baskerville.

Ce manuscrit dit que sir Charles Baskerville avait un ancêtre qui s'appelait sir Hugo Baskerville et qui était un homme sauvage, impie et immoral. Il avait essayé d'avoir des relations sexuelles avec la fille d'un fermier, mais elle s'était échappée et il l'avait poursuivie dans la lande. Et ses amis, qui étaient des noceurs et des têtes brûlées, s'étaient lancés à sa poursuite.

Quand ils ont retrouvé la fille du fermier, elle était morte d'épouvante et de fatigue. Et ils ont vu une immense bête noire, qui ressemblait à un chien, mais bien plus grande que n'importe quel chien qu'aucun mortel eût jamais vu, et ce chien était en train d'égorger sir Hugo Baskerville. Un de ses amis est mort de peur la nuit même, et les deux autres ne s'en sont jamais remis.

James Mortimer pense que le Chien des Baskerville a peut-être fait mourir sir Charles de peur et il craint pour la vie du fils et héritier de son ami, sir Henry Baskerville, qui doit se rendre au manoir du Devon.

Sherlock Holmes envoie donc le docteur Watson dans le Devon avec sir Henry Baskerville et James Mortimer. Le docteur Watson essaie de découvrir qui a bien pu tuer sir Charles Baskerville. Sherlock Holmes dit qu'il reste à Londres mais en fait, il se rend discrètement dans le Devon et mène sa propre enquête.

Et Sherlock Holmes découvre que sir Charles a été tué par un voisin qui s'appelle Stapleton, un collectionneur de papillons, lointain parent des Baskerville. Stapleton est pauvre, alors il veut se débarrasser de sir Henry Baskerville pour hériter du manoir.

Pour arriver à ses fins, il a acheté à Londres un très gros chien et il l'a recouvert de phosphore pour qu'il brille dans le noir. C'est ce chien qui a fait mourir sir Charles Baskerville de peur. Sherlock Holmes, Watson et Lestrade de Scotland Yard le capturent. Et Sherlock Holmes et Watson l'abattent ; c'est l'un des chiens qui se font tuer dans l'histoire, ce qui n'est pas bien, parce que ce n'est pas sa faute. Stapleton s'enfuit dans le marais de Grimpen, qui fait partie de la lande, et il meurt englouti dans une tourbière.

Il y a des passages de l'histoire que je n'aime pas. L'ancien manuscrit, par exemple, parce qu'il est écrit dans une langue d'autrefois qui est difficile à comprendre, comme ceci

Puisse cette histoire vous enseigner à ne point redouter les fruits du passé mais à vous montrer circonspects à l'avenir afin que les viles passions dont notre famille a tant souffert ne se déchaînent plus pour notre malheur.

Et des fois, sir Arthur Conan Doyle (c'est l'auteur) décrit des personnages comme ceci

Il y avait quelque chose de subtilement dérangeant dans ce visage, quelque rudesse d'expression, quelque dureté, peut-être de l'œil, quelque mollesse de la lèvre qui gâchait sa beauté parfaite.

Je ne sais pas ce que veut dire *quelque dureté, peut-être de l'œil.* En plus, les visages ne m'intéressent pas.

Mais des fois, c'est drôle de ne pas savoir ce que veulent dire les mots, parce qu'on peut les chercher dans le dictionnaire, comme *adret* qui est le versant d'une montagne exposé au soleil ou *cluse* qui est une faille étroite et encaissée.

J'aime bien *Le Chien des Baskerville* parce que c'est un roman policier, ce qui veut dire qu'il y a des indices et des fausses pistes.

Voici quelques-uns des indices

1. Sir Henry Baskerville égare deux souliers pendant son séjour dans un hôtel de Londres. – Ça veut dire que quelqu'un veut les faire renifler au Chien des Baskerville, comme à un limier, pour qu'il puisse suivre la trace de sir Henry Baskerville. Ça veut dire que le Chien des Baskerville n'est pas une créature surnaturelle mais un vrai chien.

2. Stapleton est la seule personne à savoir traverser le marais de Grimpen et il dit à Watson de s'en tenir éloigné pour sa propre sécurité. – Ça veut dire qu'il cache quelque chose au milieu du marais de Grimpen et qu'il ne veut pas que quelqu'un le trouve.

3. Mme Stapleton dit au docteur Watson de « rentrer à Londres immédiatement ». – C'est parce qu'elle prend le docteur Watson pour sir Henry Baskerville et qu'elle sait que son mari veut le tuer.

Et voici quelques-unes des fausses pistes

1. Quand ils sont à Londres, Sherlock Holmes et Watson sont suivis pas un homme en diligence qui porte une barbe noire. – Ce détail vous fait croire qu'il s'agit de Barrymore, le gardien du château des Baskerville, parce qu'il est le seul à avoir une barbe noire. Mais en réalité, il s'agit de Stapleton qui porte une fausse barbe.

2. Selden, l'assassin de Notting Hill. – C'est un prisonnier évadé qu'on recherche et qui s'est réfugié dans la lande, ce qui vous conduit à penser qu'il a quelque chose à voir avec l'histoire, parce que c'est un criminel, mais il n'a rien à voir du tout avec l'histoire.

3. L'homme de la butte. – C'est une silhouette que le docteur Watson aperçoit dans la lande, la nuit, et qu'il ne reconnaît pas, ce qui vous conduit à penser que c'est l'assassin. Mais c'est Sherlock Holmes qui s'est rendu secrètement dans le Devon.

J'aime aussi *Le Chien des Baskerville* parce que j'aime bien Sherlock Holmes. Je pense que si j'étais un vrai détective, je serais un peu comme lui. Il est très intelligent, il résout l'énigme et il dit :

Le monde est plein de choses évidentes que personne ne remarque jamais.

Mais il les remarque, comme moi. Et le livre dit aussi

Sherlock Holmes possédait, à un degré très remarquable, la faculté de détacher son esprit à volonté.

Je suis comme lui, parce que quand je m'intéresse vraiment à quelque chose, à des exercices de maths, par exemple, ou à un livre sur les missions Apollo ou sur les Grands Requins blancs, je ne remarque plus rien d'autre et Père peut m'appeler pour me dire de venir dîner, je ne l'entends même pas. C'est pour ça que je suis très fort aux échecs, parce que je détache mon esprit à volonté et que je me concentre sur l'échiquier. Au bout d'un moment, la personne avec qui je joue arrête de se concentrer et commence à se gratter le nez ou à regarder par la fenêtre. Alors elle commet une erreur et je gagne.

Le docteur Watson dit aussi de Sherlock Holmes

... son esprit... s'évertuait à bâtir un schéma dans lequel tous ces épisodes étranges et apparemment décousus pourraient s'intégrer.

C'est ce que j'essaie de faire en écrivant ce livre.

En plus, Sherlock Holmes ne croit pas au surnaturel, c'est-à-dire à Dieu, aux contes de fées, aux

Chiens de l'Enfer et aux malédictions, qui sont des choses idiotes.

Je vais terminer ce chapitre par deux faits tout à fait intéressants à propos de Sherlock Holmes

1. Dans les histoires originales de Sherlock Holmes, on ne dit jamais qu'il porte la fameuse casquette à carreaux qu'on voit dans les films et dans les bandes dessinées. La casquette a été inventée par un homme qui s'appelait Sidney Paget et qui a réalisé les illustrations des livres originaux.

2. Dans les histoires originales de Sherlock Holmes, il ne dit jamais : « Élémentaire, mon cher Watson. » Il ne dit ça qu'au cinéma et à la télévision.

109.

Cette nuit-là, j'ai continué à écrire mon livre et le lendemain matin, je l'ai apporté à l'école pour que Siobhan le lise et me dise si j'avais fait des fautes d'orthographe et de grammaire.

Siobhan l'a lu pendant la récréation du matin, quand elle prend une tasse de café et s'assied au bord de l'aire de jeux avec les autres professeurs et, après la récréation du matin, elle est venue s'asseoir à côté de moi. Elle m'a dit qu'elle avait lu le passage sur ma conversation avec Mme Alexander et elle m'a demandé : « Tu en as parlé à ton père ? »

J'ai dit : « Non. »

Elle a dit : « Tu as l'intention de lui en parler ? »

J'ai répondu : « Non. »

Elle a dit : « Bon. Je crois que ça vaut mieux, Christopher. » Et puis elle a dit : « Ça t'a fait de la peine d'apprendre ça ? »

J'ai demandé : « D'apprendre quoi ? »

Elle a dit : « Est-ce que tu as été ennuyé d'apprendre que ta mère et M. Shears ont eu une liaison ? »

J'ai dit : « Non. »

Elle a dit : « C'est vrai, ce que tu dis ? »

J'ai dit : « Ce que je dis est toujours vrai. »

Elle a dit : « Je sais. Mais dans certains cas, tu vois, il y a des choses qui vous font de la peine et on n'a pas envie de le dire aux autres. On préfère que ça soit un secret. Il arrive aussi qu'on soit triste sans vraiment le savoir. Alors on dit qu'on n'est pas triste. Mais en fait, on l'est quand même. »

J'ai dit : « Je ne suis pas triste. »

Elle a dit : « Si cette histoire commence à te faire de la peine, je veux que tu saches que tu peux venir m'en parler. Je pense que si tu m'en parles, ça t'aidera à être moins triste. Et si tu n'es pas triste mais que tu as simplement envie de m'en parler, tu peux très bien le faire aussi. Tu comprends ? »

J'ai dit : « Je comprends. »

Elle a dit : « Bon. »

J'ai répondu : « Mais ça ne me fait pas de peine. Parce que Mère est morte. Et que M. Shears n'est plus là. Ça serait idiot d'avoir de la peine pour quelque chose qui n'est pas réel et qui n'existe pas. »

Puis j'ai fait des maths jusqu'à la fin de la matinée, et au déjeuner, je n'ai pas mangé la quiche parce que c'est jaune, mais j'ai mangé les carottes, les petits pois et beaucoup de ketchup. Pour mon dessert, j'ai mangé du crumble aux mûres et aux pommes, mais je n'ai pas mangé la croûte parce que c'est jaune aussi. J'ai demandé à Mme Davis de la retirer avant de me servir, parce que ça ne fait rien si différentes sortes d'aliments se touchent tant qu'ils ne sont pas dans l'assiette.

Puis, après le déjeuner, j'ai passé l'après-midi à dessiner avec Mme Peters, et j'ai fait des dessins d'extraterrestres qui étaient comme ça

113.

Ma mémoire est comme un film. C'est pour ça que je suis très fort pour me souvenir des choses, comme les conversations que j'ai racontées dans ce livre, les vêtements que les gens portaient et leur odeur, parce qu'il y a dans ma mémoire une piste olfactive qui est comme la piste sonore d'un film.

Et quand on me demande de me souvenir de quelque chose, je n'ai qu'à appuyer sur **Retour** et **Avance rapide** et **Pause** comme sur un magnétoscope, ou plutôt comme sur un DVD parce que je n'ai pas besoin de tout rembobiner pour retrouver le souvenir de quelque chose qui s'est passé il y a longtemps. Il n'y a pas de boutons non plus, parce que ça se passe dans ma tête.

Si quelqu'un me dit : « Comment était ta mère, Christopher ? », je peux appuyer sur **Retour**, alors je retrouve tout plein de scènes différentes et je peux dire comment elle était dans ces scènes.

Je pourrais par exemple remonter jusqu'au 4 juillet 1992, quand j'avais 9 ans, c'était un samedi et nous étions en vacances en Cornouailles, et l'après-midi, nous sommes allés à la plage à un endroit qui s'appelait Polperro. Mère portait un short en jean et un haut de maillot de bain bleu pâle, elle fumait des cigarettes qui s'appelaient Consulate et qui étaient mentholées. Elle ne nageait pas. Elle prenait un bain de soleil sur une serviette-éponge avec des rayures rouges et violettes et elle lisait un livre de Georgette Heyer intitulé *Mort sans atout*. Et puis elle a fini de prendre son bain de soleil, elle est allée dans l'eau pour nager et elle a dit : « La vache, elle est glacée. » Elle m'a dit de venir nager aussi, mais je n'aime pas nager parce que je n'aime pas retirer mes vêtements. Elle m'a dit que je n'avais qu'à retrousser le bas de mon pantalon pour marcher un petit peu dans l'eau, et je l'ai fait. Et j'étais dans l'eau. Mère a dit : « Regarde, c'est super. » Et elle a sauté en arrière. Elle a disparu sous l'eau et j'ai cru qu'un requin l'avait dévorée. J'ai hurlé, alors elle est ressortie de l'eau et est venue vers moi, elle a levé la main droite, elle a écarté les doigts en éventail et elle a dit : « Allons, Christopher, touche ma main. Allons. Arrête de crier. Touche ma main. Écoute-moi, Christopher. Tu vas y arriver. » Au bout d'un moment, j'ai arrêté de crier, j'ai levé la main gauche, j'ai écarté les doigts en éventail et nous nous sommes touché les doigts et les pouces. Et Mère a dit : « Tout va bien, Christopher, tout va bien. Il n'y a pas de requins en Cornouailles », alors je me suis senti mieux.

Seulement, je ne me souviens de rien de ce qui s'est passé avant que j'aie à peu près 4 ans parce que, avant, je ne regardais pas les choses comme il faut et qu'elles ne se sont pas enregistrées correctement.

Voici comment je reconnais quelqu'un quand je ne sais pas qui c'est. Je regarde ses vêtements, s'il a une canne, de drôles de cheveux ou des lunettes de telle ou telle sorte, ou une manière particulière de bouger les bras, et je lance une **Recherche** dans mes souvenirs pour vérifier si je l'ai déjà rencontré.

Ça me permet aussi de savoir comment agir dans des situations difficiles, quand je ne sais pas quoi faire.

Par exemple si on me dit des choses qui n'ont aucun sens comme : « Salut poilu » ou : « Tu vas attraper la crève », je lance une **Recherche** et je vérifie si j'ai déjà entendu quelqu'un dire ça.

Et si un enfant est couché par terre à l'école, je lance une **Recherche** dans ma mémoire pour trouver l'image d'un enfant qui fait une crise d'épilepsie, puis je compare cette image à ce qui se passe devant moi. Comme ça, je sais s'il s'est couché pour jouer, s'il dort, ou s'il fait une crise d'épilepsie. Et s'il fait une crise d'épilepsie, j'écarte tous les meubles pour qu'il ne se cogne pas la tête, je retire mon pull, je le mets sous sa tête et je vais chercher un professeur.

Les autres aussi ont des images dans la tête. Mais ce n'est pas pareil, parce que toutes celles qui sont dans ma tête sont des images de choses qui ont vraiment eu lieu. Alors que les autres ont dans leur tête des images de choses qui ne sont pas réelles et qui n'ont pas eu lieu.

Par exemple, Mère disait des fois : « Si je n'avais pas épousé ton père, je pense que je vivrais dans une petite ferme dans le midi de la France avec un homme qui s'appellerait Jean. Il serait, euh… homme à tout faire. Tu sais, il ferait de la peinture et du bricolage pour les gens du village, des travaux de jardinage, il construirait des barrières. Nous aurions une véranda avec un figuier et il y aurait un champ de tournesols au fond du jardin et une petite ville sur la colline au loin, et le soir, on resterait assis dehors à boire du vin rouge et à fumer des Gauloises en regardant le coucher du soleil. »

Et Siobhan a dit un jour que quand elle était déprimée ou qu'elle avait du chagrin, elle fermait les yeux et imaginait qu'elle était dans une maison de Cape Cod avec son amie Elly et qu'elles prenaient le bateau à Province-town et sortaient dans la baie pour regarder les baleines à bosse, et que ça suffisait à la calmer, à la rendre heureuse et sereine.

Des fois, quand quelqu'un est mort, comme Mère, les gens disent : « Qu'est-ce que tu dirais à ta mère, si elle était là ? » ou : « Qu'est-ce que ta mère en penserait ? » C'est idiot, parce que Mère est morte et qu'on ne peut rien dire aux gens qui sont morts et qu'ils ne peuvent pas penser.

Grand-mère aussi a des images dans la tête, mais ses images sont complètement mélangées, comme si quelqu'un avait emmêlé la pellicule. Elle ne sait pas dans quel ordre les choses ont eu lieu, alors elle croit que des gens morts sont encore vivants et elle ne sait pas si quelque chose s'est passé pour de vrai ou à la télévision.

127.

Quand je suis rentré de l'école, Père était encore au travail, alors j'ai ouvert la porte de devant avec ma clé, je suis entré et j'ai retiré mon manteau. Je suis allé à la cuisine et j'ai posé mes affaires sur la table. Une de mes affaires était ce livre, que j'avais apporté à l'école pour le montrer à Siobhan. Je me suis préparé un milk-shake à la framboise et je l'ai fait réchauffer au micro-ondes, puis je me suis installé au salon pour regarder une de mes cassettes, *La Planète bleue*, qui parle de la vie dans les fonds marins.

C'est une cassette sur les créatures marines qui vivent autour de cheminées de soufre. Ce sont des volcans sous-marins où des gaz sont éjectés dans l'eau depuis la croûte terrestre. Il y fait terriblement chaud et les gaz sont très toxiques. Alors les scientifiques ne pensaient pas qu'il pouvait y avoir des organismes vivants dans des endroits pareils, mais en fait, on y trouve de véritables écosystèmes.

J'aime bien ce passage, parce qu'il montre que la science peut toujours faire de nouvelles découvertes et que tout ce que vous tenez pour certain peut être complètement faux. Ce qui me plaît aussi, c'est que ce film est tourné dans un endroit plus difficile d'accès que le sommet du mont Everest, mais qui ne se trouve qu'à quelques kilomètres au-dessous du niveau de la mer. C'est l'un des endroits les plus tranquilles, les plus sombres et les plus secrets de la planète. J'aime bien imaginer que je me trouve là, des fois, dans un submersible, une sphère métallique avec des vitres de 30 centimètres d'épaisseur pour empêcher la pression de l'eau de les faire imploser. J'imagine que je suis la seule personne à bord et que le submersible n'est pas relié à un bateau mais qu'il peut fonctionner de manière autonome, que c'est moi qui commande les moteurs et que je peux me déplacer comme je veux au fond de la mer et qu'on ne me trouvera jamais.

Père est rentré à 17 h 48. Je l'ai entendu ouvrir la porte d'entrée. Puis il est venu au salon. Il portait une chemise à carreaux vert-jaune et bleu ciel et il avait fait un double nœud à une de ses chaussures mais pas à l'autre. Il tenait à la main une vieille publicité pour du lait en poudre Fussell. Elle était en métal recouvert d'émail bleu et blanc et parsemé de petits ronds de rouille qui faisaient comme des traces de balles, mais il ne m'a pas expliqué pourquoi il l'avait.

Il a dit : « Salut, vieille branche. » C'est une blague qu'il fait.

J'ai dit : « Bonjour. »

J'ai continué à regarder ma cassette et Père est allé à la cuisine.

J'avais oublié que j'avais laissé mon livre sur la table de la cuisine, parce que j'étais trop captivé par la cassette de *La Planète bleue*. C'est ce qu'on appelle *Baisser sa Garde*, et il ne faut jamais faire ça quand on est détective.

Il était 17 h 54 quand Père est revenu au salon. Il a dit : « Qu'est-ce que c'est que ce truc ? », mais comme il l'a dit très doucement, sans crier, je n'ai pas compris qu'il était en colère.

Il tenait le livre dans sa main droite.

J'ai dit : « C'est un livre que j'écris. »

Il a dit : « C'est vrai ? Tu as vraiment parlé à Mme Alexander ? » Il parlait encore très doucement, alors je n'ai toujours pas compris qu'il était en colère.

J'ai dit : « Oui. »

Alors il a dit : « Mais bordel de merde, Christopher, tu es complètement givré ou quoi ? »

C'est ce que Siobhan appelle une question rhétorique. Il y a un point d'interrogation derrière, mais normalement, on n'a pas besoin d'y répondre parce que la personne qui la pose connaît déjà la réponse. Ce n'est pas facile à repérer.

Puis Père a dit : « Bon sang, Christopher, qu'est-ce que je t'ai dit ? » Il parlait beaucoup plus fort.

J'ai répondu : « De ne plus prononcer le nom de M. Shears sous ton toit. De ne pas demander à Mme Shears, ni à personne d'autre, qui a tué ce foutu chien. De ne pas entrer sans permission dans le jardin d'autrui. Et d'arrêter cette enquête à la con. Je n'ai rien fait de tout ça. J'ai juste interrogé Mme Alexander à propos de M. Shears, parce que… »

Mais Père m'a interrompu et a dit : « Ne me raconte pas de salades, tu veux, petit merdeux. Tu savais parfaitement ce que tu faisais. N'oublie pas que j'ai lu ça. » En disant « ça », il a levé le livre et il l'a secoué : « Et qu'est-ce que j'ai dit d'autre, Christopher ? »

Je me suis dit que c'était peut-être une autre question rhétorique, mais je n'en étais pas sûr. J'avais du mal à trouver quoi dire parce que je commençais à avoir peur et à être déconcerté.

Alors Père a répété la question : « Qu'est-ce que j'ai dit d'autre, Christopher ? »

J'ai dit : « Je ne sais pas. »

Il a dit : « Ben voyons… Je croyais que tu avais une mémoire du tonnerre. »

Mais je n'arrivais pas à réfléchir.

Père a dit : « De ne pas te mêler des affaires des autres. Et qu'est-ce que tu fais ? Tu te mêles des affaires des autres. Tu fouilles la merde, et tu vas raconter tes salades à n'importe qui. Putain, qu'est-ce que je vais faire de toi, Christopher ? Qu'est-ce que je vais faire de toi ? »

J'ai dit : « J'ai simplement bavardé avec Mme Alexander. Je n'ai pas fait d'enquête. »

Il a dit : « Je te demande une chose, Christopher. Une seule chose. »

J'ai dit : « Je ne voulais pas parler à Mme Alexander. C'est elle qui… »

Mais Père m'a interrompu et il m'a attrapé par le bras. Vraiment fort.

C'était la première fois que Père m'attrapait comme ça. Mère m'avait frappé, des fois, parce que c'était quelqu'un de soupe au lait, ce qui veut dire qu'elle se fâchait plus vite que d'autres et qu'elle criait plus souvent. Mais Père est quelqu'un de plus pondéré, ce qui veut dire qu'il ne se fâche pas aussi vite et ne crie pas aussi souvent. Alors j'ai été très surpris qu'il m'attrape par le bras.

Je n'aime pas qu'on m'attrape comme ça. Je n'aime pas non plus être surpris. Alors je l'ai frappé, comme j'avais frappé le policier quand il m'avait pris par les bras pour me relever. Mais Père ne m'a pas lâché, et il criait. Alors je l'ai encore frappé. Et puis je n'ai plus su ce que je faisais.

Je n'ai aucun souvenir de ce qui s'est passé pendant un petit moment. Je sais que c'était un petit moment, parce que j'ai regardé ma montre après. C'est comme si quelqu'un m'avait éteint puis rallumé. Quand on m'a rallumé, j'étais assis sur le tapis, le dos contre le mur, j'avais du sang sur la main droite et j'avais mal sur le côté de la tête. Et Père était debout sur le tapis à un mètre de moi, il me regardait et il tenait toujours mon livre dans sa main droite, mais le livre était plié en deux et tout écorné. Il y avait une écorchure sur le cou de Père et un gros accroc à la manche de sa chemise à carreaux jaune-vert et bleu et il respirait très, très profondément.

Au bout d'une minute, il s'est retourné et il est allé à la cuisine. Puis il a ouvert la porte de derrière, celle qui donne sur le jardin, et il est sorti. Je l'ai entendu soulever le couvercle de la poubelle, y laisser tomber quelque chose et remettre le couvercle en place. Puis il est revenu à la cuisine, mais il ne tenait plus le livre. Il a refermé la porte de derrière, il a rangé la clé dans la petite cruche chinoise qui a la forme d'une grosse religieuse, il est resté debout au milieu de la cuisine et il a fermé les yeux.

Puis il a rouvert les yeux et il a dit : « Il faut que je boive un coup. »

Et il est allé se chercher une cannette de bière.

131.

Voici quelques-unes des raisons pour lesquelles je déteste le jaune et le brun

JAUNE

1. Crème anglaise.

2. Bananes (en plus, elles brunissent).

3. Lignes jaunes continues.

4. Fièvre jaune (c'est une maladie d'Amérique tropicale et d'Afrique de l'Ouest qui provoque une forte fièvre, une néphrite aiguë, la jaunisse et des hémorragies. Elle est due à un virus transmis par la piqûre d'un moustique qui s'appelle *Aedes aegyptii*, et qu'on appelait avant *Stegomyia fasciata* ; la néphrite est une inflammation des reins).

5. Les fleurs jaunes (parce que le pollen des fleurs me donne le rhume des foins qui est l'une des 3 sortes de rhume des foins, les autres étant dues au pollen de graminées et au pollen de moisissures, et ça me rend malade).

6. Le maïs (parce qu'il ressort dans le caca et qu'on ne le digère pas. Ça veut dire que, normalement, on ne devrait pas en manger, comme l'herbe ou les feuilles).

BRUN

1. Saleté.

2. Jus de viande.

3. Caca.

4. Bois (parce que avant, on fabriquait des machines et des véhicules en bois, mais on ne le fait plus parce que le bois casse et pourrit et, des fois, il contient des vers, alors maintenant on construit des machines et des véhicules en métal et en plastique, ce qui est bien mieux et beaucoup plus moderne).

5. Melissa Brown (c'est une fille de l'école, en fait elle n'est pas brune comme Anil ou Mohammed, c'est seulement son nom qui veut dire brun, mais elle a déchiré en deux ma grande peinture d'astronaute, alors je l'ai jetée. Mme Peters l'avait scotchée, mais elle avait quand même l'air cassée).

Mme Forbes dit que c'est bête de détester le jaune et le brun. Et Siobhan dit qu'elle ne devrait pas dire des choses comme ça, parce que tout le monde a ses couleurs préférées. Siobhan a raison. Mais Mme Forbes a un peu raison aussi. Parce que c'est un peu bête. Mais dans la vie, il faut prendre plein de décisions et si on ne le faisait pas, on ne ferait jamais rien parce qu'on passerait tout son temps à devoir choisir entre toutes les choses qu'on pourrait faire. Alors, c'est bien d'avoir une raison de détester certaines choses et d'en aimer d'autres. C'est comme au restaurant, au Berni Inn où Père m'emmène des fois, on regarde le menu et il faut choisir ce qu'on a envie de manger. Mais on ne sait pas si on va aimer ça parce qu'on n'y a jamais goûté, alors on a des plats préférés et on choisit ceux-là. On ne mange pas ce qu'on n'aime pas et on ne le choisit pas, comme ça c'est simple.

137.

Le lendemain, Père a dit qu'il était désolé de m'avoir frappé et qu'il ne l'avait pas fait exprès. Il m'a fait laver la coupure que j'avais à la joue au Dettol pour éviter que ça s'infecte, puis il m'a fait mettre un sparadrap dessus pour que ça ne saigne pas.

Et puis, parce que c'était samedi, il a dit qu'il allait m'emmener en excursion pour me montrer qu'il était vraiment désolé et que nous irions au Zoo de Twycross. Alors il m'a préparé des sandwiches avec du pain blanc, des tomates, de la salade, du jambon et de la confiture de fraises, parce que je n'aime pas ce qu'on vous donne à manger dans les endroits que je ne connais pas. Il a dit que tout allait bien se passer parce qu'il n'y aurait pas trop de monde au zoo, puisqu'on annonçait de la pluie. J'ai été content parce que je n'aime pas la foule et que j'aime la pluie. Alors je suis allé chercher mon imperméable qui est orange.

Puis nous sommes partis en voiture pour le Zoo de Twycross.

Comme je n'étais encore jamais allé au Zoo de Twy-cross, je n'avais pas d'itinéraire tracé dans mon esprit à l'avance, alors nous avons acheté un guide au centre d'information, puis nous avons fait le tour du zoo et j'ai choisi mes animaux préférés.

C'était

1. **RANDYMAN**, c'est le nom du plus vieux **Singe-Araignée Noir à Face Rouge** (*Ateles paniscus paniscus*) jamais détenu en captivité. Randyman a 44 ans, ce qui veut dire qu'il a le même âge que Père. Autrefois, il était mascotte sur un bateau et avait une ceinture de métal autour du ventre, comme dans les histoires de pirates.

2. Les **OTARIES DE PATAGONIE** qui s'appellent Miracle et Star.

3. **MALIKU**, qui est un **Orang-Outan**. Il m'a vraiment plu, parce qu'il était couché dans une sorte de hamac fait avec un bas de pyjama à rayures vertes et que, sur la pancarte en plastique bleu accrochée à côté de la cage, on disait qu'il avait fabriqué le hamac lui-même.

Puis nous sommes allés à la cafétéria. Père a pris du carrelet, des frites, de la tarte aux pommes, une glace et une théière d'Earl Grey et moi, j'ai mangé mes sandwiches et j'ai lu le guide du zoo.

Père a dit : « Je t'aime beaucoup, Christopher. N'oublie jamais ça. Il m'arrive de me mettre en rogne, je sais bien. Et de me fâcher. Et même de crier. Je sais que je ne devrais pas faire ça. Mais c'est seulement parce que je me fais du souci pour toi. Je ne veux pas que tu t'attires d'ennuis, et je ne veux pas qu'on te fasse du mal. Tu comprends ? »

Je ne savais pas si je comprenais. Alors j'ai dit : « Je ne sais pas. »

Père a dit : « Christopher, est-ce que tu comprends que je t'aime ? »

J'ai dit : « Oui », parce que aimer quelqu'un, c'est l'aider quand il a des ennuis, c'est s'occuper de lui et lui dire la vérité, et Père s'occupe de moi quand j'ai des ennuis, par exemple quand il vient me chercher au commissariat, il s'occupe de moi en me faisant à manger et il me dit toujours la vérité, ce qui veut dire qu'il m'aime.

Alors il a levé la main droite, il a écarté ses doigts en éventail et j'ai levé la main droite, j'ai écarté mes doigts en éventail et nous nous sommes touché les doigts et les pouces.

Puis j'ai sorti une feuille de papier de mon sac et j'ai dessiné une carte du zoo de mémoire, pour essayer. La carte était comme ça

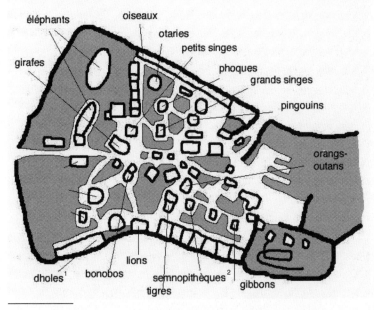

1. Le dhole est un *cyon d'Asie* et il ressemble à un renard.
2. Le semnopithèque est un singe de la famille des *presbytinés*.

Puis nous sommes allés voir les girafes. Leur caca sentait comme la cage des gerbilles à l'école, quand on avait des gerbilles, et leurs pattes étaient si longues qu'on aurait dit qu'elles couraient au ralenti.

Puis Père a dit qu'il fallait qu'on rentre avant qu'il y ait trop de circulation.

139.

J'aime bien Sherlock Holmes, mais je n'aime pas sir Arthur Conan Doyle, l'auteur des histoires de Sherlock Holmes. Il n'était pas comme Sherlock Holmes et il croyait au surnaturel. Vers la fin de sa vie, il est devenu membre de la Société des Spirites, ce qui veut dire qu'il croyait qu'on pouvait communiquer avec les morts. C'est parce que son fils était mort de la grippe pendant la Première Guerre mondiale et qu'il voulait continuer à lui parler.

En 1917, il s'est passé un événement qu'on appelle **l'Affaire des Fées de Cottingley.** Deux cousines, l'une s'appelait Frances Griffiths et avait 9 ans, et l'autre s'appelait Elsie Wright et avait 16 ans, ont raconté qu'elles jouaient avec des fées près d'un ruisseau qui s'appelait Cottingley Beck et elles ont utilisé l'appareil photo du père de Frances pour prendre 5 photos des fées comme celle-ci

Mais ce n'étaient pas des vraies fées. Elles les avaient dessinées sur des feuilles de papier, puis elles les avaient découpées et les avaient fait tenir avec des épingles, parce que Elsie était une très bonne artiste.

Harold Snelling, un spécialiste des trucages photographiques, a dit

Ces figurines qui dansent ne sont pas faites en papier ni en tissu ; elles ne sont pas peintes sur un fond photographique – mais ce qui me trouble le plus, c'est que ces figurines ont bougé pendant la pose.

Il était idiot parce que du papier peut très bien bouger pendant la pose. En plus, le temps de pose était très long parce que, sur la photographie, on peut voir une petite cascade à l'arrière-plan et elle est floue.

Sir Arthur Conan Doyle a entendu parler de ces photos et il a déclaré qu'il les croyait authentiques dans un article publié dans une revue appelée **The Strand**. Mais il était idiot aussi, parce que, si on regarde les photos, on voit que les fées ressemblent tout à fait à celles des vieux livres, et qu'elles ont des ailes, des robes, des bas et des chaussures. C'est comme les extraterrestres qui débarquent sur terre et qui sont comme les Daleks de **Docteur Who** ou les Troupes d'Assaut Impériales de l'Étoile noire dans *La Guerre des étoiles*, ou comme les petits hommes verts des dessins animés d'extraterrestres.

En 1981, un homme qui s'appelait Joe Cooper a interviewé Elsie Wright et Frances Griffiths pour une revue qui s'appelait *The Unexplained*. Elsie Wright a reconnu que les 5 photographies étaient truquées et Frances Griffiths a dit que 4 étaient truquées mais qu'il y en avait une de vraie. En plus elles ont reconnu qu'Elsie avait dessiné les fées d'après un livre appelé *Princess Mary's Gift Book* d'Arthur Shepperson.

Ce qui montre que, des fois, les gens font exprès d'être idiots et qu'ils ne veulent même pas savoir la vérité.

Et ça montre que ce qu'on appelle le rasoir d'Occam est vrai. Le rasoir d'Occam ne sert pas à raser, c'est une loi et elle dit

Entia non sunt multiplicanda praeter necessitatem.

C'est du latin et ça veut dire

Il ne faut pas présumer l'existence de plus de choses qu'il n'est absolument nécessaire.

Ce qui veut dire que la victime d'un crime est généralement tuée par un familier, que les fées sont en papier et qu'on ne peut pas parler à quelqu'un qui est mort.

149.

Quand je suis allé à l'école le lundi, Siobhan m'a demandé pourquoi j'avais une marque sur la joue. J'ai dit que Père s'était fâché et qu'il m'avait attrapé par le bras, alors je l'avais frappé et nous nous étions bagarrés. Siobhan m'a demandé si Père m'avait frappé et j'ai dit que je ne savais pas, parce que j'étais très en colère et que ma mémoire ne fonctionnait pas correctement. Alors elle m'a demandé si Père m'avait frappé parce qu'il était fâché. J'ai dit qu'il ne m'avait pas frappé, qu'il m'avait attrapé par le bras, mais qu'il était fâché. Siobhan m'a demandé s'il m'avait attrapé brutalement, et j'ai dit que oui. Siobhan m'a demandé si j'avais peur de rentrer chez moi, et j'ai dit que non. Alors elle a dit : « D'accord », et nous n'en avons plus parlé. Parce qu'on a le droit d'attraper quelqu'un par le bras ou par l'épaule si on est fâché, mais on ne doit pas attraper quelqu'un par les cheveux ou par le visage. Et on n'a jamais le droit de frapper quelqu'un, sauf si on se bagarre déjà avec lui, alors c'est moins grave.

Quand je suis rentré de l'école, Père était encore au travail. Je suis allé à la cuisine et j'ai pris la clé dans la petite cruche chinoise qui a la forme d'une religieuse. J'ai ouvert la porte de derrière, je suis sorti et j'ai regardé dans la poubelle pour chercher mon livre.

Je voulais le récupérer parce que ça me plaisait de l'écrire. J'étais content d'avoir un projet et ce qui me plaisait surtout, c'était que ce soit un projet difficile comme un livre. En plus, je ne savais toujours pas qui avait tué Wellington et c'était dans mon livre que j'avais noté tous les indices que j'avais découverts. Alors je n'avais pas envie qu'ils soient jetés.

Mais mon livre n'était pas dans la poubelle.

J'ai remis le couvercle sur la poubelle et je suis allé jusqu'au fond du jardin pour regarder dans la boîte à ordures où Père met les déchets de jardin, comme les tontes de gazon et les pommes qui sont tombées des arbres, mais mon livre n'y était pas non plus.

Je me suis demandé si Père l'avait mis dans sa camionnette, emporté à la déchetterie et jeté dans une des grandes poubelles qu'il y a là-bas, mais je n'avais pas envie que ce soit vrai parce que, alors, je ne le reverrais plus jamais.

Une autre possibilité était que Père l'ait caché quelque part dans la maison. Alors j'ai décidé de faire quelques investigations pour essayer de le trouver. Mais il fallait que je fasse très attention et que j'écoute tout le temps si sa camionnette ne s'arrêtait pas devant la maison pour qu'il ne me surprenne pas en train de faire mon enquête.

J'ai commencé par chercher à la cuisine. Mon livre mesurait approximativement $25\,\text{cm} \times 35\,\text{cm} \times 1\,\text{cm}$, il ne pouvait donc pas être caché dans un très petit endroit, ce qui voulait dire que je n'avais pas besoin de fouiller dans les très petits endroits. J'ai regardé au-dessus des placards, au fond des tiroirs et sous le four, et je me suis servi de ma lampe de poche spéciale Maglite et d'un bout de miroir que j'ai trouvé dans le placard à balais pour arriver à voir dans les interstices obscurs derrière les placards, là où les souris venaient du jardin pour faire leurs bébés.

Puis j'ai inspecté le placard à balais.

Puis j'ai inspecté la salle à manger.

Puis j'ai inspecté le salon, où j'ai retrouvé la roue de ma maquette Airfix du Messerschmitt Bf 109 G-6 que j'avais perdue sous le canapé.

Puis j'ai cru entendre Père pousser la porte d'entrée, j'ai sursauté et j'ai essayé de me relever très vite. Je me suis cogné le genou contre l'angle de la table basse et ça m'a fait très mal, mais ce n'était qu'un des drogués d'à côté qui faisait tomber quelque chose par terre.

Puis je suis monté, mais je n'ai pas inspecté ma propre chambre, parce que je me suis dit que Père ne cacherait sûrement pas quelque chose dans ma propre chambre, ou alors il serait vraiment très malin, parce que ce serait un *Double Bluff* comme dans un vrai roman policier. J'ai décidé que je ne chercherais dans ma chambre que si je ne trouvais pas le livre ailleurs.

J'ai inspecté la salle de bains, mais il n'y avait qu'un endroit à fouiller, c'était le séchoir et il n'y avait rien dedans.

Ce qui voulait dire qu'il ne restait qu'une pièce à inspecter et c'était la chambre de Père. Je n'étais pas sûr de pouvoir y aller, parce qu'il m'avait dit un jour que je n'avais rien à faire dans sa chambre. Mais s'il voulait me cacher quelque chose, c'était certainement le meilleur endroit.

Alors je me suis dit que je n'allais rien déranger dans sa chambre. J'allais déplacer les choses et les remettre en place. Et comme il ne saurait jamais que j'avais fouillé, il ne serait pas fâché.

J'ai commencé par regarder sous le lit. Il y avait 7 chaussures, un peigne avec plein de cheveux dedans, un morceau de tuyau de cuivre, un biscuit au chocolat, une revue porno appelée *Fiesta*, une abeille morte, une cravate avec un dessin d'Homer Simpson dessus et une cuiller en bois, mais pas mon livre.

Puis j'ai ouvert les tiroirs des deux côtés de la coiffeuse, mais ils ne contenaient que de l'aspirine, un coupe-ongles, des piles, du fil dentaire, un tampon, des mouchoirs en papier et une fausse dent de réserve, au cas où Père perdrait la fausse dent qu'on lui a mise pour boucher le trou, là où il a perdu une dent quand il est tombé de l'échelle en fixant un nichoir dans le jardin, mais mon livre n'y était pas non plus.

Puis j'ai regardé dans son placard. Il était plein de vêtements à lui, suspendus sur des cintres. Il y avait aussi une petite étagère tout en haut au-dessus de laquelle je pouvais voir en montant sur le lit, mais j'ai décidé de retirer mes chaussures pour éviter de laisser une empreinte qui serait un indice si Père décidait de faire quelques investigations. Sur l'étagère, il n'y avait que d'autres revues porno, un grille-pain cassé, 12 cintres en fil de fer et un vieux sèche-cheveux qui avait appartenu à Mère.

Dans le bas du placard, il y avait une grande boîte à outils en plastique pleine d'outils de bricolage, comme une perceuse, un pinceau, des vis et un marteau, mais je pouvais voir tout ça sans ouvrir la boîte parce qu'elle était en plastique gris transparent.

Et puis j'ai vu qu'il y avait une autre boîte sous la boîte à outils, alors j'ai sorti la boîte à outils du placard. L'autre boîte était un vieux carton qu'on appelle une boîte à chemises parce que, avant, on vendait les chemises dans ce genre de boîte. Et quand j'ai ouvert la boîte à chemises, j'ai vu que mon livre était dedans.

Alors je n'ai pas su quoi faire.

J'étais content, parce que Père n'avait pas jeté mon livre. Mais si je prenais le livre, il saurait que j'avais fouillé dans sa chambre et il serait très en colère parce que j'avais promis de ne pas aller dans sa chambre puisque je n'avais rien à y faire.

Je l'ai entendu garer sa camionnette devant la maison. Je savais qu'il fallait que je réfléchisse vite et que je sois malin. Alors j'ai décidé de laisser le livre là où il était, parce que je me suis dit que Père n'allait sûrement pas le jeter puisqu'il l'avait rangé dans la boîte à chemises et que je pourrais continuer à écrire dans un autre livre, que je garderais vraiment secret cette fois, et que peut-être, plus tard, il changerait d'avis et me rendrait le premier livre, alors je pourrais recopier le nouveau livre dedans. Et même s'il ne me le rendait jamais, je me souvenais de presque tout ce que j'avais écrit et je pourrais tout remettre dans le deuxième livre secret. S'il y avait des passages que je voulais vérifier pour être sûr que je m'en souvenais bien, je pourrais toujours aller dans sa chambre quand il n'était pas là et vérifier.

Et puis j'ai entendu Père refermer la portière de la camionnette.

C'est à ce moment-là que j'ai vu l'enveloppe.

C'était une enveloppe qui m'était adressée et elle se trouvait sous mon livre, dans la boîte à chemises, avec d'autres enveloppes. Je l'ai prise. Elle n'avait jamais été ouverte.

Dessus, il y avait écrit

Christopher Boone
36 Randolph Street
Swindon
Wiltshire

Puis j'ai remarqué qu'il y avait plein d'autres enveloppes et qu'elles m'étaient toutes adressées. C'était intéressant et déconcertant.

Et j'ai remarqué comment les mots Christopher et Swindon étaient écrits. Ils étaient écrits comme ça

Christopher

Swindon

Je ne connais que trois personnes qui dessinent des petits cercles au lieu de points au-dessus de la lettre *i*. L'une de ces personnes est Siobhan, l'une était M. Loxely qui était professeur à l'école, avant, et l'une était Mère.

Et puis j'ai entendu Père ouvrir la porte d'entrée, alors j'ai pris une des enveloppes qui se trouvaient sous le livre, j'ai reposé le couvercle sur la boîte à chemises, j'ai remis la boîte à outils par-dessus et j'ai refermé très soigneusement la porte du placard.

Père a crié : « Christopher ? »

Je n'ai rien dit parce qu'il aurait pu entendre que j'étais dans sa chambre. Je me suis levé, j'ai contourné le lit jusqu'à la porte en tenant l'enveloppe et en essayant de faire le moins de bruit possible.

Père était au pied de l'escalier et je me suis dit qu'il risquait de me voir, mais il feuilletait le courrier qui était arrivé le matin, alors il regardait vers le bas. Puis il s'est éloigné de l'escalier pour aller vers la cuisine. J'ai fermé la porte tout doucement et je suis allé dans ma chambre.

J'avais envie de regarder l'enveloppe, mais je n'avais pas envie que Père se mette en colère, alors je l'ai cachée sous mon matelas. Puis je suis descendu et j'ai dit bonjour à Père.

Il a dit : « Alors, jeune homme, qu'est-ce que tu as fait de beau aujourd'hui ? »

J'ai dit : « Aujourd'hui, on avait "Compétences sociales" avec Mme Gray. Les sujets étaient "Utiliser l'argent" et "Transports publics". Au déjeuner, j'ai mangé de la soupe à la tomate et 3 pommes. L'après-midi, j'ai fait des maths, nous sommes allés nous promener au parc avec Mme Peters et nous avons ramassé des feuilles pour faire des collages. »

Père a dit : « Parfait, parfait. Qu'est-ce que tu as envie de boulotter ce soir ? »

Boulotter, c'est manger.

J'ai dit que j'avais envie de haricots blancs et de brocolis.

Père a dit : « Je crois que ça devrait pouvoir se faire. »

Alors je me suis installé sur le canapé et j'ai continué à lire mon livre. C'était *Chaos* de James Gleick.

Puis je suis allé à la cuisine et j'ai mangé mes haricots blancs et mes brocolis pendant que Père mangeait des saucisses, des œufs et du pain grillé avec une tasse de thé.

Puis Père a dit : « Je vais installer ces fichues étagères au salon, si ça ne t'embête pas. Ça va faire un peu de boucan alors si tu as envie de regarder la télé, il vaudrait mieux la monter dans ta chambre. »

J'ai dit : « Je vais aller dans ma chambre et rester seul. »

Il a dit : « Ça marche. »

J'ai dit : « Merci pour le dîner », parce que c'est poli.

Il a dit : « De rien, petit gars. »

Et je suis monté dans ma chambre.

Dans ma chambre, j'ai fermé la porte et j'ai sorti l'enveloppe que j'avais rangée sous le matelas. Je l'ai tenue sous la lampe pour voir si j'arrivais à deviner ce qu'il y avait dedans, mais le papier de l'enveloppe était trop épais. Je me suis demandé si je devais l'ouvrir, parce que c'était quelque chose que j'avais pris dans la chambre de Père. Mais je me suis dit qu'elle m'était adressée. Donc elle m'appartenait et je pouvais l'ouvrir.

Alors j'ai ouvert l'enveloppe.

Il y avait une lettre dedans.

Et voici ce qu'il y avait dans la lettre

451c Chapter Road
Willesden
Londres NW2 5NG
0208 887 8907

Cher Christopher

Excuse-moi de ne pas t'avoir écrit depuis si longtemps. C'est que j'ai été très occupée. J'ai trouvé un nouveau travail de secrétaire dans une usine où on fabrique des objets en acier. Ça te plairait beaucoup. L'usine est pleine d'immenses machines qui fabriquent l'acier, le coupent et le plient pour lui donner la forme qu'on veut. Cette semaine, on fabrique un toit pour un café d'un centre commercial de Birmingham. Il a la forme d'une grosse fleur et ils vont le recouvrir de toile pour qu'il ressemble à une énorme tente.

Et puis, nous avons enfin emménagé dans notre nouvel appartement, comme tu peux le voir d'après l'adresse. Il n'est pas aussi agréable que celui d'avant, et je n'aime pas beaucoup Willesden, mais c'est plus commode pour Roger parce que c'est plus près de son travail. Il l'a acheté (l'autre était seulement en location). Comme ça, nous pouvons avoir nos meubles à nous, et peindre les murs de la couleur que nous voulons.

Voilà pourquoi je ne t'ai pas écrit depuis si longtemps. Il a fallu emballer toutes nos affaires, puis les déballer, ce qui m'a donné bien du mal, et puis j'ai dû m'habituer à ce nouveau travail.

Je suis très fatiguée et je vais aller me coucher. Je mettrai cette lettre à la boîte demain matin, alors je vais arrêter là. Je t'écrirai de nouveau bientôt.

Tu ne m'as pas encore écrit. Tu es sûrement encore fâché contre moi. Je suis désolée, Christopher. Mais je t'aime toujours. J'espère que tu ne seras pas toujours fâché. Je serais tellement contente que tu m'écrives (mais n'oublie pas d'envoyer ta lettre à la nouvelle adresse !).

Je pense à toi tout le temps.

Je t'embrasse très, très fort

Ta Maman.
XXXXXX

J'étais complètement déconcerté, parce que Mère n'avait jamais travaillé comme secrétaire dans une usine

138

où on fabrique des objets en acier. Mère était secrétaire dans un grand garage du centre-ville. Et Mère n'avait jamais habité Londres. Elle avait toujours habité chez nous. En plus, Mère ne m'avait encore jamais écrit de lettre.

Il n'y avait pas de date sur la lettre, alors je ne pouvais pas savoir quand Mère l'avait écrite et je me suis demandé si quelqu'un d'autre l'avait écrite en se faisant passer pour Mère.

Alors j'ai repris l'enveloppe. J'ai vu qu'il y avait un cachet postal et qu'il y avait une date sur le cachet. Elle était difficile à lire, mais c'était

Ce qui voulait dire que la lettre avait été postée le 16 octobre 1997, c'est-à-dire 18 mois après la mort de Mère.

Et puis la porte de ma chambre s'est ouverte et Père a dit : « Qu'est-ce que tu fabriques ? »

J'ai dit : « Je lis une lettre. »

Il a dit : « J'ai fini avec la perceuse. Il y a l'émission de David Attenborough sur la nature, si ça te dit. »

J'ai dit : « D'accord. »

Et il est redescendu.

J'ai regardé la lettre et j'ai réfléchi profondément. C'était une énigme et je n'arrivais pas à la résoudre. La

lettre se trouvait peut-être dans une mauvaise enveloppe, elle avait peut-être été écrite avant la mort de
Mère. Mais pourquoi l'avait-elle envoyée de Londres ?
Sa plus longue absence avait duré une semaine. C'est
quand elle était allée voir sa cousine Ruth, qui avait un
cancer. Mais Ruth habitait Manchester.

Et puis je me suis dit que ce n'était peut-être pas une
lettre de Mère. C'était peut-être une lettre adressée à
une autre personne qui s'appelait Christopher, par la
mère de ce Christopher-là.

J'étais tout excité. Quand j'avais commencé à écrire
mon livre, je n'avais qu'un mystère à résoudre. Maintenant, j'en avais deux.

J'ai décidé de ne plus y penser ce soir-là, parce que je
n'avais pas suffisamment d'informations et que je risquais
facilement d'en *Tirer de Fausses Conclusions,* comme
M. Athelney Jones de Scotland Yard. C'est dangereux
parce qu'il faut être sûr de disposer de tous les indices
possibles avant de commencer à faire des déductions.
Comme ça, on risque beaucoup moins de se tromper.

J'ai décidé d'attendre que Père soit sorti. Alors j'irais
voir dans le placard de sa chambre, je regarderais les
autres lettres et je verrais de qui elles étaient et ce
qu'elles disaient.

J'ai plié la lettre et je l'ai cachée sous mon matelas
pour que Père ne la trouve pas, parce qu'il se serait
mis en colère. Puis je suis descendu et j'ai regardé la
télévision.

151.

Il existe plein de choses mystérieuses. Ça ne veut pas dire qu'on ne peut pas les expliquer. C'est simplement que les scientifiques n'ont pas encore trouvé la réponse.

Il y a certaines personnes, par exemple, qui croient aux fantômes de gens revenus d'entre les morts. Oncle Terry dit qu'il a vu un fantôme dans un magasin de chaussures d'un centre commercial de Northampton. En descendant au sous-sol, il a aperçu quelqu'un vêtu de gris qui passait au pied de l'escalier. Mais quand il est arrivé en bas, le sous-sol était désert et il n'y avait pas de portes.

Quand il en a parlé à la dame de la caisse, en haut, elle lui a dit qu'il s'appelait Tuck, que c'était le fantôme d'un franciscain qui vivait autrefois dans le couvent qui occupait l'emplacement du centre commercial, il y a plusieurs siècles, et que c'était pour ça qu'il s'appelait **Centre commercial des Franciscains**, que tout le monde était habitué à lui et qu'il n'avait rien d'effrayant.

Les scientifiques finiront par trouver une explication aux fantômes, comme ils ont découvert que les éclairs se produisent à cause de l'électricité. Ce sera peut-être quelque chose sur le cerveau, sur le champ magnétique de la terre, ou encore sur une force qu'on ne connaît pas encore. Et les fantômes n'auront plus rien de mystérieux. Ils seront comme l'électricité, les arcs-en-ciel et les poêles non adhésives.

Mais certains mystères n'en sont pas. Voici l'exemple d'un mystère qui n'en est pas un.

À l'école, nous avons une mare avec des grenouilles dedans ; c'est pour nous apprendre à traiter les animaux avec douceur et respect, parce que certains enfants de l'école sont très méchants avec les animaux et trouvent ça drôle d'écraser des vers de terre ou de jeter des pierres sur les chats.

Certaines années, il y a plein de grenouilles dans la mare, et certaines années, il y en a très peu. Si on dessinait un graphique des effectifs de grenouilles dans la mare, il ressemblerait à ceci (mais ce graphique est ce qu'on appelle *hypothétique*, ce qui veut dire que les chiffres ne sont pas les chiffres exacts, ce n'est qu'une *illustration*)

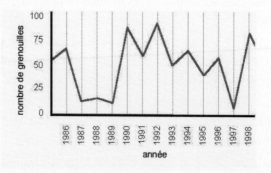

En regardant le graphique, on pourrait penser qu'il y a eu un hiver particulièrement froid en 1987, en 1988, en 1989 et en 1997, ou qu'un héron a attrapé plein de grenouilles (des fois, il y a un héron qui vient et essaie d'attraper les grenouilles, mais il y a du grillage à poules sur la mare pour l'en empêcher).

Mais des fois, les hivers particulièrement froids, les chats ou les hérons n'y sont pour rien. Des fois, c'est simplement une question de maths.

Voici une formule pour représenter une population animale

$$N_{nouveau} = \lambda \, (N_{ancien}) \, (1 - N_{ancien})$$

Dans cette formule, N représente la densité de population. Quand N = 1, la population atteint les effectifs les plus élevés possible. Quand N = 0, la population est éteinte. $N_{nouveau}$ représente la population d'une année, et N_{ancien} représente la population de l'année précédente. Et λ est ce qu'on appelle une constante.

Quand λ est inférieur à 1, la population diminue, diminue, et s'éteint.

Quand λ se situe entre 1 et 3, la population augmente puis se stabilise.

Comme ça (ces graphiques sont hypothétiques aussi)

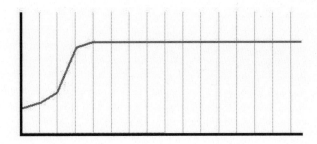

Et quand λ se situe entre 3 et 3,57, l'évolution de la population se fait par cycles. Comme ça

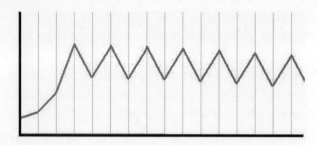

Mais quand λ est supérieur à 3,57, l'évolution de la population prend une allure chaotique comme sur le premier graphique.

Voilà ce qu'ont découvert Robert May, George Oster et Jim Yorke. Ça veut dire que, des fois, les choses sont si compliquées qu'on ne peut pas prévoir ce qu'elles vont faire ensuite. Mais en fait, elles ne font qu'obéir à des règles toutes simples.

Et ça veut dire que, des fois, toute une population de grenouilles, ou de vers, ou de gens peut mourir sans aucune raison, simplement parce que c'est comme ça que les chiffres fonctionnent.

157.

J'ai dû attendre 6 jours avant de pouvoir retourner dans la chambre de Père et fouiller dans le carton à chemises du placard.

Le premier jour, un mercredi, Joseph Fleming a retiré son pantalon, il a fait par terre dans le vestiaire et il a commencé à manger son caca, mais M. Davis l'en a empêché.

Joseph mange n'importe quoi. Un jour, il a mangé un des petits blocs de désinfectant qui sont accrochés dans les toilettes. Et un jour, il a mangé un billet de 50 £ qu'il avait pris dans le portefeuille de sa mère. Il mange aussi de la ficelle, des élastiques, des mouchoirs en papier, des feuilles pour écrire, de la peinture et des fourchettes en plastique. En plus, il se cogne le menton et il crie beaucoup.

Tyrone a dit qu'il y avait un cheval et un cochon dans le caca, alors j'ai dit qu'il était idiot. Mais Siobhan a dit que non. C'étaient des petits animaux en plastique de la bibliothèque dont le personnel se sert pour faire raconter des histoires aux enfants. Et Joseph les avait mangés.

Alors j'ai dit que je n'irais pas aux toilettes, parce qu'il y avait du caca par terre et que ça me mettait mal à l'aise d'y penser, même si M. Ennison était venu nettoyer. Ce qui fait que j'ai mouillé mon pantalon et que j'ai dû en mettre un du placard aux vêtements de rechange du bureau de Mme Gascoyne. Alors Siobhan a dit que je pouvais me servir des toilettes du personnel pendant 2 jours, mais 2 jours seulement, et qu'ensuite je devrais retourner aux toilettes des enfants. Et c'était un contrat.

Les deuxième, troisième et quatrième jours, c'était un jeudi, un vendredi et un samedi, il ne s'est rien passé d'intéressant.

Le cinquième jour, c'était un dimanche, il a plu à verse. J'aime bien quand il pleut à verse. On dirait qu'il y a du bruit blanc partout ; c'est comme le silence, mais ce n'est pas vide.

Je suis monté, je me suis assis dans ma chambre et j'ai regardé l'eau tomber dans la rue. Elle tombait si fort qu'on aurait dit des étincelles blanches (c'est une comparaison, pas une métaphore). Et ça m'a fait penser que toute l'eau du monde formait un circuit fermé. Cette eau-là s'était évaporée de l'océan, quelque part au milieu du golfe du Mexique ou de la baie de Baffin, et maintenant, elle tombait devant la maison. Elle allait s'écouler dans les caniveaux et rejoindre une station d'épuration où elle serait nettoyée, rejetée dans un cours d'eau et elle retournerait à la mer.

Le lundi soir, Père a reçu un appel téléphonique d'une dame dont la cave était inondée et il a dû sortir pour une réparation d'urgence.

S'il n'y a qu'une urgence, c'est Rhodri qui s'en occupe, parce que sa femme et ses enfants sont partis habiter dans le Somerset, alors il n'a rien d'autre à faire le soir que jouer au billard, boire et regarder la télé, et il faut qu'il fasse des heures supplémentaires pour gagner de l'argent à envoyer à sa femme pour l'aider à élever les enfants. En plus, Père doit s'occuper de moi. Mais ce soir-là, il y a eu deux urgences, alors Père m'a dit d'être sage et de l'appeler sur son portable s'il y avait un problème, et il est parti dans sa camionnette.

Je suis entré dans sa chambre, j'ai ouvert le placard, j'ai sorti la boîte à outils qui se trouvait sur le carton à chemises et j'ai ouvert le carton à chemises.

J'ai compté les lettres. Il y en avait 43. Elles portaient toutes mon adresse, avec la même écriture.

J'en ai pris une et je l'ai ouverte.

Dedans, il y avait cette lettre

3 mai

> *451c Chapter Road*
> *Londres NW2 5 NG*
> *0208 887 8907*

Cher Christopher

Enfin, nous avons un nouveau frigo et une nouvelle cuisinière ! Ce week-end, on est allés à la déchetterie, Roger et moi, pour jeter nos vieilles affaires. C'est un endroit où on peut tout jeter. Il y a d'énormes poubelles de trois couleurs différentes pour les bouteilles et les cartons, pour l'huile de vidange, les déchets de jardin, les détritus ménagers et pour les objets encombrants (c'est là que nous avons mis le vieux frigo et la vieille cuisinière).

Puis on est allés dans un magasin d'occasion et on a acheté une nouvelle cuisinière et un nouveau frigo. Maintenant, nous nous sentons un peu plus chez nous.

Hier soir, j'ai regardé de vieilles photos, et ça m'a fait de la peine. Puis j'ai trouvé une photo de toi en train de jouer avec le train électrique qu'on t'avait acheté pour Noël, il y a quelques années. Et ça m'a fait plaisir parce que c'est un des vraiment bons moments qu'on a passés ensemble.

Tu te rappelles que tu y as joué toute la journée et que tu as refusé d'aller te coucher le soir, parce que tu voulais continuer à jouer ? Et tu te rappelles que nous t'avons parlé des horaires de chemin de fer, que tu as fabriqué un horaire, et que tu as pris un réveil pour faire partir les trains à l'heure ? Il y avait aussi une petite gare en bois, et on t'a expliqué comment les gens qui voulaient prendre le train allaient à la gare, achetaient un billet, puis montaient dans le train. Puis on a cherché une carte et on t'a montré les petites lignes qui représentent les voies de chemin de fer reliant toutes les gares. Tu y as joué pendant des semaines et des semaines. On t'a acheté d'autres trains, et tu connaissais toutes leurs destinations.

Ça m'a fait tellement plaisir de penser à tout ça.

Il faut que j'y aille maintenant. Il est trois heures et demie de l'après-midi. Je sais que tu aimes savoir quelle heure il est exactement. Il faut que j'aille acheter du jambon pour le thé de Roger. Je mettrai cette lettre à la boîte en passant.

Je t'embrasse

Maman
XXXXXX

Puis j'ai ouvert une autre enveloppe. Voici la lettre qu'il y avait dedans

Apptmt 1, 312 Lausanne Street
Londres NW 8 5 BV
0208 756 4321

Cher Christopher

Je t'ai dit qu'il faudrait que je t'explique pourquoi j'étais partie dès que j'aurais le temps de le faire correctement. Maintenant, j'ai tout le temps que je veux. Je suis assise sur le canapé ici, en train d'écrire cette lettre, j'écoute la radio et je vais essayer de t'expliquer tout ça.

Je n'ai pas été une très bonne mère, Christopher. Peut-être que si les choses avaient été différentes, peut-être que si tu avais été différent, je me serais mieux débrouillée. Mais les choses sont comme elles sont, et voilà.

Je ne suis pas comme ton père. Ton père est beaucoup plus patient que moi. Il prend les choses comme elles viennent, et si ça ne va pas, il ne le montre pas. Je ne suis pas comme lui, et je n'y peux rien.

Tu te rappelles le jour où on est allés faire des courses en ville ensemble ? On était allés chez Bentalls et il y avait un monde fou. Il fallait qu'on achète un cadeau de Noël pour Mamie et tu as eu peur à cause de tout ce monde. C'était juste avant Noël, et tous les gens étaient allés en ville. Je bavardais avec M. Land qui travaille au rayon électroménager et qui était en classe avec moi. Tu t'es accroupi par terre, les mains sur les oreilles, et tu empêchais tout le monde de passer. Alors je me suis fâchée, parce que je n'aime pas non plus faire les courses de Noël. Je t'ai demandé d'être sage et j'ai essayé de te relever pour te faire avancer. Mais tu as crié et tu as fait tomber tous les batteurs du rayonnage. Ça a fait un boucan du tonnerre et tout le monde s'est retourné pour voir ce qui se passait. M. Land a été très gentil, mais il y avait des boîtes et des morceaux de bols

149

cassés par terre et tout le monde nous regardait. J'ai vu que tu avais fait pipi dans ta culotte, j'étais vraiment en colère, je voulais qu'on s'en aille mais toi, tu étais couché par terre et tu hurlais en tapant des mains et des pieds. Et alors le directeur est venu et a demandé ce qui se passait. J'étais à bout et j'ai dû payer deux batteurs cassés et il a fallu attendre que tu aies fini de crier. Et ensuite, il a fallu qu'on rentre à pied, ce qui a pris des heures, parce que je savais que tu n'accepterais jamais de remonter dans le bus.

Je me souviens que ce soir-là, j'ai pleuré toutes les larmes de mon corps. D'abord, ton père a été vraiment adorable, il t'a fait à dîner, il t'a mis au lit et il a dit que ça pouvait arriver, que ce n'était pas grave. Mais moi, j'ai dit que je n'en pouvais plus, alors il a fini par se fâcher. Il m'a traitée d'idiote et a dit qu'il fallait que je prenne sur moi. Alors je l'ai frappé, ce qui n'était pas bien, mais je ne savais plus où j'en étais.

On s'est souvent disputés comme ça. Je craquais, tu sais. Ton père a beaucoup de patience, mais pas moi, je me fâche souvent, même si ça ne dure pas longtemps. Et finalement, on ne s'est plus beaucoup parlé parce qu'on savait que ça finirait par une dispute et que ça n'aboutirait à rien. Je me sentais vraiment seule.

C'est vers cette époque que j'ai commencé à fréquenter Roger. Bien sûr, nous avions toujours fréquenté Roger et Eileen. Mais j'ai commencé à voir Roger sans Eileen, parce que c'était quelqu'un à qui je pouvais parler. C'était le seul à qui je pouvais vraiment parler. Et je me sentais moins seule quand j'étais avec lui.

Je ne sais pas si tu comprendras tout ce que je t'écris, mais je tenais à te l'expliquer, pour que tu saches. Et même si tu ne comprends pas maintenant, garde cette lettre. Tu pourras la relire plus tard, et peut-être qu'alors tu comprendras.

Roger m'a dit qu'Eileen et lui ne s'aimaient plus depuis longtemps. Il se sentait bien seul, lui aussi. On avait donc beaucoup de points communs. Et on a compris qu'on s'aimait. Il m'a proposé de quitter ton père pour qu'on vive ensemble dans une maison. J'ai dit que je ne pouvais pas te laisser, et ça lui a fait de la peine, mais il a compris que tu comptais beaucoup pour moi.

Et puis, on s'est disputés, toi et moi. Tu te souviens? C'était à propos du dîner, un soir. Je t'avais fait à manger et tu ne voulais rien avaler. Ça faisait des jours et des jours que tu ne mangeais rien, tu étais affreusement maigre. Tu as commencé à crier. Je me suis mise en colère, et j'ai balancé ton assiette à travers la pièce. Je sais bien que je n'aurais pas dû faire ça. Et toi, tu as attrapé la planche à découper et tu l'as jetée par terre. Elle est tombée sur mon pied et j'ai eu une fracture des orteils. Évidemment, il a fallu aller à l'hôpital et on m'a plâtré le pied. Ensuite, à la maison, on s'est disputés horriblement, ton père et moi. Il m'a reproché de m'être fâchée contre toi. Il a dit que je n'avais qu'à te donner ce que tu voulais, même si c'était juste une assiette de salade ou un milk-shake à la fraise. J'ai dit que j'essayais de t'offrir une alimentation équilibrée. Il a dit que tu n'y pouvais rien. Alors j'ai dit que je n'y pouvais rien non plus et que j'avais perdu mon sang-froid, c'est tout. Il a dit que s'il était capable de garder son calme, je devais pouvoir en faire autant. Et ainsi de suite.

J'ai eu du mal à marcher pendant un mois, tu te souviens, et c'est ton père qui s'est occupé de toi. Je me rappelle que je vous regardais, tous les deux, je vous voyais ensemble et je me disais que tu n'étais pas pareil avec lui. Tu étais beaucoup plus calme. Vous ne vous disputiez pas. Ça m'a fait de la peine parce qu'on aurait dit que vous n'aviez pas besoin de moi. C'était presque pire que quand on se disputait tout le temps, toi et moi. J'avais l'impression d'être invisible.

Je crois que c'est à ce moment-là que je me suis dit que vous vous en sortiriez sans doute mieux sans moi, ton père et toi. Il n'aurait à s'occuper que d'une personne au lieu de deux.

Roger m'a annoncé qu'il avait demandé une mutation à sa banque. Il avait demandé de pouvoir aller travailler à Londres et il partait. Il m'a demandé si je voulais l'accompagner. J'y ai réfléchi longtemps, Christopher. Tu peux me croire. J'en ai eu le cœur brisé, mais, finalement, j'ai décidé que, pour nous tous, il valait mieux que je parte. Alors j'ai accepté.

Je voulais te dire au revoir. J'avais l'intention de revenir chercher quelques affaires quand tu serais rentré de l'école. Je voulais en profiter pour t'expliquer ce que je faisais et te dire que je viendrais te voir aussi souvent que possible et que tu pourrais venir à Londres quand tu voudrais. Mais quand j'ai téléphoné à ton père, il a refusé que je vienne. Il était vraiment fâché. Il a refusé que je te parle. Je ne savais pas quoi faire. Il a dit que j'étais égoïste et que je n'avais pas intérêt à remettre les pieds à la maison. Voilà pourquoi je ne suis pas revenue. Mais je t'ai écrit toutes ces lettres à la place.

Je me demande ce que tu arriveras à comprendre. Je sais que ce sera très difficile pour toi. Mais j'espère que tu me comprendras un petit peu.

Christopher, je n'ai jamais voulu te faire de mal. J'ai seulement pensé que ça valait mieux pour nous tous. J'espère que c'est vrai. Et je veux que tu saches que ce n'est pas ta faute.

Des fois, je rêvais que tout allait s'arranger. Tu te rappelles quand tu disais que tu voulais être astronaute ? Tu vois, je rêvais que tu devenais astronaute et que tu passais à la télé, et moi, je me disais, c'est mon fils. Je me demande si tu as toujours envie de faire ça ou si tu as changé d'avis. Est-ce que tu fais toujours des maths ? Je l'espère.

Je t'en prie, Christopher, écris-moi, ou téléphone-moi. Le numéro est en haut de cette lettre.

Je t'embrasse très, très fort. Je t'aime

Maman
XXXXXX

Puis j'ai ouvert une troisième enveloppe. Voici la lettre qu'il y avait dedans

18 septembre

                                        Apptmt 1
                              312 Lausanne Road
                                      Londres N8
                                0208 756 4321

Cher Christopher

Tu vois, j'avais dit que je t'écrirais toutes les semaines et je tiens ma promesse. C'est même la deuxième lettre que je t'écris cette semaine. Je fais donc encore mieux que ce que j'avais promis.

Figure-toi que j'ai trouvé du travail ! Je travaille à Camden, chez Perkin et Rashid, c'est une société d'expertise. Ils vont voir des maisons et calculent combien elles doivent coûter, quels travaux il faut faire et combien les travaux coûteront. Ils estiment aussi combien ça coûtera de construire de nouvelles maisons, des bureaux et des usines.

C'est un service sympa. L'autre secrétaire s'appelle Angie. Son bureau est couvert de nounours, de peluches et de photos de ses enfants (alors j'ai posé sur mon bureau une photo de toi dans un cadre). Elle est vraiment chouette et on déjeune toujours ensemble.

Mais je ne sais pas combien de temps je vais rester. J'ai beaucoup d'additions à faire pour envoyer des factures

aux clients et je ne suis pas très forte pour ça (dommage que tu ne sois pas là pour m'aider !).

La société est dirigée par deux messieurs qui s'appellent M. Perkin et M. Rashid. M. Rashid vient du Pakistan, il est très sérieux et veut tout le temps qu'on travaille plus vite. M. Perkin est bizarre (Angie l'appelle Perkin le Pervers). Quand il vient me demander quelque chose, il me pose toujours la main sur l'épaule et me parle de tout près. Je sens même l'odeur de son dentifrice. Ça me donne la chair de poule. Le salaire n'est pas fameux non plus. Alors je vais essayer de trouver mieux dès que possible.

L'autre jour, je suis allée à Alexandra Palace. C'est un grand parc, juste au coin de notre rue. C'est une immense colline avec un grand palais des congrès tout en haut, et ça m'a fait penser à toi parce que si tu venais, on pourrait aller faire voler des cerfs-volants ou regarder les avions qui se posent sur l'aéroport d'Heathrow. Je suis sûre que ça te plairait.

Il faut que j'y aille maintenant, Christopher. Je profite de la pause de midi pour t'écrire (Angie a la grippe, alors on ne peut pas déjeuner ensemble). Je t'en prie, écris-moi, dis-moi comment tu vas et ce que tu fais à l'école.

J'espère que tu as bien reçu le cadeau que je t'ai envoyé. On l'a trouvé, Roger et moi, dans une boutique de Camden Market. Je sais que tu as toujours aimé les casse-tête. Est-ce que tu as déjà trouvé la solution ? Roger a essayé de séparer les deux morceaux avant qu'on l'emballe et il n'y est pas arrivé. Il a dit que si tu réussissais tu étais un génie.

Je t'envoie des milliers de baisers

Maman
XXXX

154

Et ça, c'était la quatrième lettre

23 août

Aptmt 1
312 Lausanne Road
Londres N8

Cher Christopher

Excuse-moi de ne pas t'avoir écrit la semaine dernière. Il a fallu que j'aille chez le dentiste me faire extraire deux molaires. Tu ne te rappelles peut-être plus quand on a dû t'emmener chez le dentiste. Tu refusais qu'on te mette la main dans la bouche, alors on a dû t'endormir pour que le dentiste puisse t'arracher une dent. Moi, on ne m'a pas endormie, on m'a seulement fait ce qu'on appelle une anesthésie locale ; tu ne sens plus rien de ce qui se passe dans ta bouche, et c'est tant mieux, parce qu'il a fallu scier l'os pour arriver à retirer la dent. Ça ne m'a pas fait mal du tout. Ça m'a même fait rire de voir le dentiste tirer, pousser et se donner tant de peine, j'ai trouvé ça vraiment drôle. Mais quand je suis rentrée à la maison, la douleur est revenue et j'ai dû rester allongée sur le canapé pendant deux jours et prendre un tas d'antalgiques…

Puis j'ai arrêté de lire parce que j'avais envie de vomir.

Mère n'avait pas eu de crise cardiaque. Mère n'était pas morte. Mère avait été vivante tout le temps. Et Père m'avait menti.

J'ai commencé à réfléchir profondément pour essayer de trouver une explication, mais je n'en ai pas trouvé. Puis je ne suis plus arrivé à réfléchir du tout, parce que mon cerveau ne fonctionnait plus correctement.

J'avais le vertige. J'avais l'impression que la chambre se balançait d'un côté à l'autre, comme si elle se trouvait tout en haut d'un grand immeuble et qu'il y avait beaucoup de vent et que tout l'immeuble se balançait d'avant en arrière (ça aussi, c'est une comparaison). Mais je savais que la pièce ne pouvait pas se balancer, alors c'était sans doute quelque chose qui se passait dans ma tête.

Je me suis laissé tomber sur le lit et je me suis roulé en boule.

J'avais mal au ventre.

Je ne sais pas ce qui s'est passé ensuite parce qu'il y a un blanc dans ma mémoire, comme si une partie de la bande s'était effacée. Mais je sais que ça a duré longtemps parce que, plus tard, quand j'ai rouvert les yeux, j'ai vu qu'il faisait nuit dehors. Et il y avait du vomi plein le lit, et aussi sur mes mains, mes bras et ma figure.

Mais avant ça, j'ai entendu Père entrer dans la maison et m'appeler, et ça aussi, ça m'a fait comprendre qu'il s'était passé beaucoup de temps.

C'était bizarre parce qu'il criait : « Christopher ?… Christopher ?… » et j'avais l'impression de voir mon nom écrit quand il le prononçait. Il m'arrive souvent de voir ce que les autres disent écrit comme sur un écran d'ordinateur, surtout quand ils sont dans une autre pièce. Mais là, ce n'était pas sur un écran d'ordinateur. Je le voyais écrit très gros, comme sur les publicités qu'il y a sur les côtés des bus. Et c'était l'écriture de ma mère, comme ça

Christopher Christopher

Puis j'ai entendu Père monter l'escalier et entrer dans ma chambre.

Il a dit : « Mais, bon sang, Christopher, qu'est-ce que tu fabriques ? »

Je savais qu'il était dans la chambre, mais sa voix était toute petite et lointaine, comme celle des gens quand je grogne et que je ne veux pas qu'ils s'approchent de moi.

Il a dit : « Bordel, qu'est-ce que tu… C'est mon placard, Christopher… C'est… Oh, merde. Merde, merde, merde, merde, merde. »

Puis il n'a plus rien dit pendant un moment.

Ensuite, il a posé la main sur mon épaule et m'a tourné sur le côté et a dit : « Oh, mon Dieu. » Mais quand il m'a touché, ça ne m'a pas fait mal comme d'habitude. Je le voyais me toucher, c'était comme si je regardais un film de ce qui se passait dans la pièce, mais je ne sentais presque pas sa main. C'était simplement comme le vent qui soufflait sur moi.

Il est resté silencieux un moment.

Puis il a dit : « Je suis désolé, Christopher. Je suis vraiment désolé. »

C'est à ce moment-là que j'ai remarqué que j'avais vomi, parce que j'ai senti quelque chose de mouillé sur moi, et il y avait la même odeur qu'à l'école, quand quelqu'un a vomi.

Il a dit : « Tu as lu les lettres. »

Alors j'ai entendu qu'il pleurait, parce que sa respiration était pleine de bulles et de mouillé, comme quand quelqu'un a le rhume et qu'il a le nez plein de morve.

Puis il a dit : « J'ai fait ça pour ton bien, Christopher. C'est vrai. Je ne voulais pas te mentir. C'est seulement que j'ai pensé… J'ai pensé que c'était mieux que tu ne

157

saches pas que… que… je ne voulais pas… je pensais te les montrer quand tu serais plus grand. »

Et il s'est tu de nouveau.

Puis il a dit : « Ça s'est fait comme ça. »

Puis il s'est tu de nouveau.

Puis il a dit : « Je ne savais pas comment te le dire… J'étais dans un tel état… Elle a laissé un mot et… puis elle a appelé… Je t'ai dit qu'elle était à l'hôpital parce que… parce que je ne savais pas comment t'expliquer… C'était si compliqué. Si difficile. Et je… je t'ai dit qu'elle était à l'hôpital. Je savais bien que ce n'était pas vrai. Mais une fois que j'avais dit ça… je ne pouvais pas… je ne pouvais plus faire marche arrière. Tu comprends… Christopher ? Christopher ? C'est seulement… Je ne savais plus ce que je faisais. Si seulement… »

Alors il s'est tu pendant vraiment longtemps.

Puis il m'a de nouveau touché l'épaule et a dit : « Christopher, il faut qu'on te débarbouille un peu, tu veux bien ? »

Il m'a secoué l'épaule, tout doucement, mais je n'ai pas bougé.

Il a dit : « Christopher, je vais aller à la salle de bains et je vais te faire couler un bain bien chaud. Puis je vais revenir te chercher et je t'emmènerai à la salle de bains. D'accord ? Comme ça, je pourrai mettre les draps à la machine. »

Je l'ai entendu se lever, aller à la salle de bains et ouvrir les robinets. J'ai écouté l'eau couler dans la baignoire. Il est resté parti un moment. Puis il est revenu, il m'a de nouveau touché l'épaule et a dit : « On va y aller mollo, Christopher. Je vais t'aider à t'asseoir, à te déshabiller et à entrer dans la baignoire. D'accord ? Il va falloir que je te touche, mais ça va très bien se passer. »

Alors il m'a relevé et m'a fait asseoir au bord du lit. Il a retiré mon pull et ma chemise et les a posés sur le lit. Puis il m'a fait mettre debout et marcher jusqu'à la salle de bains. Je n'ai pas crié. Je ne me suis pas débattu. Je ne l'ai pas frappé.

163.

Quand j'étais petit et que je suis allé à l'école pour la première fois, mon professeur principal s'appelait Julie, parce que Siobhan n'était pas encore là. Elle n'est arrivée que quand j'avais douze ans.

Un jour, Julie s'est assise à un bureau à côté de moi, elle a posé un tube de Smarties dessus et elle a dit : « Christopher, à ton avis, qu'est-ce qu'il y a là-dedans ? »

J'ai dit : « Des Smarties. »

Alors elle a retiré le couvercle du tube de Smarties et l'a renversé. Un petit crayon rouge est sorti et elle a ri.

J'ai dit : « Ce n'est pas des Smarties, c'est un crayon. »

Elle a remis le petit crayon rouge dans le tube de Smarties et a refermé le couvercle.

Puis elle a dit : « Si ta maman arrivait maintenant, et que nous lui demandions ce qu'il y a dans le tube de Smarties, qu'est-ce que tu crois qu'elle dirait ? » Parce qu'à l'époque j'appelais Mère *Maman* et pas *Mère*.

J'ai dit : « Un crayon. »

C'est parce que quand j'étais petit, je ne comprenais pas que les autres avaient un cerveau. Et Julie a dit à ma mère et à mon père que ce serait toujours difficile pour moi. Mais aujourd'hui, ce n'est plus difficile. Parce que je me suis dit que c'était une sorte d'énigme, et il y a toujours moyen de résoudre une énigme.

C'est comme les ordinateurs. Les gens croient que les ordinateurs sont différents des êtres humains, parce qu'ils n'ont pas de cerveau.

Pourtant, dans le test de Turing, les ordinateurs peuvent avoir des conversations sur le temps qu'il fait, sur le vin, sur l'Italie et ils peuvent même raconter des blagues.

Mais le cerveau n'est qu'une machine compliquée.

Quand nous regardons quelque chose, nous croyons que nous regardons simplement par nos yeux, comme à travers des petites fenêtres, et qu'il y a quelqu'un dans notre tête, mais ce n'est pas vrai. Ce que nous regardons, c'est un écran qui se trouve dans notre tête, comme un écran d'ordinateur.

On le sait grâce à une expérience que j'ai vue à la télé dans une série qui s'appelle *Comment fonctionne le cerveau*. Dans cette expérience, on vous immobilise la tête et on vous fait regarder une page d'écriture sur un écran. Elle ressemble à une page d'écriture normale, sans rien qui bouge. Mais au bout d'un moment, quand votre œil circule sur la page, vous vous rendez compte qu'il se passe quelque chose de très bizarre, parce que, quand vous essayez de lire un passage que vous avez déjà lu, vous découvrez qu'il a changé.

C'est parce que quand l'œil passe rapidement d'un point à un autre, on ne voit rien du tout et on est aveugle. Ces petits mouvements rapides s'appellent des *saccades*. Parce que si on voyait tout, au moment où l'œil passe d'un point à un autre, on aurait la tête qui tourne. Et dans cette expérience, un détecteur sait à quel moment l'œil passe d'un point à un autre, et il en profite pour changer certains mots à un endroit de la page qu'on ne regarde pas.

On ne se rend pas compte qu'on est aveugle pendant les saccades, parce que le cerveau complète l'écran qu'on a dans la tête pour que ce soit vraiment comme si on regardait par deux petites fenêtres. On ne remarque pas que les mots ont changé sur une autre partie de la page, parce que le cerveau complète l'image de ce qu'on ne regarde pas à ce moment-là.

Les gens sont différents des animaux, parce qu'ils peuvent projeter sur l'écran qu'ils ont dans la tête l'image de choses qu'ils ne regardent pas. Il peuvent projeter l'image de quelqu'un qui se trouve dans une autre pièce. Ou l'image de ce qui se passera le lendemain. Ou une image d'eux-mêmes en astronaute. Ou l'image de très, très grands nombres. Ou celle d'un raisonnement quand ils essaient de comprendre quelque chose.

Voilà pourquoi un chien peut aller chez le vétérinaire, subir une très grave opération et avoir des broches métalliques qui sortent de sa patte. S'il voit un chat, il oublie qu'il a des broches dans la patte et il court après le chat. Mais quand quelqu'un a subi une opération, l'image de la douleur persiste dans sa tête pendant des mois et des mois. Il conserve l'image de tous les points de suture de sa jambe, de l'os cassé et des broches, et même s'il voit arriver le bus qu'il doit prendre, il ne court pas, parce qu'il a dans la tête l'image des os qui s'écrasent, des points de suture qui lâchent et de la douleur qui revient.

Voilà pourquoi les gens croient que les ordinateurs n'ont pas de cerveau et pourquoi ils croient qu'ils ont un cerveau tout à fait exceptionnel, qui n'a rien à voir avec un ordinateur. C'est qu'ils voient l'écran qu'ils ont dans la tête et croient qu'il y a quelqu'un dans leur tête qui est en train de regarder l'écran, comme le capitaine Jean-Luc Picard dans *Star Trek : La nouvelle génération*, assis dans son fauteuil de capitaine en train de regarder un grand écran. Ils croient que cette personne est leur cerveau humain tout à fait exceptionnel qu'on appelle un *homoncule*, ce qui veut dire un *petit homme*. Et ils croient qu'il n'y a pas d'homoncule dans les ordinateurs.

Mais cet homoncule n'est qu'une autre image qui se projette sur l'écran qu'ils ont dans la tête. Et quand l'homoncule se trouve sur l'écran qu'ils ont dans la tête (parce qu'ils pensent à l'homoncule), il y a un autre endroit du cerveau qui observe l'écran. Et quand on pense à cette partie du cerveau (la partie qui observe l'homoncule qui se trouve sur l'écran), cette partie du cerveau s'affiche sur l'écran et il y a une autre partie du cerveau qui observe l'écran. Mais le cerveau ne voit pas ce qui se passe, parce que c'est comme au moment où l'œil passe rapidement d'un point à un autre, et quand on arrête de penser à une chose pour penser à une autre, on est aveugle dans la tête.

Voilà pourquoi le cerveau humain est comme un ordinateur. Ce n'est pas parce qu'il est exceptionnel, mais parce qu'il doit s'éteindre pendant quelques fractions de seconde au moment où l'écran change. Et comme c'est quelque chose qu'ils ne peuvent pas voir, les gens pensent que c'est forcément exceptionnel, parce qu'ils croient toujours que ce qu'ils ne voient pas est exceptionnel, comme la face cachée de la lune ou l'autre côté d'un trou noir, ou le noir quand ils se réveillent la nuit et qu'ils ont peur.

Les gens pensent qu'ils ne sont pas comme des ordinateurs parce qu'ils ont des sentiments et que les ordinateurs n'ont pas de sentiments. Avoir des sentiments, c'est simplement projeter sur l'écran qu'on a dans la tête une image de ce qui va se passer le lendemain ou l'année prochaine, ou de ce qui aurait pu se passer à la place de ce qui s'est vraiment passé, et si l'image est joyeuse, on sourit et si elle est triste, on pleure.

167.

Après m'avoir donné un bain, avoir nettoyé le vomi que j'avais sur moi et m'avoir séché avec une serviette, Père m'a emmené dans ma chambre et m'a fait enfiler des vêtements propres.

Il a dit : « Tu as mangé quelque chose, ce soir ? »

Mais je n'ai rien dit.

Il a dit : « Tu veux que je t'apporte quelque chose à manger, Christopher ? »

Je n'ai toujours rien dit.

Alors il a dit : « Bon, écoute. Je vais mettre tes habits et les draps à la machine et je reviens. D'accord ? »

J'étais assis sur le lit et je regardais mes genoux.

Alors Père est sorti de la chambre, il a ramassé mes vêtements qui étaient par terre, dans la salle de bains, et il les a posés sur le palier. Il est allé retirer les draps de son lit et il les a sortis sur le palier avec ma chemise et mon pull. Puis il a tout ramassé et il est descendu. Je l'ai entendu mettre la machine à laver en route et j'ai entendu la chaudière se déclencher et l'eau des canalisations qui entrait dans la machine à laver.

Pendant longtemps, je n'ai rien entendu d'autre.

J'ai calculé des puissances de 2 dans ma tête parce que ça me calme. Je suis arrivé à **33 554 432**, c'est-à-dire à 2^{25}, ce qui n'est pas beaucoup parce que je suis déjà arrivé à 2^{45}, mais mon cerveau ne fonctionnait pas très bien.

Père est revenu dans ma chambre et a dit : « Comment tu te sens ? Tu as besoin de quelque chose ? »

Je n'ai rien dit. J'ai continué à regarder mes genoux.

Père n'a rien dit non plus. Il s'est simplement assis sur le lit à côté de moi, il a posé ses coudes sur ses genoux et a regardé le tapis entre ses jambes. Il y avait une petite pièce de Lego rouge à 8 ergots par terre.

Puis j'ai entendu Toby se réveiller, parce que c'est un animal nocturne, et je l'ai entendu remuer dans sa cage.

Père est resté silencieux très longtemps.

Puis il a dit : « Écoute, je ne devrais peut-être pas te dire ça, mais… Je veux que tu saches que tu peux me faire confiance. Et… Bon, d'accord, peut-être que je ne dis pas toujours la vérité. Mais franchement, Christopher, j'essaie. Je t'assure, mais… Tu sais, la vie n'est pas simple. C'est tellement difficile de dire la vérité tout le temps. Des fois, c'est impossible. Je veux que tu saches que j'essaie, vraiment. Ce n'est peut-être pas le meilleur moment pour te raconter ça, et je sais que ça ne va pas te faire plaisir, mais… Il faut que tu saches qu'à partir de maintenant je te dirai la vérité. Toujours. Parce que… si on ne dit pas la vérité tout de suite, eh bien après… après, c'est encore plus dur. Alors… »

Père a passé ses mains sur son visage, il a tiré son menton vers le bas avec ses doigts et il a regardé le mur. Je le voyais du coin de l'œil.

Il a dit : « Christopher, c'est moi qui ai tué Wellington. »

Je me suis demandé si c'était une blague, parce que je ne comprends pas les blagues et que, quand les gens disent des blagues, ils ne pensent pas vraiment ce qu'ils disent.

Mais alors Père a dit : « Je t'en prie, Christopher, écoute-moi. Je vais t'expliquer. » Puis il a aspiré de l'air et il a dit : « Quand ta maman est partie... Eileen... Mme Shears... elle a été très gentille avec nous. Très gentille avec moi. Elle m'a aidé à traverser une période vraiment difficile. Je ne sais pas ce que j'aurais fait sans elle. Tu sais bien, elle venait chez nous presque tous les jours. Elle me donnait un coup de main pour la cuisine et le ménage. Elle venait faire un saut pour voir si tout allait bien, si nous avions besoin de... Je me suis dit... Eh bien... oh, merde, Christopher, j'essaie de dire les choses simplement... Je me suis dit qu'elle pourrait continuer à venir chez nous. Je me suis dit... j'étais peut-être idiot... Je me suis dit qu'elle pourrait... finalement... venir s'installer ici. Ou que nous pourrions aller chez elle. On... on s'entendait vraiment, vraiment bien. Je pensais qu'on était amis. Je suppose que je me trompais. Je suppose... à la fin... dans le fond... merde... On s'est disputés, Christopher et... Elle m'a dit des choses que je ne te répéterai pas parce que ce n'est pas gentil et que ça fait mal, mais... Je crois qu'elle tenait plus à ce foutu chien qu'à moi, qu'à nous. Si on y pense, elle n'avait peut-être pas tort. On n'est sans doute pas très marrants, toi et moi. Et c'est peut-être plus facile de vivre toute seule à s'occuper d'un crétin de clebs que de partager sa vie avec de vrais êtres humains. Je veux dire, quoi, merde, on n'est pas de tout repos, mon vieux, tu comprends... ? Toujours est-il

167

qu'on s'est disputés. Plusieurs fois, en fait. Mais un jour, on a eu une scène spécialement dure, et elle m'a viré. Tu sais bien comment ce foutu chien était devenu, après l'opération. Complètement schizo. Doux comme un agneau, à se rouler sur le dos pour qu'on lui gratte le ventre. Et la minute d'après, il te plantait ses crocs dans la jambe. Enfin, ce jour-là, on était là à s'engueuler, et il est sorti dans le jardin faire ses besoins. Puis elle a claqué la porte derrière moi et ce salopard m'attendait. Et… je sais, je sais… Si je lui avais flanqué un coup de pied, il se serait sûrement barré. Mais bon, Christopher, tu vois, quand on a ce brouillard rouge qui tombe… Bon sang, tu sais ce que c'est. On n'est pas si différents, toi et moi. Et moi, la seule idée que j'avais en tête, c'est qu'elle tenait plus à ce foutu chien qu'à toi ou moi. C'est comme si tout ce que j'avais encaissé depuis deux ans… »

Père s'est tu un moment.

Puis il a dit : « Je suis désolé, Christopher. Je te jure. Si j'avais pu imaginer que ça allait finir comme ça. »

Alors j'ai su que ce n'était pas une blague et j'ai eu vraiment peur.

Père a dit : « On fait tous des conneries, Christopher. Toi, moi, ta maman, tout le monde. Et des fois, on fait de grosses conneries. On n'est que des êtres humains, après tout. »

Alors il a levé la main droite et il a écarté ses doigts en éventail.

Mais j'ai crié et je l'ai poussé en arrière, alors il est tombé du lit.

Il s'est assis par terre et a dit : « C'est bon. Écoute, Christopher. Je suis désolé. On va en rester là pour ce soir, d'accord ? Je vais descendre, tu vas dormir et on en reparlera demain matin. » Puis il a dit : « Ça va aller. Je t'assure. Fais-moi confiance. »

Alors il s'est levé, il a pris une profonde inspiration et il est sorti de la chambre.

Je suis resté longtemps assis sur mon lit à regarder par terre. Puis j'ai entendu Toby qui grattait dans sa cage. J'ai levé les yeux et je l'ai vu qui me regardait à travers les barreaux.

Il fallait que je quitte la maison. Père avait assassiné Wellington. Ça voulait dire qu'il pouvait m'assassiner, moi aussi. Je ne pouvais pas lui faire confiance, même s'il avait dit « Fais-moi confiance », parce qu'il m'avait menti sur une chose importante.

Je ne pouvais pas partir de la maison tout de suite, parce qu'il me verrait. Il fallait donc que j'attende qu'il dorme.

Il était 23 h 16.

J'ai essayé de recalculer des puissances de 2, mais je n'ai pas pu dépasser 2^{15}, ce qui fait **32 768**. Alors j'ai grogné pour faire passer le temps et pour ne pas penser.

Quand j'ai regardé ma montre, il était 1 h 20 du matin, mais je n'avais pas entendu Père monter se coucher. Je me suis demandé s'il s'était endormi en bas ou s'il s'apprêtait à entrer dans ma chambre pour me tuer. Alors j'ai sorti mon Couteau de l'Armée Suisse et j'ai ouvert la lame scie pour pouvoir me défendre. Je suis sorti tout doucement de ma chambre et j'ai écouté. Je n'ai rien entendu, alors j'ai commencé à descendre l'escalier très lentement, sans faire de bruit. Depuis les marches, j'ai aperçu le pied de Père par la porte du salon. J'ai attendu 4 minutes pour voir s'il bougeait, mais il n'a pas bougé. Alors j'ai continué à descendre.

Une fois dans l'entrée, je me suis retourné pour regarder par la porte du salon.

Père était allongé sur le canapé, les yeux fermés.

Je l'ai regardé longtemps.

Puis il a ronflé, et j'ai sursauté. J'ai entendu le sang dans mes oreilles et mon cœur qui battait très, très vite et j'ai senti une douleur comme si quelqu'un avait gonflé un très gros ballon dans ma poitrine.

J'ai eu peur d'avoir une crise cardiaque.

Père avait toujours les yeux fermés. Je me suis demandé s'il faisait semblant de dormir. Alors j'ai serré le canif très fort dans ma main, et j'ai donné un coup sur le chambranle de la porte.

Père a remué la tête d'un côté puis de l'autre, son pied a bougé et il a dit « Gnnn » mais il n'a pas ouvert les yeux. Puis il a recommencé à ronfler.

Il dormait.

Ça voulait dire que je pouvais sortir de la maison si je faisais très attention à ne pas le réveiller.

Je suis allé chercher mes deux manteaux et mon cache-nez qui étaient suspendus près de la porte d'entrée et je les ai enfilés, parce qu'il allait faire froid dehors la nuit. Puis je suis remonté tout doucement, mais c'était difficile parce que j'avais les jambes qui tremblaient. Je suis allé dans ma chambre et j'ai pris la cage de Toby. Il grattait, alors j'ai retiré un des manteaux et je l'ai posé sur la cage pour étouffer le bruit. Puis je suis redescendu avec lui.

Père dormait toujours.

Je suis entré dans la cuisine et j'ai pris ma boîte à provisions spéciale. J'ai déverrouillé la porte de derrière et je suis sorti. J'ai maintenu la clenche baissée pour qu'elle se referme en silence. Puis je suis allé jusqu'au fond du jardin.

Au fond du jardin, il y a une cabane. On y range la tondeuse et le taille-haie, et plein de matériel de jardinage dont Mère se servait, comme des pots, des sacs de compost, des tuteurs de bambou, de la corde et des pelles. Il devait faire un peu plus chaud dans la cabane, mais je savais que Père risquait de me chercher là, alors j'ai fait le tour et je me suis glissé dans l'interstice entre le mur de la cabane et la clôture, derrière le gros réservoir de plastique noir qui sert à recueillir l'eau de pluie. Je me suis assis et je me suis senti un peu plus en sécurité.

J'ai décidé de laisser mon deuxième manteau sur la cage de Toby parce que je ne voulais pas qu'il prenne froid et qu'il meure.

J'ai ouvert ma boîte à provisions spéciale. Dedans il y avait le Milky Bar, deux rubans de réglisse, trois clémentines, une gaufrette rose et mon colorant alimentaire rouge. Je n'avais pas faim, mais je savais qu'il fallait que je mange quelque chose parce que quand on a l'estomac vide, on risque de prendre froid, alors j'ai mangé deux clémentines et le Milky Bar.

Puis je me suis demandé ce que j'allais faire.

173.

Entre le toit de la cabane et la grande plante qui passe par-dessus la clôture de la maison d'à côté, j'ai vu la constellation d'**Orion**.

Les gens disent qu'**Orion** s'appelle comme ça, parce que Orion était un chasseur et que la constellation ressemble à un chasseur armé d'une massue, d'un arc et d'une flèche, comme ça

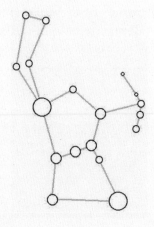

C'est complètement idiot, parce que ce ne sont que des étoiles et qu'on peut relier les points comme on veut. On peut dessiner une dame qui agite son ombrelle, ou la cafetière de Mme Shears qui vient d'Italie avec une poignée et de la vapeur qui sort, ou même un dinosaure

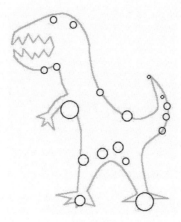

Et comme il n'y a pas de lignes dans l'espace, on peut très bien relier certaines parties d'**Orion** à des parties du **Lièvre**, du **Taureau** ou des **Gémeaux** et dire que c'est une constellation qui s'appelle la **Grappe de Raisin** ou **Jésus** ou la **Bicyclette** (sauf qu'il n'y avait pas de bicyclettes du temps des Romains et des Grecs et que c'est à ce moment-là qu'on a appelé **Orion** Orion).

De toute façon, **Orion** n'est ni un chasseur, ni une cafetière, ni un dinosaure. C'est seulement Bételgeuse, Bellatrix, Alnilam, Rigel et 17 autres étoiles dont je ne sais pas le nom. Et ce sont des explosions nucléaires qui se produisent à des milliards de kilomètres de distance.

Ça, c'est la vérité.

179.

Je suis resté éveillé jusqu'à 3 h 47. C'est la dernière fois que j'ai regardé ma montre avant de m'endormir. Elle a un cadran lumineux qui s'éclaire quand on appuie sur un bouton, alors je pouvais voir l'heure dans le noir. Il faisait froid et j'avais peur que Père me trouve. Mais je me sentais plus en sécurité au jardin parce que j'étais caché.

J'ai beaucoup regardé le ciel. J'aime regarder le ciel dans le jardin, la nuit. Des fois, l'été, je sors la nuit avec ma lampe de poche et mon planisphère, c'est deux cercles en plastique avec une épingle au milieu. Sur la partie du bas, il y a une carte du ciel et sur la partie du haut, un trou en forme de parabole, et quand on la fait tourner, on voit la carte du ciel tel qu'il se présente ce jour-là de l'année, à 51,5° de latitude nord, ce qui est la latitude de Swindon, parce que la plus grande partie du ciel se trouve toujours de l'autre côté de la terre.

Quand on regarde le ciel, on sait qu'on voit des étoiles qui se trouvent à des centaines et des milliers d'années-lumière de nous. Certaines n'existent même plus, parce que leur lumière a mis si longtemps à parvenir jusqu'à nous qu'elles sont déjà mortes, ou qu'elles ont explosé et se sont désintégrées en naines rouges. Alors on se sent tout petit et, quand il y a des choses difficiles dans la vie, ça fait du bien de penser qu'elles sont ce qu'on appelle *négligeables*, ce qui veut dire qu'elles sont si petites qu'on n'a pas à en tenir compte quand on fait un calcul.

Je n'ai pas très bien dormi à cause du froid et parce qu'il y avait tout plein de bosses et de pointes par terre et parce que Toby grattait beaucoup dans sa cage. Mais quand je me suis réveillé pour de bon, c'était l'aube, le ciel était orange, bleu et violet et j'entendais les oiseaux chanter ce qu'on appelle *Le Chœur de l'Aube*. Je suis resté sans bouger pendant encore 2 heures et 32 minutes, puis j'ai entendu Père sortir dans le jardin et appeler : « Christopher… ? Christopher… ? »

Alors je me suis retourné et j'ai trouvé un vieux sac en plastique couvert de boue qui avait contenu de l'engrais. Je me suis faufilé avec la cage de Toby et ma boîte à provisions spéciale dans le coin entre le mur de la cabane, la clôture et le réservoir à eau de pluie et je me suis recouvert avec le sac d'engrais. Puis j'ai entendu Père marcher dans le jardin et j'ai sorti de ma poche mon Couteau de l'Armée Suisse, j'ai déplié la lame scie et je l'ai tenue, au cas où il nous trouverait. Je l'ai entendu ouvrir la porte de la cabane et regarder à l'intérieur. Et je l'ai entendu dire « Merde ». Puis j'ai entendu ses pas dans les buissons, sur le côté de la cabane. J'avais le cœur qui battait terriblement vite et j'avais de nouveau l'impression d'avoir un ballon dans la poitrine. Je crois qu'il a regardé derrière la cabane, mais je n'en suis pas sûr parce que j'étais caché, et il ne m'a pas vu parce que je l'ai entendu repartir vers la maison.

Je suis resté immobile, j'ai regardé ma montre et je n'ai pas bougé pendant 27 minutes. Puis j'ai entendu Père faire démarrer sa camionnette. Je savais que c'était sa camionnette parce que je l'ai entendue très souvent et qu'elle était tout près, et je savais que ce n'était pas la voiture d'un voisin parce que les gens qui se droguent ont un camping-car Volkswagen, M. Thompson qui habite au numéro 40 a une Vauxhall Cavalier et les gens qui habitent au numéro 34 ont une Peugeot et que toutes ces voitures font un bruit différent.

Quand je l'ai entendu s'éloigner de la maison, j'ai su que je pouvais sortir en toute sécurité.

Mais il fallait que je décide quoi faire. Je ne pouvais plus rester à la maison avec Père, parce que c'était dangereux.

Alors j'ai pris une décision.

J'ai décidé d'aller frapper à la porte de Mme Shears et d'habiter chez elle, parce que je la connaissais, qu'elle n'était pas une étrangère et que j'avais déjà habité chez elle, quand il y avait eu une panne de courant de notre côté de la rue. Cette fois, elle ne me dirait pas de m'en aller, parce que je pourrais lui apprendre qui avait tué Wellington et comme ça, elle saurait que j'étais un ami. Et elle comprendrait pourquoi je ne pouvais plus rester chez Père.

J'ai pris les rubans de réglisse, la gaufrette rose et la dernière clémentine dans ma boîte à provisions spéciale, je les ai mis dans ma poche et j'ai caché ma boîte à provisions spéciale sous le sac d'engrais. Puis j'ai pris la cage de Toby et mon deuxième manteau et je suis sorti de ma cachette. J'ai traversé le jardin, j'ai longé la maison, j'ai tiré le loquet de la porte du jardin et je suis sorti sur le trottoir.

Il n'y avait personne dans la rue, alors j'ai traversé et j'ai pris l'allée qui conduit à la maison de Mme Shears, j'ai frappé à la porte et j'ai réfléchi à ce que j'allais dire quand elle ouvrirait.

Mais elle n'a pas ouvert. Alors j'ai frappé de nouveau.

Puis je me suis retourné. J'ai vu des gens qui marchaient dans la rue et j'ai de nouveau eu peur parce que c'étaient deux des drogués de la maison d'à côté. Alors j'ai pris la cage de Toby, j'ai longé la maison de Mme Shears et je me suis accroupi derrière la poubelle pour qu'ils ne me voient pas.

Je ne savais plus quoi faire.

Alors j'ai réfléchi à toutes les possibilités que j'avais pour essayer de trouver la meilleure solution.

Je ne pouvais pas rentrer à la maison.

Je ne pouvais pas aller habiter chez Siobhan, parce qu'elle ne pouvait pas s'occuper de moi quand l'école était fermée, parce que c'est un professeur et pas une amie ni un membre de ma famille.

Je ne pouvais pas aller habiter chez oncle Terry parce qu'il habite Sunderland, que je ne savais pas comment y aller et que je n'aimais pas oncle Terry parce qu'il fume des cigarettes et me caresse les cheveux.

Je ne pouvais pas aller habiter chez Mme Alexander parce qu'elle n'était pas une amie ni un membre de ma famille, même si elle avait un chien, et je ne pouvais pas passer la nuit chez elle ou me servir de ses toilettes parce qu'elle s'en était servie et que c'était une étrangère.

Alors je me suis dit que je pouvais aller habiter chez Mère parce qu'elle était de ma famille et que je savais où elle habitait puisque je me souvenais de l'adresse qui était écrite sur les lettres. C'était 451c Chapter Road, Londres NW2 5 NG. Seulement, elle habitait Londres et je n'y étais encore jamais allé. Je n'étais allé qu'à Douvres pour prendre le ferry pour la France, à Sunderland pour rendre visite à oncle Terry et à Manchester pour aller voir tante Ruth qui avait un cancer, sauf qu'elle n'avait pas le cancer quand j'y suis allé. Et je n'étais jamais allé tout seul nulle part, sauf au magasin qui se trouve au bout de la rue. En plus, l'idée d'aller quelque part tout seul me faisait peur.

Alors j'ai pensé à ce qui pourrait arriver si je rentrais à la maison, si je restais où j'étais, ou si je me cachais dans le jardin tous les soirs et que Père me trouvait, et j'ai eu encore plus peur. Et quand j'ai pensé à tout ça, j'ai eu l'impression que j'allais de nouveau vomir comme le soir d'avant.

J'ai compris qu'aucune solution n'était sans danger. Et j'ai dessiné un tableau dans ma tête. Il était comme ça

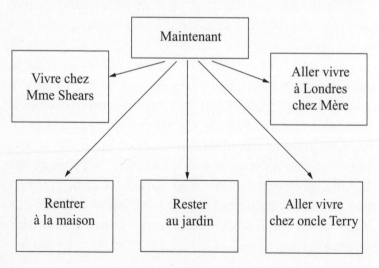

Puis j'ai décidé de barrer toutes les solutions impossibles. C'est comme à un examen de maths, quand on lit toutes les questions et qu'on choisit celles qu'on va faire et celles qu'on ne va pas faire, alors on barre toutes celles qu'on ne va pas faire, parce que alors on a pris une décision irrévocable et qu'on ne peut plus changer d'avis. Et le tableau était comme ça

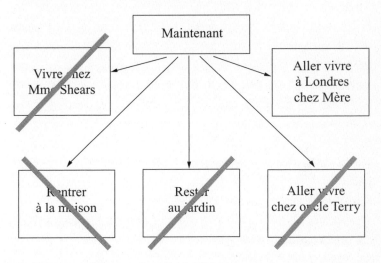

Ce qui voulait dire qu'il fallait que j'aille vivre à Londres chez Mère. Je pouvais y arriver en prenant le train, parce que je connaissais très bien les trains grâce à mon train électrique. Je savais comment on consulte un horaire, je savais qu'on va à la gare, qu'on achète un billet et qu'on consulte le tableau des départs pour voir si le train qu'on doit prendre est à l'heure, et puis on va sur le bon quai et on monte dans le train. Je pouvais partir de la gare de Swindon où Sherlock Holmes et le docteur Watson s'arrêtent pour déjeuner quand ils vont de Paddington à Ross dans *Le Mystère de la vallée de Boscombe*.

Puis j'ai regardé le mur, de l'autre côté du petit passage qui se trouve sur le côté de la maison de Mme Shears où j'étais assis, et j'ai vu le couvercle circulaire d'une très vieille casserole de métal posé contre le mur. Il était couvert de rouille. Et il ressemblait à la surface d'une planète parce que la rouille avait la forme de pays, de continents et d'îles.

Alors je me suis dit que je ne pourrais jamais être astronaute, parce que, pour être astronaute, il faut partir à des centaines de milliers de kilomètres de chez soi et que maintenant, chez moi, c'était à Londres, ce qui était à peu près à 150 kilomètres. Ce qui était plus de 1000 fois plus près que ne le serait ma maison si je me trouvais dans l'espace, et ça m'a fait mal de penser à ça. Comme quand je suis tombé dans l'herbe au bord de l'aire de jeux un jour et que je me suis entaillé le genou sur un morceau de bouteille cassée que quelqu'un avait jeté par-dessus le mur. Je me suis coupé un lambeau de peau et M. Davis a dû nettoyer la chair sous le lambeau de peau avec du désinfectant pour tuer les germes et faire sortir la saleté et ça m'a fait si mal que j'ai pleuré. Mais là, c'était dans ma tête que j'avais mal. Et j'étais triste de penser que je ne pourrais jamais être astronaute.

Alors je me suis dit qu'il fallait que je sois comme Sherlock Holmes et que je *détache mon esprit à volonté à un degré très remarquable* pour ne pas remarquer à quel point ça me faisait mal dans la tête.

Puis je me suis dit que pour aller à Londres, il me faudrait de l'argent. Et aussi de quoi manger, parce que c'était un long voyage et que je ne savais pas où trouver à manger. Et je me suis dit qu'il fallait que quelqu'un s'occupe de Toby quand j'irais à Londres parce que je ne pouvais pas l'emmener.

Alors j'ai *Conçu un Plan*. Et je me suis senti mieux parce que j'avais dans la tête un programme bien organisé et que je n'avais qu'à suivre les instructions l'une après l'autre.

Je me suis levé et j'ai vérifié qu'il n'y avait personne dans la rue. Puis je suis allé chez Mme Alexander, qui habite à côté de chez Mme Shears, et j'ai frappé à la porte.

Mme Alexander a ouvert la porte et a dit : « Christopher. Mon Dieu, que t'est-il arrivé ? »

J'ai dit : « Est-ce que vous pourriez garder Toby ? »

Elle a dit : « Qui est Toby ? »

J'ai dit : « C'est mon rat apprivoisé. »

Mme Alexander a dit : « Oh… Ah oui. C'est vrai. Tu m'en as parlé. »

Alors j'ai soulevé la cage de Toby et j'ai dit : « C'est lui. »

Mme Alexander a reculé d'un pas dans son entrée.

J'ai dit : « Il mange des croquettes spéciales qu'on achète dans les animaleries. Il peut aussi manger des biscuits, des carottes, du pain et des os de poulet. Mais il ne faut pas lui donner de chocolat, parce que le chocolat contient de la caféine et de la théobromine ; ce sont des méthylxanthines qui sont toxiques pour les rats en grandes quantités. Il faut aussi changer l'eau de sa bouteille tous les jours. Ça ne lui fera rien d'être chez quelqu'un d'autre, parce que c'est un animal. Il aime bien sortir de sa cage, mais ça n'a pas d'importance si vous ne le sortez pas. »

Mme Alexander a dit : « Pourquoi as-tu besoin de quelqu'un pour garder Toby, Christopher ? »

J'ai dit : « Je vais à Londres. »

Elle a dit : « Tu pars pour longtemps ? »

J'ai dit : « Jusqu'à ce que j'entre à l'université. »

Elle a dit : « Et tu ne peux pas emmener Toby ? »

J'ai dit : « C'est loin, Londres, et je ne veux pas l'emmener dans le train parce que je risque de le perdre. »

Mme Alexander a dit : « Je vois. » Et puis elle a dit : « Alors comme ça, vous déménagez, ton père et toi ? »

J'ai dit : « Non. »

Elle a dit : « Mais alors, qu'est-ce que tu vas faire à Londres ? »

J'ai dit : « Je vais vivre chez Mère. »

Elle a dit : « Tu ne m'as pas dit que ta mère était morte ? »

J'ai dit : « Je croyais qu'elle était morte, mais elle était encore vivante. Père m'a menti. Et c'est lui qui a tué Wellington. Il me l'a dit. »

Mme Alexander a dit : « Oh, mon Dieu. »

J'ai dit : « Je vais vivre chez ma mère parce que Père a tué Wellington, qu'il a menti et que j'ai peur de rester à la maison avec lui. »

Mme Alexander a dit : « Ta mère est ici ? »

J'ai dit : « Non. Mère est à Londres. »

Elle a dit : « Alors tu pars tout seul ? »

J'ai dit : « Oui. »

Elle a dit : « Écoute, Christopher, tu ne veux pas entrer un moment pour qu'on discute tranquillement de tout ça et qu'on voie ce qu'il y a de mieux à faire ? »

J'ai dit : « Non. Je ne peux pas entrer. Est-ce que vous voulez bien garder Toby ? »

Elle a dit : « Franchement, je ne crois pas que ce soit une très bonne idée. »

Je n'ai rien dit.

Elle a dit : « Où est ton père en ce moment ? »

J'ai dit : « Je ne sais pas. »

Elle a dit : « Bon. Le mieux serait peut-être de téléphoner à ton école. Ils devraient arriver à le joindre. Je suis sûre qu'il se fait beaucoup de souci. Et je suis sûre aussi que toute cette affaire est un terrible malentendu. »

Alors j'ai fait demi-tour et j'ai traversé la rue en courant. Je n'ai pas regardé avant de traverser et une Mini jaune a dû freiner brusquement. Ses pneus ont crissé sur la route. Je suis retourné chez nous, j'ai couru sur le côté de la maison, j'ai poussé la grille du jardin et j'ai remis le loquet en place derrière moi.

J'ai essayé d'ouvrir la porte de la cuisine, mais elle était fermée. Alors j'ai ramassé une brique qui traînait par terre, je l'ai lancée contre la fenêtre et il y a eu des éclats de verre partout. Puis j'ai passé le bras par la vitre cassée et j'ai ouvert la porte de l'intérieur.

Je suis entré dans la maison et j'ai posé Toby sur la table de la cuisine. Puis j'ai couru à l'étage, j'ai pris mon cartable et j'y ai fourré de la nourriture pour Toby, quelques livres de maths et des culottes propres, un maillot de corps et une chemise propre. Puis je suis descendu, j'ai ouvert le frigo, j'ai mis une brique de jus d'orange dans mon sac et une bouteille de lait qui n'était pas encore ouverte. Puis j'ai cherché dans le placard deux clémentines de plus, un paquet de biscuits fourrés et deux boîtes de haricots blancs, et je les ai rangés avec le reste dans mon sac, parce que je pouvais les ouvrir avec l'ouvre-boîte de mon Couteau de l'Armée Suisse.

Puis j'ai regardé sur le plan de travail à côté de l'évier et j'ai vu le portable de Père, son portefeuille et son carnet d'adresses. J'ai senti *ma peau... frissonner sous mes vêtements* comme le docteur Watson dans

Le Signe des quatre quand il aperçoit les minuscules empreintes de pieds de Tonga, l'habitant des îles Andaman, sur le toit de la maison de Bartholomew Sholto à Norwood, parce que j'ai cru que Père était revenu et qu'il était dans la maison. La douleur dans ma tête a encore empiré. Mais alors, j'ai rembobiné les images de ma mémoire et j'ai vu que sa camionnette n'était pas garée devant la maison ; il avait donc dû laisser son portable, son portefeuille et son carnet d'adresses en partant. J'ai pris son portefeuille et j'en ai sorti sa carte bancaire. Je savais que je pourrais me procurer de l'argent comme ça, parce que la carte a un code PIN. C'est le code secret qu'on entre dans la machine à la banque pour sortir de l'argent et Père ne l'avait pas noté dans un endroit sûr, comme on doit le faire normalement, il me l'avait indiqué, parce qu'il a dit que je ne l'oublierais jamais. C'était 3558. J'ai mis la carte dans ma poche.

Puis j'ai sorti Toby de sa cage et je l'ai mis dans la poche d'un de mes manteaux parce que sa cage était trop lourde pour que je puisse la porter jusqu'à Londres. Puis je suis ressorti dans le jardin par la porte de la cuisine.

J'ai poussé la porte du jardin et j'ai vérifié que personne ne me surveillait puis j'ai pris le chemin de l'école parce que c'était une direction que je connaissais et qu'une fois arrivé à l'école je pourrais demander à Siobhan où était la gare.

Normalement, j'aurais dû avoir de plus en plus peur d'aller à l'école à pied, parce que c'était quelque chose que je n'avais jamais fait. Mais j'éprouvais deux peurs différentes. J'avais peur de m'éloigner d'un endroit familier et en même temps, j'avais peur d'être

184

à proximité de l'endroit où habitait Père, et ces deux peurs étaient *en proportion inverse l'une de l'autre*, si bien que la peur totale restait constante puisque, en m'éloignant de la maison, je m'éloignais de Père comme ça

$$\text{Peur}_{\text{totale}} \approx \text{Peur}_{\text{nouvel endroit}} \times \text{Peur}_{\text{près de Père}} \approx \text{constante}$$

Le bus met 19 minutes pour aller de la maison à l'école, mais il m'a fallu 47 minutes pour faire le même trajet à pied, alors j'étais très fatigué en arrivant et j'espérais pouvoir rester à l'école un petit moment, manger quelques biscuits et boire un jus d'orange avant de repartir pour la gare. Mais je n'ai pas pu le faire, parce que, en arrivant à l'école, j'ai aperçu la camionnette de Père dans le parking. Je l'ai reconnue parce qu'il y avait sur le côté **Ed Boone Entretien de chauffage et Réparation de chaudières** avec un dessin de clés croisées comme ça

En voyant la camionnette, j'ai de nouveau vomi. Mais cette fois, j'ai senti que j'allais vomir, alors je n'ai pas vomi sur moi, seulement sur le mur et le trottoir. En plus, je n'ai pas beaucoup vomi parce que je n'avais pas

beaucoup mangé. Après avoir vomi, j'ai eu envie de me rouler en boule par terre et de grogner. Mais je savais que si je me roulais en boule et si je grognais, Père sortirait de l'école et il me verrait, il m'attraperait et il m'emmènerait à la maison. Alors j'ai inspiré profondément plein de fois, comme Siobhan me dit de le faire si quelqu'un me frappe à l'école, j'ai compté cinquante inspirations, je me suis concentré très fort sur les chiffres et je les ai élevés au cube en les disant. Alors j'ai eu moins mal.

Puis j'ai essuyé le vomi de ma bouche et j'ai pris la décision d'essayer de trouver comment aller à la gare. Il faudrait que je demande mon chemin à quelqu'un, qui devrait être une dame parce que, à l'école, quand on nous parle de Danger Étranger, on nous dit que si un homme nous aborde et nous parle et qu'on a peur, il faut crier et courir vers une dame, parce qu'on est plus en sécurité avec les dames.

Alors j'ai sorti mon Couteau de l'Armée Suisse, j'ai déplié la lame scie et j'ai tenu le couteau bien serré dans la poche où il n'y avait pas Toby pour pouvoir me défendre si quelqu'un voulait me prendre, et puis j'ai vu une dame de l'autre côté de la rue avec un bébé dans une poussette et un petit garçon qui tenait un éléphant en peluche, alors j'ai décidé de m'adresser à elle. Cette fois, j'ai bien regardé à gauche, et à droite, et encore à gauche, pour ne pas me faire écraser, et j'ai traversé la rue.

J'ai dit à la dame : « Où est-ce que je peux acheter un plan ? »

Elle a dit : « Comment ? »

J'ai dit : « Où est-ce que je peux acheter un plan ? » Et je sentais la main qui tenait le couteau trembler, alors que je ne la faisais pas bouger.

186

Elle a dit : « Lâche ça, Patrick, c'est sale. Un plan de quoi ? »

J'ai dit : « Un plan d'ici. »

Elle a dit : « Je n'en sais rien. » Et puis elle a dit : « Où est-ce que tu veux aller ? »

J'ai dit : « À la gare. »

Alors elle a ri et elle a dit : « Tu n'as pas besoin de plan pour aller à la gare. »

J'ai dit : « Si, parce que je ne sais pas où elle est. »

Elle a dit : « Tu peux la voir d'ici. »

J'ai dit : « Non. Et puis, il faut que je sache où il y a un distributeur. »

Elle a tendu le bras et a dit : « Là. Ce bâtiment. Tu vois le toit avec *Signal Point* dessus ? De l'autre côté, il y a un panneau des Chemins de Fer. La gare est juste en dessous. Patrick, je te l'ai déjà dit cent fois, arrête de mettre en bouche toutes les cochonneries que tu trouves par terre. »

J'ai regardé et j'ai aperçu un bâtiment avec cette inscription sur le toit, mais c'était loin, j'avais du mal à lire et j'ai dit : « Vous voulez dire le bâtiment rayé, avec des fenêtres horizontales ? »

Elle a dit : « C'est ça. »

J'ai dit : « Comment est-ce qu'on y va ? »

Elle a dit : « Je rêve. » Puis elle a dit : « Tu n'as qu'à suivre ce bus », et elle a tendu le doigt vers un bus qui passait.

Alors je me suis mis à courir. Mais les bus vont très vite et il fallait que je fasse attention que Toby ne tombe pas de ma poche. Mais j'ai réussi à courir après le bus pendant un bon bout de chemin, j'ai traversé six rues latérales avant qu'il tourne à un croisement, et alors je ne l'ai plus vu.

Je me suis arrêté de courir parce que j'étais vraiment essoufflé et que j'avais mal aux jambes. J'étais dans une rue avec tout plein de magasins. Il y avait beaucoup de gens qui faisaient leurs courses, mais je n'avais pas envie qu'ils me touchent, alors j'ai marché tout au bord du trottoir. Ça ne me plaisait pas qu'il y ait tous ces gens près de moi et il y avait trop bruit. Mon cerveau recevait trop d'informations et j'avais du mal à réfléchir, c'était comme si on criait dans ma tête. Alors j'ai mis mes mains sur mes oreilles et j'ai grogné tout bas.

Puis j'ai remarqué que j'apercevais toujours le signe ⇌ que la dame m'avait montré, et j'ai continué à marcher dans cette direction.

Puis je n'ai plus vu le signe ⇌. J'avais oublié de retenir où il était, et ça m'a fait peur parce que j'étais perdu et qu'en général je n'oublie rien. Normalement, j'aurais dû dessiner un plan dans ma tête et le suivre, et j'aurais dû me représenter par une petite croix sur le plan qui m'aurait indiqué où j'étais, mais il y avait trop d'interférences dans mon cerveau et ça m'avait déconcerté. Alors je me suis arrêté sous l'auvent de toile vert et blanc d'une épicerie où il y avait des cageots qui contenaient des carottes, des oignons, des panais et des brocolis sur un tapis de plastique vert, et j'ai réfléchi.

Je savais que la gare n'était pas loin. Et quand quelque chose n'est pas loin, on peut le trouver en se déplaçant en spirale dans le sens des aiguilles d'une montre et en tournant systématiquement à droite jusqu'à ce qu'on arrive à une rue qu'on a déjà prise, alors on prend la suivante à gauche, puis de nouveau systématiquement à droite, et ainsi de suite, comme ça (c'est un nouveau diagramme hypothétique, ce n'est pas un plan de Swindon)

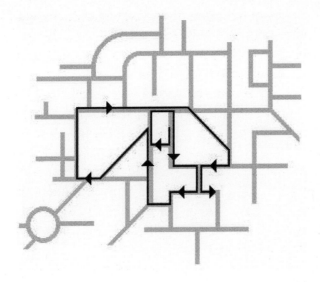

C'est comme ça que j'ai trouvé la gare de Swindon. Je me suis vraiment concentré pour suivre les règles et dessiner dans ma tête une carte du centre-ville tout en marchant, alors j'ai eu moins de mal à ignorer tous les gens et tout le bruit qui m'entouraient.

Puis je suis entré dans la gare.

181.

Je vois tout.

C'est pour ça que je n'aime pas les endroits nouveaux. Quand je suis dans un endroit que je connais, comme à la maison, à l'école, dans le bus, au magasin ou dans la rue, j'ai déjà presque tout vu et il ne me reste qu'à vérifier ce qui a changé ou ce qui a été déplacé. Par exemple, une semaine, l'affiche du **Shakespeare's Globe** qui est accrochée dans la salle de classe à l'école était tombée, et c'était facile à voir parce qu'on l'avait recollée un peu plus à droite et qu'il y avait trois petites taches rondes de Patafix bleue sur le mur, à gauche de l'affiche. Et le lendemain, quelqu'un avait tagué **CROW APTOK** sur le lampadaire 437 dans notre rue, c'est celui qui est devant le numéro 35.

Mais la plupart des gens sont paresseux. Ils ne regardent jamais tout. Ils font ce qu'on appelle *jeter un coup d'œil*, leur regard rebondit d'un objet au suivant, comme au billard, quand une boule ricoche contre une autre. Et les informations qu'ils ont dans la tête sont vraiment simples. Par exemple, s'ils sont à la campagne, ça pourrait être

1. Je suis dans un champ plein d'herbe.
2. Il y a des vaches dans les champs.
3. Il y a du soleil et quelques nuages.
4. Il y a des fleurs dans l'herbe.
5. Il y a un village au loin.
6. Il y a une clôture le long du champ qui s'ouvre par une barrière.

Et puis ils ne remarqueraient plus rien, parce qu'ils se mettraient à penser à autre chose. « Oh, que c'est beau ici », « Pourvu que je n'aie pas oublié d'éteindre le gaz » ou : « Je me demande si Julie a déjà eu son bébé[1]. »

Mais moi, quand je suis dans un champ, je remarque tout. Je me rappelle par exemple que le mercredi 15 juin 1994, j'étais dans un champ parce que nous allions à Douvres, Père, Mère et moi, pour prendre le ferry pour la France. Nous avions fait ce que Père appelle *Prendre le chemin des écoliers*, ce qui veut dire passer par les petites routes et déjeuner à la terrasse d'un pub. J'ai dû m'arrêter pour faire pipi et je suis allé dans un champ où il y avait des vaches et, après avoir fait pipi, j'ai regardé le champ et j'ai remarqué ceci

1. Il y avait 19 vaches dans le champ, dont 15 étaient noir et blanc et 4 brun et blanc.

---

1. C'est vrai parce que j'ai demandé à Siobhan à quoi pensent les gens quand ils regardent des choses, et c'est ce qu'elle m'a dit.

2. Il y avait un village au loin avec 31 maisons visibles et 1 église à clocher carré sans flèche.

3. Il y avait de longues rigoles dans les champs, ce qui veut dire qu'à l'époque médiévale c'était ce qu'on appelait des champs *à planches et dérayures* et que chaque habitant du village cultivait une planche, c'est-à-dire un long lopin entre deux rigoles.

4. Il y avait un vieux sac en plastique Asda dans la haie et une canette de Coca-Cola écrasée avec un escargot dessus, et un long bout de ficelle orange.

5. Le coin nord-est du champ était le plus élevé et le coin sud-ouest le plus bas (j'avais une boussole parce que nous partions en vacances et que je voulais savoir où se trouvait Swindon quand nous serions en France) et le champ était légèrement incurvé le long de la ligne qui rejoignait ces deux angles, si bien que les coins nord-ouest et sud-est étaient un peu plus bas qu'ils ne l'auraient été si le champ avait été un plan incliné.

6. Je pouvais distinguer dans l'herbe trois espèces de graminées différentes et des fleurs de deux couleurs.

7. La plupart des vaches étaient tournées vers le haut de la pente.

Ma liste comprenait encore 31 choses, mais Siobhan m'a dit que ce n'était pas la peine de les écrire toutes. Ça veut dire que c'est très fatigant pour moi de me trouver dans un endroit nouveau, parce que je ne peux pas m'empêcher de voir tout ça. Et si quelqu'un me demandait par la suite comment étaient les vaches, je pourrais lui demander laquelle, et je pourrais les dessiner chez moi et dire que le pelage de telle ou telle vache faisait ce dessin-là

Je m'aperçois que j'ai menti au **chapitre 13** parce que j'ai dit : « Je ne sais pas raconter de blagues. » En fait, je connais 3 blagues que je sais raconter et que je comprends, et il y en a une qui parle d'une vache mais Siobhan m'a dit que ce n'était pas la peine que je revienne en arrière pour corriger ce que j'ai écrit au **chapitre 13** parce que ça ne fait rien, je n'ai pas vraiment menti, je ne fais qu'ajouter un *éclaircissement*.

Voici la blague.

Trois hommes sont dans un train. Un économiste, un logicien et un mathématicien. Ils viennent de franchir la frontière avec l'Écosse (je ne sais pas pourquoi ils vont en Écosse) et par la fenêtre du train, ils voient une vache brune dans un champ (la vache est parallèle au train).

L'économiste dit : « Regardez, en Écosse, les vaches sont brunes. »

Le logicien dit : « Non. Il y a des vaches en Écosse dont l'une, au moins, est brune. »

Et le mathématicien dit : « Non. Il y a au moins une vache en Écosse dont un côté semble être brun. »

C'est drôle parce que les économistes ne sont pas de vrais scientifiques, que les logiciens réfléchissent mieux, mais que ce sont les mathématiciens les plus forts.

Quand je suis dans un endroit nouveau, parce que je vois tout, c'est comme quand un ordinateur fait trop de choses en même temps et que l'unité centrale se bloque et qu'il ne reste plus de place pour réfléchir à autre chose. Et quand je suis dans un endroit nouveau et qu'il y a beaucoup de gens, c'est encore pire parce que les gens ne sont pas comme les vaches, les fleurs et l'herbe, ils peuvent vous parler et faire des choses auxquelles vous ne vous attendez pas, alors ça m'oblige à faire attention à tout ce qui se trouve à cet endroit et, en plus, à faire attention à ce qui peut arriver. Et des fois, quand je suis dans un endroit nouveau et qu'il y a beaucoup de gens, c'est comme un ordinateur qui se plante. Il faut que je ferme les yeux, que je mette les mains sur mes oreilles et que je grogne, et c'est comme si j'appuyais sur les touches **CTRL + ALT + SUPPR**, que je fermais les logiciels, que j'éteignais l'ordinateur et que je le réinitialisais, et après je peux me rappeler ce que je fais et où je dois aller.

Voilà pourquoi je suis fort aux échecs, en maths et en logique, parce que la plupart des gens sont presque aveugles, ils ne voient presque rien. Il reste beaucoup de capacité inutilisée dans leur tête et elle est remplie de choses qui n'ont aucun lien entre elles et qui sont idiotes comme : « Pourvu que je n'aie pas oublié d'éteindre le gaz. »

191.

Avec mon train électrique, il y avait un petit bâtiment qui comprenait deux pièces reliées entre elles par un couloir et l'une était la salle des guichets où on achetait les billets, et l'autre était la salle d'attente où on attendait le train. Mais la gare de Swindon ne ressemblait pas à ça. Il y avait un tunnel et des escaliers, une boutique, un café et une salle d'attente comme ça

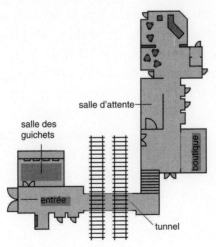

195

Ce plan de la gare n'est pas tout à fait exact parce que j'avais peur, alors je ne faisais pas très attention aux choses, c'est seulement ce dont je me souviens, donc c'est une *approximation*.

C'était comme si j'avais été sur une falaise un jour de grand vent, parce que j'avais le vertige et la nausée à cause de tous ces gens qui entraient et sortaient du tunnel et parce qu'il y avait beaucoup d'écho et qu'il n'y avait qu'une direction possible, celle du tunnel. En plus, ça sentait les toilettes et les cigarettes. Alors je me suis appuyé contre le mur et je me suis agrippé au bord d'un panneau qui disait **Les voyageurs qui veulent accéder au parking sont priés d'utiliser le téléphone de secours en face, à droite des guichets** pour éviter de tomber et de me rouler en boule par terre. J'avais envie de rentrer à la maison. Mais en même temps, ça me faisait peur, et j'ai essayé de dessiner dans ma tête un plan de ce que je devais faire, mais il y avait trop de choses à regarder et trop de choses à entendre.

Alors je me suis bouché les oreilles avec les mains pour empêcher le bruit d'entrer et pour arriver à réfléchir. Je me suis dit qu'il fallait que je reste dans la gare pour pouvoir prendre un train, qu'il fallait que je m'asseye quelque part, qu'il n'y avait aucun endroit où s'asseoir près de la porte de la gare et qu'il fallait que je descende dans le tunnel. Alors je me suis dit, dans ma tête, pas tout haut : « Je vais traverser le tunnel et ensuite, il y aura peut-être un endroit où je pourrai m'asseoir, fermer les yeux et réfléchir », et j'ai traversé le tunnel en essayant de me concentrer sur le panneau qui se trouvait tout au bout et qui disait ATTENTION ZONE PLACÉE SOUS VIDÉOSURVEILLANCE. Et c'était comme si j'avais dû quitter le bord de la falaise et marcher sur une corde raide.

J'ai fini par arriver au bout du tunnel. Il y avait un escalier et je l'ai monté. Il y avait toujours beaucoup de monde et j'ai grogné, et il y avait une boutique en haut des marches et une salle avec des chaises mais il y avait trop de monde dans la salle avec les chaises, alors j'ai continué à marcher. Il y avait des panneaux qui disaient **Grand Ouest, Bière et boissons fraîches**, ATTENTION, NETTOYAGE EN COURS, **Avec 50 pence vous pouvez maintenir un prématuré en vie pendant 1,8 seconde, Goûter la différence**, DÉLICIEUSEMENT CRÉMEUX, 1,30 £ SEULEMENT, CHOCOLAT CHAUD DELUXE, 0870 777 7676, **Le Citronnier, Interdiction de Fumer** et **Thés de première qualité**, et il y avait des petites tables avec des chaises. Il n'y avait personne à une des tables et elle était dans un coin, alors je me suis assis sur une des chaises près de la table et j'ai fermé les yeux. J'ai mis les mains dans mes poches, Toby a grimpé dans ma main, je lui ai donné des croquettes de nourriture pour rats que j'ai sorties de mon sac, j'ai serré mon Couteau de l'Armée Suisse dans l'autre main et j'ai grogné pour couvrir le bruit parce que j'avais ôté mes mains de mes oreilles, mais pas trop fort pour que les autres gens ne m'entendent pas grogner et ne viennent pas me parler.

Puis j'ai essayé de réfléchir à ce que je devais faire, mais je n'y arrivais pas parce que j'avais trop de choses dans la tête, alors j'ai fait un problème de maths pour m'éclaircir les idées.

Le problème que j'ai fait s'appelle **Les soldats de Conway**. Dans **Les soldats de Conway**, on a un échiquier qui se poursuit à l'infini dans toutes les directions, et toutes les cases qui se trouvent sous une ligne horizontale sont couvertes d'un carreau coloré comme ceci

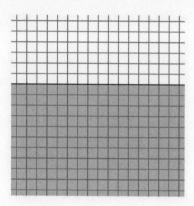

Pour déplacer un carreau de couleur, il faut qu'il saute par-dessus un autre carreau de couleur horizontalement ou verticalement, mais pas en diagonale, pour se placer sur une case vide, deux cases plus loin. Et quand on déplace un carreau de couleur de cette manière-là, il faut enlever le carreau de couleur par-dessus lequel il a sauté, comme ceci

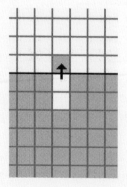 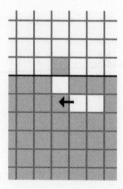

Le but du jeu est de déplacer les carreaux de couleur le plus loin possible au-dessus de la ligne horizontale de départ, et on commence par faire quelque chose comme ceci

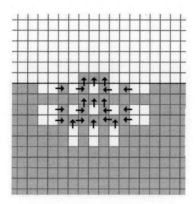

Puis on fait quelque chose comme ceci

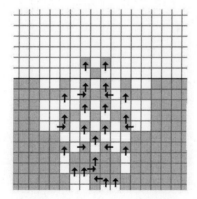

Moi, je connais la réponse parce que, quelle que soit la manière dont on déplace les carreaux de couleur, on n'arrive jamais à faire passer un carreau de couleur à plus de 4 cases au-dessus de la ligne horizontale de départ, mais c'est un bon problème de maths à faire dans sa tête quand on ne veut pas penser à autre chose parce qu'on peut le rendre aussi compliqué qu'il le faut pour se remplir le cerveau, en dessinant un échiquier aussi grand qu'on le veut et en imaginant des déplacements aussi compliqués qu'on le veut.

Et j'en étais à

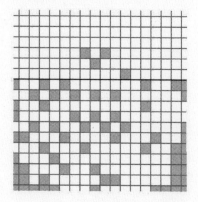

Alors j'ai levé les yeux, j'ai vu qu'il y avait un policier devant moi et il a dit : « Ouh, ouh, y a quelqu'un ? », mais je n'ai pas compris ce que ça voulait dire.

Puis il a dit : « Ça va, jeune homme ? »

Je l'ai regardé et j'ai réfléchi un moment pour être sûr de répondre correctement à la question et j'ai dit : « Non. »

Il a dit : « Tu m'as l'air un peu à côté de tes pompes. »

Il avait une bague en or à un doigt et il y avait des lettres avec des boucles dessus, mais je n'ai pas pu voir quelles lettres c'était.

Alors il a dit : « La patronne du café me dit que ça fait 2 heures 1/2 que tu es là. Elle a essayé de te parler, mais tu étais complètement dans les vapes. »

Puis il a dit : « Comment tu t'appelles ? »

J'ai dit : « Christopher Boone. »

Il a dit : « Tu peux me donner ton adresse ? »

J'ai dit : « 36, Randolph Street », et j'ai commencé à me sentir mieux, parce que j'aime bien les policiers et que c'était une question facile. Je me suis demandé s'il fallait lui dire que Père avait tué Wellington et s'il allait arrêter Père.

Il a dit : « Qu'est-ce que tu fais là ? »

J'ai dit : « Il fallait que je reste assis au calme, pour réfléchir. »

Il a dit : « Bien, procédons dans l'ordre. Qu'est-ce que tu fais à la gare ? »

J'ai dit : « Je vais voir Mère. »

Il a dit : « Mère ? »

J'ai dit : « Oui, Mère. »

Il a dit : « À quelle heure est ton train ? »

J'ai dit : « Je ne sais pas. Elle habite Londres. Je ne sais pas à quelle heure il y a un train pour Londres. »

Il a dit : « Donc, tu ne vis pas chez ta mère ? »

J'ai dit : « Non. Mais je vais habiter chez elle. »

Alors il s'est assis à côté de moi et a dit : « Bien, et où elle habite, ta mère ? »

J'ai dit : « À Londres. »

Il a dit : « D'accord, mais où à Londres ? »

J'ai dit : « 451c, Chapter Road, Londres NW2 5NG. »

Il a dit : « Bon Dieu, qu'est-ce que c'est que ce machin-là ? »

J'ai baissé les yeux et j'ai dit : « C'est Toby, mon rat apprivoisé », parce qu'il avait sorti le museau de ma poche et qu'il regardait le policier.

Le policier a dit : « Un rat apprivoisé ? »

J'ai dit : « Oui. Un rat apprivoisé. Il est très propre et il n'a pas la peste bubonique. »

Le policier a dit : « Voilà qui est tout à fait rassurant. »

J'ai dit : « Oui. »

Il a dit : « Tu as un billet ? »

J'ai dit : « Non. »

Il a dit : « Tu as de l'argent pour prendre un billet ? »

J'ai dit : « Non. »

Il a dit : « Alors tu peux m'expliquer comment tu comptes te rendre à Londres ? »

Je n'ai pas su quoi dire parce que j'avais la carte bancaire de Père dans ma poche et que c'est illégal de voler, mais c'était un policier, alors il fallait que je dise la vérité et j'ai dit : « J'ai une carte bancaire. » Je l'ai sortie de ma poche et je la lui ai montrée. Et ça, c'était un mensonge par omission.

Mais le policier a dit : « Elle est à toi ? »

Alors j'ai cru qu'il allait m'arrêter et j'ai dit : « Non, elle est à Père. »

Il a dit : « À Père ? »

J'ai dit : « Oui, à Père. »

Il a dit : « Bien, bien », mais il l'a dit très lentement et il s'est frotté le nez entre le pouce et l'index.

J'ai dit : « Il m'a donné le numéro », ce qui était encore un mensonge par omission.

Il a dit : « Et si nous allions faire un petit tour du côté du distributeur tous les deux ? »

J'ai dit : « Il ne faut pas que vous me touchiez. »

Il a dit : « Pourquoi voudrais-tu que je te touche ? »

J'ai dit : « Je ne sais pas. »

Il a dit : « Moi non plus. »

J'ai dit : « C'est parce que j'ai eu un avertissement pour avoir frappé un policier, mais je ne voulais pas lui faire mal et si je recommence, je vais avoir de sacrés ennuis. »

Il m'a regardé et il a dit : « Tu parles sérieusement ? »

J'ai dit : « Oui. »

Il a dit : « Passe devant. »

J'ai dit : « Par où ? »

Il a dit : « Il faut retourner vers la salle des guichets », et il a indiqué la direction avec son pouce.

Alors nous avons retraversé le tunnel, mais j'avais moins peur cette fois, parce que j'étais avec un policier.

J'ai inséré la carte bancaire dans la machine comme Père me le laissait faire, des fois, quand on faisait les courses ensemble, et ENTREZ VOTRE CODE s'est affiché, j'ai tapé 3558, j'ai appuyé sur la touche VALIDEZ et la machine a dit ENTREZ LE MONTANT. On pouvait choisir entre

     ← 10 £   20 £ →
     ← 50 £   100 £ →
               Autres montants
               (multiples de 10 seulement) →

J'ai demandé au policier : « Combien coûte un billet de train pour Londres ? »

Il a dit : « À peu près 30 sacs. »

J'ai dit : « Ce sont des livres sterling ? »

Il a dit : « Seigneur Dieu », et il a ri. Mais je n'ai pas ri, parce que je n'aime pas qu'on se moque de moi, même si c'est un policier. Il a arrêté de rire et il a dit : « 30 livres, si tu préfères. »

Alors j'ai appuyé sur **50 £**, cinq billets de 10 £ sont sortis de la machine avec un reçu, et j'ai mis les billets, le reçu et la carte dans ma poche.

Le policier a dit : « Bon, assez bavardé, je ne vais pas te retenir plus longtemps. »

J'ai dit : « Où est-ce que je dois prendre mon billet de train ? », parce que quand on est perdu et qu'on a besoin d'un renseignement, on peut toujours s'adresser à un policier.

Il a dit : « Tu es un drôle de zigoto, toi. »

J'ai dit : « Où est-ce que je dois prendre mon billet de train ? », parce qu'il n'avait pas répondu à ma question.

Il a dit : « Là-bas », et il a tendu le doigt vers une grande pièce avec une vitre, de l'autre côté de l'entrée de la gare, et puis il a dit : « Dis-moi, tu sais vraiment où tu vas ? »

J'ai dit : « Oui, je vais à Londres habiter chez ma mère. »

Il a dit : « Elle a le téléphone, ta mère ? »

J'ai dit : « Oui. »

Il a dit : « Tu connais son numéro ? »

J'ai dit : « Oui. C'est le 0208 887 8907. »

Il a dit : « Si tu as un problème, tu l'appelles, d'accord ? »

J'ai dit : « Oui », parce que je savais que si on a de l'argent, on peut appeler les gens depuis une cabine téléphonique et que maintenant, j'avais de l'argent.

Il a dit : « C'est bon. »

Alors je suis entré dans la salle des guichets, je me suis retourné et j'ai vu que le policier me surveillait toujours, alors je me suis senti en sécurité. Il y avait un long comptoir à l'autre extrémité de la grande salle avec des guichets au-dessus. Il y avait un homme debout devant un guichet et un homme derrière le guichet, et j'ai dit à l'homme qui était derrière le guichet : « Je veux aller à Londres. »

L'homme qui était devant le guichet a dit : « Ça ne te ferait rien… », et il s'est retourné, alors je ne voyais plus que son dos, et l'homme qui était derrière le guichet lui a donné un petit morceau de papier à signer, il l'a signé et l'a fait glisser sous le guichet et l'homme qui était derrière le guichet lui a donné un billet. Puis l'homme qui était devant le guichet m'a regardé. Il a dit : « Tu veux ma photo, petit con ? », et il s'est éloigné.

Il portait des dreadlocks comme certains Noirs, mais il était blanc, et les dreadlocks, c'est quand on ne se lave jamais les cheveux, alors ils ressemblent à de la vieille ficelle. Il avait un pantalon rouge avec des étoiles dessus. J'ai gardé la main sur mon Couteau de l'Armée Suisse au cas où il me toucherait.

Il n'y avait plus personne devant le guichet et j'ai dit à l'homme qui était derrière le guichet : « Je veux aller à Londres. » Je n'avais pas eu peur pendant que j'étais avec le policier, mais je me suis retourné et j'ai vu qu'il était parti et ça m'a inquiété. Alors j'ai essayé de faire semblant de jouer à un jeu vidéo qui s'appelle *Le Train pour Londres*. C'était comme dans *Myst* ou dans *The Eleventh Hour*. Il fallait réussir tout plein d'épreuves pour accéder au niveau suivant et je pouvais éteindre l'ordinateur n'importe quand.

L'homme a dit : « Aller simple ou aller-retour ? »

J'ai dit : « Qu'est-ce que ça veut dire, *aller simple ou aller-retour* ? »

Il a dit : « Est-ce que tu veux aller quelque part et y rester, ou est-ce que tu veux aller quelque part et revenir ensuite ? »

J'ai dit : « Je veux rester là-bas quand je serai arrivé. »

Il a dit : « Pendant combien de temps ? »

J'ai dit : « Jusqu'à ce que j'entre à l'université. »

Il a dit : « Dans ce cas, c'est un aller simple », et puis il a dit : « Ça fait 32 £. »

Je lui ai donné les 50 £ et il m'a rendu un billet de 10 £ et il a dit : « Ne les gaspille pas. »

Puis il m'a donné un petit billet jaune et orange et 8 £ en petite monnaie et j'ai tout mis dans ma poche avec mon couteau. Ça ne me plaisait pas que le billet soit à moitié jaune, mais j'étais obligé de le garder parce que c'était mon billet de train.

Et puis il a dit : « Si tu pouvais te pousser un peu. »

J'ai dit : « À quelle heure est le train pour Londres ? »

Il a regardé sa montre et il a dit : « Dans cinq minutes, quai 1. »

J'ai dit : « Où est le quai 1 ? »

Il a tendu la main et il a dit : « Tu prends le passage souterrain, tu montes l'escalier et tu verras, c'est indiqué. »

Passage souterrain voulait dire tunnel, parce que j'ai vu la direction qu'il indiquait, alors je suis sorti de la salle des guichets. Mais ce n'était pas du tout comme un jeu vidéo, parce que j'étais au milieu de tout ça et c'était comme si tous les panneaux me hurlaient dans la tête. Quelqu'un m'a bousculé en passant à côté de moi, alors j'ai fait le bruit d'un chien qui aboie pour lui faire peur et pour qu'il s'écarte.

Dans ma tête, je me suis représenté une grosse ligne rouge par terre, qui commençait à mes pieds et traversait le tunnel. J'ai commencé à suivre la ligne rouge en disant « gauche, droite, gauche, droite, gauche, droite » parce que, des fois, quand j'ai peur ou que je suis en colère, ça m'aide de suivre un rythme, comme s'il y avait de la musique ou des percussions. C'est Siobhan qui m'a appris à faire ça.

J'ai monté l'escalier et j'ai vu un panneau qui indiquait ← **Quai 1** et la ← montrait une porte en verre, alors je l'ai franchie. Un homme m'a de nouveau bousculé avec sa valise, j'ai de nouveau fait le bruit d'un chien qui aboie et il m'a dit : « Tu ne peux pas regarder où tu vas, non ? », mais j'ai fait comme si ce n'était qu'un des Démons Gardiens du **Train pour Londres** et là, il y avait un train. J'ai vu un homme qui portait un journal et un sac de clubs de golf se diriger vers une des portes du train et appuyer sur un gros bouton à côté de la porte qui était électronique, alors elle s'est ouverte et ça, ça m'a plu. Et puis la porte s'est refermée derrière lui.

Alors j'ai regardé ma montre. Il s'était écoulé 3 minutes depuis que j'avais quitté la salle des guichets, ce qui voulait dire que le train allait partir dans 2 minutes.

Je me suis dirigé vers la porte, j'ai appuyé sur le gros bouton, la porte s'est ouverte et je suis monté.

J'étais dans le train pour Londres.

193.

Quand je jouais au train électrique, je m'étais fait un horaire de trains parce que j'aime bien les horaires. C'est parce que j'aime savoir quand les choses vont arriver. Voici à quoi ressemblait mon horaire quand je vivais à la maison avec Père et que je croyais que Mère était morte d'une crise cardiaque (c'était l'horaire d'un lundi et c'est aussi une *approximation*)

7 h 20	me réveiller
7 h 25	faire ma toilette (dents et figure)
7 h 30	donner à manger et à boire à Toby
7 h 40	prendre mon petit déjeuner
8 h 00	m'habiller
8 h 05	préparer mon cartable
8 h 10	lire un livre ou regarder une cassette
8 h 32	prendre le bus pour l'école
8 h 43	passer devant le magasin de poissons tropicaux
8 h 51	arriver à l'école
9 h 00	réunion scolaire
9 h 15	premier cours du matin
10 h 30	récréation

10 h 50	cours de dessin avec Mme Peters[1]
12 h 30	déjeuner
13 h 00	premier cours de l'après-midi
15 h 30	prendre le bus pour rentrer à la maison
15 h 49	sortir du bus à la maison
15 h 50	goûter
15 h 55	donner à manger et à boire à Toby
16 h 00	sortir Toby de sa cage
16 h 18	remettre Toby dans sa cage
16 h 20	regarder la télévision ou une cassette
17 h 00	lire un livre
18 h 00	prendre le thé
18 h 30	regarder la télévision ou une cassette
19 h 00	faire des exercices de maths
20 h 00	prendre un bain
20 h 15	enfiler mon pyjama
20 h 20	jouer à des jeux vidéo
21 h 00	regarder la télévision ou une cassette
21 h 00	prendre un jus de fruits et un en-cas
21 h 30	me coucher

Le week-end, je prépare mon horaire personnel, je l'écris sur un bout de carton et je l'accroche au mur. Il indique des choses comme **Donner à manger à Toby**, ou **Faire des maths** ou **Aller au magasin acheter des bonbons**. C'est une des raisons pour lesquelles je n'aime pas la France, parce que, quand les gens sont en vacances, ils n'ont pas d'horaire et ça m'obligeait à demander à Mère et à Père de me dire tous les matins exactement ce que nous allions faire ce jour-là pour que je me sente mieux.

---

1. Au cours de dessin, on fait du dessin, mais au premier cours du matin et au deuxième cours de l'après-midi, on fait tout plein de choses différentes comme *Lecture, Évaluations, Compétences sociales, S'occuper des animaux, Ce que nous avons fait ce week-end, Écriture, Maths, Danger Étranger, Argent* et *Hygiène Personnelle.*

Parce que le temps n'est pas comme l'espace. Quand on pose un objet quelque part, un rapporteur ou un biscuit par exemple, on peut dessiner une carte dans sa tête, pour savoir où on l'a laissé. Mais même si on n'a pas de carte, l'objet sera toujours là, parce qu'une carte est une *représentation* de choses qui existent vraiment, ce qui fait qu'on peut retrouver le rapporteur et le biscuit. Un horaire, c'est une carte du temps, seulement, si on n'a pas d'horaire, le temps n'est pas là, contrairement au palier, au jardin et au trajet pour aller à l'école. Parce que le temps n'est que la relation entre la manière dont différentes choses changent, comme la Terre qui tourne autour du Soleil, les atomes qui vibrent, les horloges qui font tic-tac, le jour et la nuit, se réveiller et aller se coucher, et c'est comme l'ouest ou le nord-nord-est qui n'existeront plus quand la Terre cessera d'exister et qu'elle tombera dans le Soleil, parce que ce n'est qu'une relation entre le pôle Nord, le pôle Sud et tout le reste, comme Mogadishu, Sunderland et Canberra.

Ce n'est pas une relation immuable comme celle qui existe entre notre maison et celle de Mme Shears, ou comme celle qui existe entre 7 et 865, ça dépend de la vitesse à laquelle on se déplace par rapport à un point précis. Si vous montez dans un vaisseau spatial et que vous vous déplacez presque à la vitesse de la lumière, vous pouvez revenir et découvrir que toute votre famille est morte et que vous êtes encore jeune et ce sera le futur, alors que votre montre vous indiquera que vous n'avez été absent que quelques jours ou quelques mois.

Et comme rien ne peut dépasser la vitesse de la lumière, nous ne pouvons connaître qu'une fraction des choses qui se passent dans l'univers, comme ça

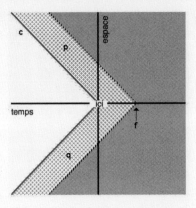

C'est une carte de tout et de partout. L'avenir est à droite, le passé à gauche, et le gradient de la ligne c est la vitesse de la lumière. Nous ne pouvons pas savoir ce qui se passe dans les zones sombres, mais, quand nous serons en f, nous pourrons découvrir des choses qui se passent dans les zones plus claires, p et q.

Ça veut dire que le temps est un mystère, même pas une chose, et personne n'a jamais résolu l'énigme de ce qu'est exactement le temps. Alors, si on se perd dans le temps, c'est comme si on était perdu dans le désert, sauf qu'on ne peut pas voir ce désert-là, parce que ce n'est pas une chose.

Voilà pourquoi j'aime les horaires. C'est parce que avec eux, on est sûr de ne pas se perdre dans le temps.

197.

Il y avait beaucoup de monde dans le train, et ça ne me plaisait pas parce que je n'aime pas quand il y a beaucoup de gens que je ne connais pas. Je déteste encore plus être coincé dans une pièce avec tout plein de gens que je ne connais pas, et un train est comme une pièce. En plus, on ne peut pas sortir quand il roule. Ça m'a fait penser au jour où j'avais dû rentrer de l'école en voiture parce que le bus était en panne. Mère était venue me chercher et Mme Peters lui avait demandé si elle pouvait raccompagner Jack et Polly chez eux parce que leurs mères ne pouvaient pas venir les chercher et Mère avait dit oui. Dans la voiture, j'ai commencé à crier parce qu'il y avait trop de monde dedans et que Jack et Polly n'étaient pas dans ma classe. En plus, Jack se tape la tête contre les murs et il fait un drôle de bruit, on dirait un animal. Alors j'ai voulu sortir de la voiture, mais elle roulait encore et je suis tombé sur la route. On a dû me recoudre la tête, il a fallu me raser les cheveux et ils ont mis 3 mois à repousser comme avant.

Alors, je suis resté parfaitement immobile dans le wagon et je n'ai pas bougé.

Puis j'ai entendu quelqu'un dire : « Christopher. »

J'ai pensé que c'était sûrement quelqu'un que je connaissais, par exemple un professeur de l'école ou une des personnes qui habitent notre rue, mais non. C'était de nouveau le policier. Il a dit : « Eh bien, dis donc, il était moins une. » Il respirait très fort et il se tenait les genoux.

Je n'ai rien dit.

Il a dit : « Ton père est au poste de police. »

J'ai cru qu'il allait dire qu'ils avaient arrêté Père parce qu'il avait tué Wellington, mais ce n'était pas ça.

Il a dit : « Il te cherche. »

J'ai dit : « Je sais. »

Il a dit : « Mais alors, qu'est-ce que tu vas faire à Londres ? »

J'ai dit : « Je vais habiter chez Mère. »

Il a dit : « Tu ne crois pas que ton père a son mot à dire ? »

Alors j'ai pensé qu'il allait me reconduire chez Père, et ça m'a fait peur parce que c'était un policier et que, normalement, les policiers sont gentils, alors j'ai essayé de me sauver, mais il m'a attrapé et j'ai hurlé. Il m'a lâché.

Il a dit : « C'est bon, c'est bon, ne nous énervons pas. » Puis il a dit : « Je vais te conduire au poste de police où nous pourrons nous asseoir tranquillement tous les deux et avoir une petite discussion avec ton Père pour savoir qui va où. »

J'ai dit : « Je vais habiter chez Mère, à Londres. »

Il a dit : « Non. Pas pour le moment. »

J'ai dit : « Vous avez arrêté Père ? »

Il a dit : « Arrêté ton père ? Et pourquoi ça ? »

J'ai dit : « Il a tué un chien. Avec une fourche. Le chien s'appelait Wellington. »

Le policier a dit : « Il a vraiment fait ça ? »

J'ai dit : « Oui. »

Il a dit : « Eh bien, on pourra aussi parler de ça. » Puis il a dit : « Bien, jeune homme. Je crois que tu as eu ta dose d'aventures pour aujourd'hui. »

Alors il a tendu la main pour me toucher de nouveau. Je me suis mis à hurler et il a dit : « Arrête de faire l'imbécile. Tu vas faire ce que je te dis, ou bien je… »

Et puis le train s'est ébranlé et il a commencé à rouler.

Alors le policier a dit : « Et merde. »

Il a regardé le plafond du train, il a mis ses deux mains jointes devant sa bouche comme font les gens quand ils prient Dieu qui est aux cieux, il a respiré très fort dans ses mains et il a produit une sorte de sifflement, puis il a arrêté parce qu'il y a eu un nouveau cahot et qu'il a fallu qu'il se tienne à une des poignées qui étaient accrochées au plafond.

Puis il a dit : « Ne bouge pas. »

Alors il a sorti son talkie-walkie, il a appuyé sur un bouton et il a dit : « Rob… ? C'est Nigel. Figure-toi que je suis coincé dans ce foutu train. Ouais… Ne me… Bon, il s'arrête à Didcot Parkway. Alors si tu pouvais m'envoyer une voiture… Merci. Dis à son vieux qu'on l'a chopé mais qu'il y en a pour un petit moment. Ça marche ? Super. » Puis il a éteint le talkie-walkie et a dit : « On va aller s'asseoir quelque part. » Il a montré du doigt deux longues banquettes qui se faisaient face et il a dit : « Installe-toi. Et pas de blague, hein ? »

Les gens qui étaient assis sur les sièges se sont levés et sont partis parce que c'était un policier. Nous nous sommes assis l'un en face de l'autre.

Il a dit : « Tu es un sacré coco, franchement. Quand j'y pense. »

Je me suis demandé si le policier allait m'aider à trouver le 451c Chapter Road, Londres NW2 5NG.

J'ai regardé par la fenêtre. On est passés, devant des usines et des casses pleins de vieilles voitures et il y avait 4 caravanes dans un champ tout boueux, avec 2 chiens et du linge qui séchait sur une corde.

À l'extérieur de la fenêtre, c'était comme une carte, sauf qu'elle était en 3 dimensions et grandeur nature, parce que c'était le paysage que représentait la carte. Il y avait tant de choses que ça m'a fait mal à la tête, alors j'ai fermé les yeux, puis je les ai rouverts parce que c'était comme si je volais, mais tout près du sol, et que je trouve ça bien, de voler. Puis la campagne a commencé et il y avait des champs, des vaches et des chevaux, un pont, une ferme et encore des maisons et tout plein de petites routes avec des voitures dessus. Et ça m'a fait penser qu'il devait y avoir des millions de kilomètres de voies ferrées dans le monde et qu'elles passaient toutes devant des maisons, des routes, des rivières et des champs, et ça m'a fait penser au nombre incroyable de gens qu'il y a dans le monde et ils ont tous des maisons, des routes pour rouler dessus, des voitures, des animaux domestiques et des habits, et ils déjeunent tous, ils vont au lit et ils ont des noms et ça m'a fait mal à la tête aussi, alors j'ai refermé les yeux, j'ai compté et j'ai grogné.

Quand j'ai ouvert les yeux, le policier lisait un journal qui s'appelle *The Sun* et sur la première page il y avait écrit **3 m £ – Le scandale de la call-girl d'Anderson** et il y avait la photo d'un homme et celle d'une dame en soutien-gorge dessous.

Alors j'ai fait des exercices de maths dans ma tête, j'ai résolu des équations du second degré en utilisant la formule

$$ x = \frac{-b \pm \sqrt{(b^2 - 4ac)}}{2a} $$

Puis j'ai eu envie de faire pipi, mais j'étais dans un train. Je ne savais pas combien de temps il fallait pour aller à Londres et j'ai senti un début de panique, alors j'ai commencé à pianoter un rythme sur la vitre avec mes doigts pour m'aider à attendre et à ne pas penser que j'avais envie de faire pipi. J'ai regardé ma montre et j'ai attendu 17 minutes. Mais quand j'ai envie de faire pipi, il faut que j'y aille tout de suite. C'est pour ça que j'aime être à la maison ou à l'école et que je vais toujours faire pipi avant de prendre le bus, et c'est pour ça que j'ai fait un petit peu et que j'ai mouillé mon pantalon.

Le policier a levé les yeux, il m'a regardé et a dit : « Non, mais c'est pas vrai... » Puis il a reposé son journal et il m'a dit : « Mais enfin, tu ne peux pas aller aux toilettes, non ? »

J'ai dit : « Mais je suis dans un train. »

Il a dit : « Il y a des toilettes dans les trains, tu ne sais pas ça ? »

J'ai dit : « Où sont les toilettes du train ? »

Alors il a tendu le doigt et a dit : « De l'autre côté de cette porte, là-bas. Mais je te tiens à l'œil, c'est compris ? »

J'ai dit : « Non », parce que je sais ce que veut dire *tenir quelqu'un à l'œil*, et il ne pouvait pas me surveiller pendant que j'étais aux toilettes.

Il a dit : « Ça ne fait rien, file. »

Je me suis levé de mon siège, j'ai fermé les yeux en ne laissant que de petites fentes entre mes paupières pour ne pas voir les autres gens du train et je suis allé jusqu'à la porte. De l'autre côté, il y avait une autre porte sur la droite. Elle était entrouverte et il y avait marqué TOILETTES dessus, alors je suis entré.

C'était atroce, parce qu'il y avait du caca sur le siège des toilettes et ça sentait le caca, comme les toilettes à l'école quand Joseph est allé faire tout seul, parce qu'il joue avec.

Je ne voulais pas utiliser ces toilettes à cause du caca, qui était celui de gens que je ne connaissais pas et qui était brun, mais il fallait bien que je le fasse parce que j'avais vraiment envie de faire pipi. Alors j'ai fermé les yeux et j'ai fait pipi. Le train a tangué et il y en a plein qui a coulé sur le siège et par terre, mais je me suis essuyé avec un morceau de papier toilette, j'ai tiré la chasse et puis j'ai essayé de me servir du lavabo mais le robinet ne marchait pas, alors j'ai craché dans mes mains, je les ai essuyées avec un mouchoir en papier et je l'ai jeté dans les toilettes.

Puis je suis sorti des toilettes et j'ai vu qu'en face il y avait deux étagères avec des valises et un sac à dos dessus, et ça m'a rappelé le séchoir de la maison, où je me faufile des fois et où je me sens en sécurité. Alors j'ai grimpé sur l'étagère du milieu et j'ai tiré une valise en travers comme une porte, comme ça j'étais enfermé à l'intérieur, il faisait noir, il n'y avait personne dedans avec moi et je ne pouvais pas entendre les gens parler, alors je me suis senti beaucoup plus calme et c'était bien.

Et j'ai fait d'autres équations du second degré comme

$$0 = 437x^2 + 103x + 11$$

et

$$0 = 79x^2 + 43x + 2\,089$$

et j'ai pris des coefficients très grands alors elles étaient difficiles à résoudre.

Le train a ralenti. Quelqu'un s'est approché, s'est arrêté près des étagères et a frappé à la porte des toilettes. C'était le policier et il a dit : « Christopher... ? Christopher... ? », et puis il a ouvert la porte des toilettes et il a dit : « Bordel de merde. » Il était si près que je voyais son talkie-walkie et la matraque à sa ceinture et que je pouvais sentir son après-rasage, mais il ne m'a pas vu et je n'ai rien dit, parce que je ne voulais pas qu'il me ramène chez Père.

Puis il est reparti en courant.

Le train s'est arrêté et je me suis demandé si nous étions à Londres, mais je n'ai pas bougé parce que je ne voulais pas que le policier me trouve.

Et puis une dame est venue, elle avait un pull-over avec des abeilles et des fleurs en laine dessus, elle a retiré le sac à dos de l'étagère qui était au-dessus de ma tête et elle a dit : « Tu m'as fait une peur bleue, tu sais. »

Mais je n'ai rien dit.

Alors elle a dit : « J'ai l'impression qu'il y a quelqu'un qui te cherche, sur le quai. »

Mais j'ai continué à ne rien dire.

Elle a dit : « Après tout, c'est ton problème », et elle s'est éloignée.

Et puis trois autres personnes sont passées, l'une était un homme noir dans une longue robe blanche et il a posé un gros paquet sur l'étagère au-dessus de ma tête mais il ne m'a pas vu.

Et le train est reparti.

199.

Les gens croient en Dieu parce que le monde est très compliqué et qu'ils ne pensent pas qu'une chose aussi compliquée qu'un écureuil volant, ou l'œil humain, ou un cerveau puisse être le fruit du hasard. Ils feraient mieux de réfléchir et d'être un peu logiques. Alors ils comprendraient que, s'ils peuvent poser cette question, c'est seulement parce que tout ça a déjà eu lieu et qu'ils existent. Il y a des milliards de planètes sur lesquelles il n'y a pas de vie, mais sur ces planètes, il n'y a personne qui possède un cerveau qui lui permette de s'en rendre compte. C'est comme si tous les gens du monde jouaient à pile ou face et que certains finissent par obtenir 5 698 faces d'affilée, alors ils se croiraient vraiment extraordinaires. Ils auraient tort parce que des millions de gens n'auraient pas obtenu 5 698 faces et que c'est tout aussi extraordinaire.

Et s'il y a de la vie sur terre, c'est à cause d'un accident. Mais c'est une sorte d'accident tout à fait particulière. Pour que cet accident se produise de cette manière-là, il faut 3 *conditions*. Les voici

1. Les choses doivent faire des copies d'elles-mêmes (ça s'appelle **Reproduction**).

2. Elles doivent commettre de petites erreurs en se copiant (ça s'appelle **Mutation**).

3. Ces erreurs doivent être les mêmes dans leurs copies (ça s'appelle **Héritabilité**).

Il est très rare que ces 3 conditions soient remplies, mais ça arrive et le résultat, c'est la vie. C'est comme ça, voilà tout. Mais ça ne donne pas forcément des rhinocéros, des êtres humains et des baleines. Ça aurait pu donner n'importe quoi.

Il y a par exemple des gens qui se demandent comment un œil peut arriver par accident. Parce qu'un œil doit évoluer à partir de quelque chose d'autre qui ressemble beaucoup à un œil et ça ne se produit pas simplement à cause d'une erreur génétique. Et aussi à quoi sert un demi-œil ? En fait, un demi-œil est très utile, parce que avec un demi-œil, un animal peut voir la moitié d'un autre animal qui veut le dévorer et s'écarter de son chemin, et il dévorera lui-même l'animal qui n'a qu'un tiers d'œil ou 49 % d'un œil parce que celui-ci ne se sera pas écarté de son chemin assez vite, et l'animal qui a été dévoré n'aura pas de bébés parce qu'il est mort. Et 1 % d'œil vaut mieux que pas d'œil du tout.

Les gens qui croient en Dieu pensent que Dieu a mis l'être humain sur terre parce qu'ils s'imaginent que l'être humain est le meilleur animal du monde. Mais l'être humain n'est qu'un animal et il évoluera pour produire un autre animal, et cet animal sera plus intelligent que l'être humain et il enfermera les hommes dans un zoo, comme nous enfermons les chimpanzés et les gorilles. Ou bien les êtres humains attraperont une maladie et s'éteindront, ou bien ils créeront tellement de pollution qu'ils se tueront, et alors il n'y aura plus que des insectes et ce sera eux, le meilleur animal du monde.

211.

Je me suis demandé si je n'aurais pas dû descendre du train parce que c'était à Londres qu'il venait de s'arrêter. Ça m'a fait peur, parce que si le train allait ailleurs, ce serait quelque part où je ne connaissais personne.

Et puis quelqu'un est allé aux toilettes et il est ressorti mais il ne m'a pas vu. J'ai senti son caca, et c'était une autre odeur que celle que j'avais sentie quand j'étais allé aux toilettes.

Alors j'ai fermé les yeux et j'ai fait d'autres problèmes de maths pour ne pas réfléchir à l'endroit où j'allais.

Le train s'est arrêté encore une fois, et j'ai failli sauter de l'étagère pour aller chercher mon sac et descendre du train. Mais je ne voulais pas que le policier me trouve et m'emmène chez Père, alors je suis resté sur l'étagère et je n'ai pas bougé et, cette fois, personne ne m'a vu.

Et puis je me suis rappelé la carte qui était accrochée au mur d'une des salles de classe, à l'école. C'était une carte de l'Angleterre, de l'Écosse et du pays de Galles. Elle montrait l'emplacement de toutes les villes et je l'ai

dessinée dans ma tête avec Swindon et Londres dessus.
Elle était comme ça

J'avais regardé ma montre plusieurs fois depuis que
le train était parti à **12 h 59**. Le premier arrêt avait eu
lieu à **13 h 16**, c'est-à-dire 17 minutes plus tard. Il était
maintenant **13 h 39**, c'est-à-dire 23 minutes après le
premier arrêt, ce qui voulait dire que nous aurions dû
être au bord de la mer, à moins que le train ne suive une
grande courbe. Mais je ne savais pas s'il suivait une
grande courbe.

Il y a eu 4 autres arrêts, 4 personnes sont venues
prendre des sacs et 2 personnes ont posé des sacs sur les
étagères, mais personne n'a déplacé la grosse valise qui
était devant moi. Une seule personne m'a vu et a dit :
« Tu es complètement givré, toi », et c'était un homme
en costume. 6 personnes sont allées aux toilettes, mais
elles n'ont pas fait de cacas qui sentaient, et ça, c'était
bien.

Puis le train s'est arrêté. Une dame en imperméable
jaune est venue, elle a pris la grosse valise et elle a dit :
« Tu as touché à ça ? »

J'ai dit : « Oui. »

Et elle est partie.

Puis un homme s'est planté devant l'étagère et il a dit : « Viens voir ça, Barry. Il y a un elfe de train. »

Un autre homme l'a rejoint et il a dit : « On a dû boire un coup de trop. »

Le premier homme a dit : « On pourrait peut-être lui donner des cornichons. »

Le deuxième homme a dit : « Cornichon toi-même. »

Le premier homme a dit : « Allons, grouille-toi, connard. Il faut que je m'envoie encore quelques bières avant de dessoûler. »

Et ils sont partis.

Tout était très calme, le train ne bougeait plus et je n'entendais plus personne. Alors j'ai décidé de descendre de l'étagère, d'aller chercher mon sac et de voir si le policier était encore assis à sa place.

Je suis descendu de l'étagère et j'ai regardé par la portière, mais le policier n'était pas là. Il n'y avait pas non plus mon sac avec la nourriture de Toby, mes livres de maths, mes culottes propres, mon tricot de corps, ma chemise, le jus d'orange, le lait, les gâteaux fourrés et les haricots blancs.

Puis j'ai entendu un bruit de pas. Je me suis retourné et c'était un autre policier, pas celui qui était dans le train avec moi. Je l'ai aperçu par la portière, dans le wagon suivant. Il regardait sous les sièges. Alors je me suis dit que je n'aimais plus tellement les policiers et je suis descendu du train.

Quand j'ai vu la taille de la salle où se trouvait le train et que j'ai entendu tout ce bruit et tous ces échos, il a fallu que je m'accroupisse par terre un petit moment, parce que j'ai cru que j'allais tomber. Et pendant que j'étais accroupi par terre, je me suis demandé par où je devais aller, et j'ai décidé d'avancer dans la même direc-

226

tion que le train quand il était entré en gare parce que, si c'était le dernier arrêt, Londres devait se trouver par là.

Alors je me suis relevé, et j'ai imaginé une grosse ligne rouge par terre, parallèle au train, qui se dirigeait vers le portillon qui se trouvait tout au bout et je l'ai suivie en disant « gauche, droite, gauche, droite » de nouveau, comme avant.

Quand je suis arrivé au portillon, un homme m'a dit : « Je crois qu'il y a quelqu'un qui te cherche, fiston. »

J'ai dit : « Qui ça ? », parce que je pensais que c'était peut-être Mère et que le policier de Swindon lui avait téléphoné en faisant le numéro que je lui avais indiqué.

Mais il a dit : « Un policier. »

J'ai dit : « Je sais. »

Il a dit : « Ah, très bien. » Puis il a dit : « Attends-moi ici, je vais les prévenir », et il est reparti en longeant le train.

Alors j'ai continué à marcher. J'avais toujours l'impression d'avoir un ballon dans la poitrine et ça faisait mal. Je me suis bouché les oreilles avec les mains et je suis allé m'appuyer au mur d'une petite boutique où il y avait marqué **Réservations d'hôtel et de théâtre tél. 0207 402 5164**. C'était au milieu de la grande salle, puis j'ai retiré mes mains de mes oreilles et j'ai grogné pour empêcher le bruit d'entrer. J'ai regardé les panneaux tout autour de la grande salle pour vérifier si j'étais bien à Londres. Sur les panneaux, il y avait :

Pâtisseries fines Aéroport d'Heathrow Enregistrement Boulangerie **MANGEZ** *première qualité un goût délicieux* **YO!** sushi **Correspondances** Bus **W H Smith** MEZZANINE Heathrow Express Clinique **Voiture de première classe** FULLERS easyCar.com The

Mad <u>Bishop</u> and Bear Pub Fuller's London Pride Dixons **Nos Prix** Paddington Bear à la gare de Paddington **Tickets** Taxis ♀ ♂ Toilettes Premiers secours **Eastbourne** ■ Terrace **ington** Sortie Praed Street The Lawn Prenez la queue ici s.v.p. Upper Crust Sainsbury's Local ⓘ Information GREAT WESTERN FIRST Ⓟ Position Fermé Position Fermé Position Fermé Chaussettes Billets rapides ✪ Millie's Cookies Coffee FERGIE RESTE AU MANCHESTER UNITED Viennoiseries du jour Boissons fraîches Tarifs des amendes Attention Pâtisseries variées Quais 9-14 Burger King fait sur place ! the reef° café bar voyages d'affaires édition spéciale ALBUMS DU TOP 75 Evening Standard

Mais au bout de quelques secondes, ça ressemblait à ça

Pâtathr✂☘Oow⤨③AirphmentgerieMAlitégoûtcieiux𝚈𝙾!
suusetHeesortCWHSmithEANEINStatnHꝃioeadBhoath
rniePremassVoitLERnreHeBSeasyCar.comTheMpa
nardBebleFuller'sLonPrⁿᵈᵒidePaiesstrDzzixonsOu
risPPurdEboi▤⏷ceicHousPatCngtoneawatPoagton
TetsTaelFac▬ToileddistsPrem⊢🐦ta🗝BᵘⁿᵍfeFi5us⊘
⊠HPDNLeTerrace]ingtonW⚢astaySt◖atio⟋▇ncorres
kSortiC🏯ermé❀Ⓖqed3iniBr1uowo[CliPraicxiskeID
dPointDrS⌦treetTheLyuawHea☺🔋rCrustMuflyB📖
akl6dE📍Tonfermé"✎premierᵗᵒˣᵖʳessnQinrePlek4shSai
sesUp①←↗pensburiy'sLcidSohkTⒾickmationREATM
⤳🗡ASTERCoINEokiesWESTEfinsCojRN2FningStani
□RST▤POallnforositioNCH✕#❊EnSTAYATS3h
opFast⓪♌Positd✚Penie⇗♐sPloNIa8⑨📱④↪◆tfoe9
sWef°cusCoffReosveledposi◉tnesskix①edCoreshoj✪
⤬③5ALBialedMilliafébarbeeanCrKl'geingⒼF3ortsFFTO

Ur♜mEGIEs9TEDFrese☉⊠⼂sanmendesFartentionS
a❼vou^{ryVi}ennoi14Burzd!le♏⊟☍resit⼁▢rh⛉▤aspecition
TOP7UMSEvedard

parce qu'il y en avait trop et que mon cerveau ne fonctionnait pas correctement. Ça m'a fait peur, alors j'ai
refermé les yeux et j'ai compté lentement jusqu'à 50
mais sans élever au cube. Je suis resté sans bouger, j'ai
ouvert mon Couteau de l'Armée Suisse dans ma poche
pour me sentir en sécurité et je l'ai tenu bien fort.

Puis j'ai replié la main pour faire un petit tube avec
mes doigts, j'ai ouvert les yeux et j'ai regardé à travers
le tube, comme ça, je ne voyais qu'un panneau à la fois,
et au bout d'un long moment, j'ai pu lire ⓘ **Information**
au-dessus de la vitrine d'une petite boutique.

Un homme s'est dirigé vers moi, il portait une veste
bleue, un pantalon bleu, il avait des chaussures brunes,
il tenait un livre à la main et il a dit : « Tu es perdu ? »

Alors j'ai sorti mon Couteau de l'Armée Suisse.

Il a dit : « Houla, houla, houla » et il a levé les deux
mains en écartant les doigts en éventail comme s'il voulait
que j'écarte mes doigts en éventail et que je touche ses
doigts parce qu'il voulait me dire qu'il m'aimait, mais il
l'a fait avec les deux mains, pas une comme Père et Mère,
et je ne savais pas qui il était.

Puis il est parti à reculons.

Alors je suis allé à la boutique qui disait ⓘ **Information**. Je sentais mon cœur battre très fort et j'entendais
dans mes oreilles un bruit qui ressemblait à celui de la
mer. Je me suis approché de la vitre et j'ai dit : « Est-ce
que c'est bien Londres ? », mais il n'y avait personne
derrière la vitre.

229

Et puis quelqu'un s'est assis derrière la vitre. C'était une dame, elle était noire et elle avait des ongles longs avec du vernis rose. J'ai dit : « Est-ce c'est bien Londres ? »

Elle a dit : « Bien sûr mon chou. »

J'ai dit : « Est-ce que c'est bien Londres ? »

Elle a dit : « Mais oui. »

J'ai dit : « Comment est-ce que je peux aller au 451c Chapter Road, Londres NW2 5NG ? »

Elle a dit : « C'est dans quel coin ? »

J'ai dit : « C'est au 451c Chapter Road, Londres NW2 5NG. Et des fois on l'écrit *451c Chapter Road, Willesden, Londres NW2 5NG.* »

La dame m'a dit : « Prends le métro jusqu'à Willesden Junction, mon chou. Ou bien Willesden Green. Ça doit être par là. »

J'ai dit : « Le métro ? C'est quoi ? »

Elle a dit : « Mais d'où tu sors ? »

Et je n'ai rien dit.

Elle a dit : « Là-bas. Tu vois ce grand escalier avec l'escalator ? Tu vois le panneau ? Il y a marqué MÉTRO. Tu prends la ligne de Bakerloo jusqu'à Willesden Junction ou Jubilee jusqu'à Willesden Green. Ça va aller, mon chou ? »

J'ai regardé où elle montrait et j'ai vu un grand escalier qui s'enfonçait dans le sol et un grand panneau en haut comme ceci

Je me suis dit *Je vais y arriver* parce que je m'en sortais vraiment bien, que j'étais à Londres et que j'allais trouver ma mère. Je n'avais qu'à penser *les gens sont comme des vaches dans un champ*, à regarder devant moi tout le temps et à dessiner dans ma tête une ligne rouge par terre dans l'image de la grande salle et à la suivre.

J'ai traversé la grande salle jusqu'à l'escalator. Je tenais mon Couteau de l'Armée Suisse dans ma poche et je tenais Toby dans mon autre poche pour qu'il ne se sauve pas.

L'escalator était un escalier qui bougeait. Les gens montaient dessus et il les conduisait en bas et en haut, et ça m'a fait rire parce que je n'avais jamais pris d'escalator et que c'était comme dans un film de science-fiction qui parle du futur. Mais je n'avais pas envie de le prendre, alors je suis descendu par les marches.

Je me suis retrouvé dans une salle plus petite au sous-sol. Il y avait beaucoup de monde et il y avait des colonnes avec des lumières bleues par terre autour du socle et ça m'a bien plu, mais il y avait trop de gens, alors j'ai vu un Photomaton comme celui où je suis allé le 25 mars 1994 pour la photo de mon passeport et je suis entré dans le Photomaton parce que c'était comme un placard, que je me sentais plus en sécurité et que je pouvais regarder par le rideau.

J'ai fait des observations. J'ai vu que les gens inséraient des billets dans des portillons gris et passaient de l'autre côté. Et certains achetaient des tickets à de grosses machines noires contre le mur.

J'ai observé 47 personnes et j'ai mémorisé ce qu'il fallait faire. Puis j'ai imaginé une ligne rouge par terre et je me suis dirigé vers le mur où se trouvait une affiche. C'était une liste des endroits où on pouvait aller et les noms étaient classés par ordre alphabétique. J'ai trouvé **Willesden Green** et il y avait marqué 2,20 £, alors je suis allé jusqu'à une machine et il y avait un petit écran qui disait CHOISISSEZ VOTRE TARIF. J'ai appuyé sur le bouton sur lequel les gens avaient appuyé, et c'était ADULTE ALLER SIMPLE et 2,20 £. L'écran disait INSÉREZ 2,20 £, j'ai mis 3 pièces de 1 £ dans la fente, il y a eu un cliquetis et l'écran a dit PRENEZ VOTRE TICKET ET VOTRE MONNAIE, il y avait un ticket dans un petit renfoncement, en bas de la machine, et une pièce de 50 pence, une pièce de 20 pence et une pièce de 10 pence. J'ai mis les pièces dans ma poche, je me suis dirigé vers un des portillons gris et j'ai mis mon ticket dans la fente. Elle l'a aspiré et il est ressorti de l'autre côté du portillon. Quelqu'un a dit : « Alors, tu avances ? » J'ai fait le bruit d'un chien qui aboie et j'ai avancé. Cette fois le portillon s'est ouvert, j'ai pris mon ticket comme le faisaient les autres gens et le portillon gris m'a bien plu, parce que c'était aussi comme dans un film de science-fiction qui parle du futur.

Il fallait que je sache où aller, alors je me suis appuyé contre un mur pour que personne ne me touche. Il y avait un panneau qui indiquait **Bakerloo Line** et **District and Circle Line** mais pas de panneau pour **Jubilee Line** comme l'avait dit la dame, alors j'ai fait un plan. C'était d'*aller jusqu'à Willesden Junction par Bakerloo Line.*

Il y avait un autre panneau pour Bakerloo Line, qui était comme ça

← Bakerloo Line quai **3** quai **4**

- Harrow & Wealdstone ⇌
- Kenton
- South Kenton
- North Wembley
- Wembley Central
- Stonebridge Park
- Harlesden
- Willesden Junction ⇌
- Kensal Green
- Queens Park ⇌
- Kilburn Park
- Maida Vale
- Warwick Avenue
- Paddington ⇌
- Edgeware Road
- Marylebone ⇌
- Baker Street
- Regent's Park
- Oxford Circus
- Piccadilly Circus
- Charing Cross ⇌
- Embankment
- Waterloo ⇌
- Lambeth North
- Elephant & Castle ⇌

J'ai lu tous les noms et j'ai trouvé **Willesden Junction**. Alors j'ai suivi la flèche qui indiquait ← et j'ai pris le tunnel de gauche. Il y avait une barrière au milieu du tunnel. Les gens qui avançaient étaient à gauche, et ceux qui revenaient étaient à droite comme sur une route, alors je suis resté à gauche. Le tunnel tournait à gauche, puis il y a eu d'autres portillons et un panneau **Bakerloo Line** indiquait qu'il fallait descendre par un escalator. Alors il a fallu que je prenne l'escalator et que je me tienne à la rampe de caoutchouc, mais comme elle avançait aussi, je ne suis pas tombé. Il y avait des gens tout près de moi et j'avais envie de les frapper pour qu'ils partent, mais je ne les ai pas frappés à cause de l'avertissement.

Au pied de l'escalator, il a fallu que je fasse un grand pas, alors j'ai trébuché et j'ai bousculé quelqu'un qui a dit : « Hé, doucement », puis il y avait deux chemins possibles. Un panneau indiquait **Ligne nord**, alors j'ai pris par là parce que **Willesden** était en haut de la carte et que, sur les cartes, le haut représente toujours le nord.

Je me suis retrouvé dans une autre gare, mais elle était toute petite, c'était un tunnel et il n'y avait qu'une voie. Les murs étaient voûtés et recouverts de grandes affiches où il y avait marqué SORTIE, **Musée des transports, Il n'est jamais trop tard pour changer d'orientation professionnelle, JAMAÏQUE, ⇄ British Rail, ⊗ Interdiction de fumer, Circulez, Circulez, Circulez, Pour les destinations au-delà de Queen's Park, prenez la première rame et changez à Queen's Park, Hammersmith et City Line** et **Vous êtes plus proche de moi que ma famille.** Il y avait beaucoup de monde dans la petite gare et elle était au sous-sol, alors il n'y avait pas de fenêtres et ça, ça ne

234

me plaisait pas. J'ai trouvé un siège qui était un banc et je me suis assis au bout du banc.

Et puis tout plein de gens sont arrivés dans la petite gare. Quelqu'un s'est assis à l'autre bout du banc. C'était une dame qui avait une serviette noire, des chaussures violettes et une broche en forme de perroquet. Et les gens continuaient à arriver dans la petite gare où ils étaient maintenant encore plus entassés que dans la grande gare. Je ne voyais même plus les murs et le dos d'une veste a touché mon genou. J'ai eu la nausée et j'ai commencé à grogner vraiment fort. La dame s'est levée du banc et personne d'autre ne s'est assis. Je me suis senti comme quand j'ai eu la grippe et que j'ai dû rester au lit toute la journée, que j'avais mal partout et que je ne pouvais ni marcher ni manger ni dormir ni faire des maths.

Et puis j'ai entendu du bruit. On aurait dit que des gens se battaient à l'épée et j'ai senti un vent violent accompagné d'un grondement. J'ai fermé les yeux et le grondement est devenu plus fort, alors j'ai grogné encore plus fort, mais je n'arrivais pas à l'empêcher d'entrer dans mes oreilles et j'ai cru que la petite gare allait s'écrouler ou qu'il y avait un immense incendie quelque part et que j'allais mourir. Puis le grondement s'est transformé en cliquetis et en grincement et peu à peu, il s'est atténué et puis il s'est arrêté. J'ai gardé les yeux fermés parce que je me sentais plus en sécurité si je ne voyais pas ce qui se passait. Puis j'ai entendu les gens bouger, parce qu'il y avait moins de bruit. Alors j'ai ouvert les yeux, et d'abord je n'ai rien vu parce qu'il y avait trop de monde. Puis j'ai vu que les gens montaient dans un train qui n'était pas là avant, et j'ai compris que le grondement venait du train. J'avais de la sueur qui dégoulinait sur mon visage depuis mes cheveux et je gémissais, je ne grognais pas, c'était autre chose, c'était comme un chien qui s'est fait mal à la patte. J'ai entendu ce son, mais d'abord je n'ai pas compris qu'il venait de moi.

Puis les portes du train se sont refermées et le train s'est mis à rouler. Le grondement a repris mais en moins fort, 5 voitures sont passées et il est entré dans le tunnel qui était au bout de la petite gare. Il n'y avait plus de bruit et tous les gens se dirigeaient vers les tunnels qui sortaient de la petite gare.

Je tremblais et j'avais envie d'être à la maison, mais je me suis rappelé que c'était impossible parce que Père y était, qu'il m'avait menti et qu'il avait tué Wellington, ce qui voulait dire que ce n'était plus ma maison. Ma maison, c'était le 451c Chapter Road, Londres NW2 5NG. Je n'aurais pas dû penser *si seulement j'étais encore à la maison*, et ça m'a fait peur parce que ça voulait dire que mon cerveau ne fonctionnait pas correctement.

Puis d'autres gens sont entrés dans la petite gare, elle s'est remplie et le grondement a repris. J'ai refermé les yeux, je transpirais, j'avais la nausée et j'avais de nouveau l'impression d'avoir un ballon dans la poitrine, et il était si gros que j'avais du mal à respirer. Et puis les gens sont montés dans le train et la petite gare s'est vidée. Et elle s'est remplie de gens et un nouveau train est arrivé en faisant le même grondement. C'était exactement comme quand j'avais la grippe cette fois, parce que je voulais que ça s'arrête, qu'on puisse simplement débrancher la prise comme quand un ordinateur se plante. Je voulais dormir pour ne pas avoir à penser, parce que la seule chose à laquelle je pouvais penser, c'était que j'avais tellement mal qu'il n'y avait pas de place pour autre chose dans ma tête, mais je ne pouvais pas dormir, il fallait que je reste assis là, et je ne pouvais rien faire d'autre qu'attendre et avoir mal.

223.

Voici une autre description parce que Siobhan dit que dans un livre, on doit mettre des descriptions. C'est une description de la publicité qui se trouvait sur le mur de la petite gare en face de moi, mais je ne me souviens pas de tout parce que je croyais que j'allais mourir.

La publicité disait

Vacances de **rêve**,
avec **Kuoni**
en **Malaisie**

et derrière le texte, il y avait une grande photographie de 2 orangs-outans qui se balançaient sur des branches et tout au fond, il y avait des arbres, mais les feuilles étaient floues parce que la mise au point avait été faite sur les orangs-outans et pas sur les feuilles, et que les orangs-outans bougeaient.

Orang-outan vient du mot malais **ōranghūtan** qui veut dire *homme des bois*, mais orang-outan ne se dit pas **ōranghūtan** en malais.

Les publicités sont des images ou des programmes de télévision destinés à vous faire acheter des choses comme des voitures ou des Snickers ou à vous faire utiliser un Fournisseur d'Accès à Internet. Mais cette publicité-là cherchait à vous convaincre de prendre vos vacances en Malaisie. La Malaisie se trouve en Asie du Sud-Est et elle rassemble la Malaisie péninsulaire occidentale et Sabah, Sarawak et Labuan. Sa capitale est Kuala Lumpur et le plus haut sommet est le mont Kinabalu à 4 101 mètres d'altitude, mais ça, ce n'était pas sur la publicité.

Siobhan dit que les gens vont en vacances pour voir des choses nouvelles et se détendre. Moi, ça ne me détendrait pas du tout. En plus, on peut voir des choses nouvelles en regardant un peu de terre au microscope ou en dessinant la forme du solide constitué par 3 tiges circulaires d'égale épaisseur qui se coupent à angles droits. Je pense qu'il y a tant de choses dans une seule maison qu'il faudrait des années pour réfléchir correctement à tout ça. D'ailleurs, une chose est intéressante parce qu'on y réfléchit, pas parce qu'elle est nouvelle. Par exemple, Siobhan m'a montré qu'on peut mouiller son doigt, le passer au bord d'un verre à paroi fine et faire un bruit qui ressemble à une chanson. On peut verser différentes quantités d'eau dans différents verres qui émettent des notes différentes parce qu'ils ont ce qu'on appelle des *fréquences sonores* différentes, et on peut jouer une mélodie comme *Trois Gros Rats*. Beaucoup de gens ont chez eux des verres à paroi fine et ils ne savent pas qu'on peut faire ça avec.

La publicité disait

Malaisie, l'Asie authentique

Envahi d'images et d'odeurs, vous saurez, dès votre arrivée, que vous vous trouvez sur une terre de contrastes. Vous êtes en quête de traditions, de nature, d'exotisme ? Vous n'aurez que l'embarras du choix entre les villes fourmillantes d'activités, les réserves naturelles et les plages qui vous invitent au farniente. Tarifs à partir de 575 £ par personne
Appelez-nous au 01306 747000, contactez votre agence de voyages ou rendez-vous sur notre site www.kuoni.co.uk
Un monde de différence.

Il y avait trois autres photos, toutes petites, qui représentaient un palais, une plage et un palais.

Et les orangs-outans étaient comme ça

227.

J'ai gardé les yeux fermés et je n'ai pas du tout regardé ma montre. Les trains entraient et sortaient de la gare en rythme. C'était comme de la musique ou des percussions, comme quand on compte et qu'on dit « gauche, droite, gauche, droite, gauche, droite… ». Siobhan m'a appris à faire ça pour me calmer. Alors je disais dans ma tête : « Arrivée du train. Arrêt du train. Départ du train. Silence. Arrivée du train. Arrêt du train. Départ du train… », en faisant comme si les trains n'existaient que dans ma tête. Normalement, je n'imagine pas des choses qui n'existent pas, parce que c'est un mensonge et que ça me fait peur, mais c'était mieux que de voir les trains entrer et sortir de la gare, parce que ça, ça me faisait encore plus peur.

Je n'ai pas ouvert les yeux et je n'ai pas regardé ma montre. C'était comme si je me trouvais dans la pénombre d'une pièce aux rideaux tirés où je ne voyais rien, comme quand on se réveille la nuit et que les seuls bruits qu'on entend sont ceux qu'on a dans la tête. Je me sentais mieux parce que c'était comme si la petite gare n'était pas là, à l'extérieur de ma tête, comme si j'étais au lit, en sécurité.

Et puis les silences entre les trains qui arrivaient et repartaient se sont allongés. J'ai entendu qu'il y avait moins de monde dans la petite gare quand aucun train n'était là, alors j'ai ouvert les yeux et j'ai regardé ma montre. Elle indiquait 20 h 7, ce qui voulait dire que j'étais resté assis sur le banc pendant approximativement 5 heures, mais je n'avais pas l'impression que ça avait duré approximativement 5 heures sauf que j'avais mal aux fesses et que j'avais faim et soif.

Et puis je me suis rendu compte que Toby avait disparu parce qu'il n'était plus dans ma poche. Je ne voulais pas qu'il ait disparu parce que nous n'étions pas chez Père ni chez Mère, qu'il n'y avait personne pour lui donner à manger dans la petite gare, qu'il pouvait mourir et qu'il risquait de se faire écraser par un train.

Alors j'ai levé les yeux vers le plafond et j'ai vu une longue boîte noire. C'était un panneau qui indiquait

1	Harrow & Wealdstone	2 mn
3	Queens Park	7 mn

Puis la ligne du bas a défilé vers le haut et a disparu. Une nouvelle ligne a pris sa place et le panneau a indiqué

1	Harrow & Wealdstone	1 mn
2	Willesden Junction	4 mn

Ça a encore changé et le panneau a indiqué

Alors j'ai entendu le bruit qui ressemble à celui de gens qui se battent à l'épée et le grondement d'un train qui entrait en gare. Je me suis dit qu'il devait y avoir un gros ordinateur quelque part, qu'il savait où se trouvaient tous les trains et qu'il envoyait des messages dans les boîtes noires des petites gares pour indiquer quand les trains arrivaient, et je me suis senti mieux parce qu'il y avait un ordre et un plan dans tout ça.

Le train est entré dans la petite gare. Il s'est arrêté et 5 personnes sont montées dans le train. Une autre personne est arrivée en courant et a pu monter, et 7 personnes sont descendues, puis les portes se sont fermées automatiquement et le train est parti. Et quand le train suivant est arrivé, j'ai eu moins peur parce que le panneau indiquait **LE TRAIN ENTRE EN GARE** et que je savais ce qui allait se passer.

Alors j'ai décidé de chercher Toby parce qu'il n'y avait que 3 personnes dans la petite gare. Je me suis levé et j'ai regardé d'un bout à l'autre de la petite gare et dans les passages qui se dirigeaient vers les tunnels, mais je ne l'ai pas vu. Alors j'ai baissé les yeux vers la partie noire, en contrebas, là où se trouvaient les rails.

J'ai vu 2 souris. Elles étaient noires parce qu'elles étaient couvertes de saleté. Et ça, ça m'a plu parce que

243

j'aime bien les souris et les rats. Mais ce n'était pas Toby, alors j'ai continué à chercher.

Et puis j'ai vu Toby. Il se trouvait, lui aussi, sur la partie en contrebas, là où il y avait les rails. Je savais que c'était lui parce qu'il était blanc avec une tache brune en forme d'œuf sur le dos. Alors je suis descendu de la partie en béton. Il mangeait un détritus, c'était un vieux papier de bonbon. Quelqu'un a crié : « Mais qu'est-ce qui te prend, tu es cinglé ? »

Je me suis baissé pour attraper Toby, mais il s'est sauvé. Alors je l'ai suivi, je me suis baissé de nouveau et j'ai dit : « Toby… Toby… Toby… » et j'ai tendu la main pour qu'il puisse me sentir et me reconnaître.

Quelqu'un a dit : « Putain, tu vas sortir de là. » J'ai levé les yeux, c'était un homme qui portait un imperméable vert, il avait des chaussures noires et on voyait ses chaussettes. Elles étaient grises avec des petits motifs en losanges dessus.

J'ai dit : « Toby… Toby… », mais il s'est encore sauvé.

L'homme avec les losanges sur ses chaussettes a essayé de m'attraper par l'épaule et j'ai hurlé. Puis j'ai entendu le bruit qui ressemble à celui de gens qui se battent à l'épée et Toby a recommencé à courir, mais cette fois il a couru dans l'autre sens, et il est passé devant mes pieds, alors j'ai tendu la main et je l'ai attrapé par la queue.

L'homme avec les losanges sur ses chaussettes a dit : « Mon Dieu, mon Dieu. »

J'ai entendu le grondement et j'ai soulevé Toby, je l'ai tenu à deux mains et il m'a mordu au pouce. Ça a saigné, j'ai crié et Toby a essayé de s'échapper.

Le grondement est devenu encore plus fort, je me suis retourné et j'ai vu le train qui sortait du tunnel. J'allais me faire écraser et tuer, alors j'ai décidé de grimper sur la partie en béton, mais c'était trop haut et je tenais Toby à deux mains.

L'homme aux losanges sur ses chaussettes m'a agrippé et m'a tiré. J'ai hurlé, mais il a continué à me tirer et il m'a hissé sur la partie en béton. Nous sommes tombés à la renverse et j'ai continué à hurler parce qu'il m'avait fait mal à l'épaule. Et puis le train est entré en gare, je me suis levé, j'ai couru jusqu'au banc et j'ai mis Toby dans la poche intérieure de ma veste, alors il s'est calmé et il n'a plus bougé.

L'homme aux losanges sur ses chaussettes m'a rejoint et il a dit : « Enfin merde. Tu peux me dire à quoi tu joues ? »

Mais je n'ai rien dit.

Il a dit : « Bon sang, qu'est-ce que tu fabriquais là ? »

Les portes du train se sont ouvertes et des gens sont descendus. Une dame s'est dirigée vers l'homme aux losanges sur ses chaussettes. Elle portait un étui à guitare comme celui de Siobhan.

J'ai dit : « Je cherchais Toby. C'est mon rat apprivoisé. »

L'homme aux losanges sur ses chaussettes a dit : « Je rêve. »

La dame à l'étui de guitare a dit : « Il va bien ? »

L'homme aux losanges sur ses chaussettes a dit : « Lui ? Il était moins une. Putain. Un rat… Oh, merde. Mon métro. » Il a couru vers le train, il a tapé sur la porte fermée, le train s'est mis à rouler et il a dit : « Bordel. »

La dame a dit : « Ça va ? » Et elle m'a touché le bras, alors j'ai hurlé.

Elle a dit : « C'est bon, c'est bon. »

Il y avait un autocollant sur son étui à guitare. Il était comme ça

J'étais assis par terre. La dame s'est accroupie et elle a dit : « Je peux faire quelque chose pour toi ? »

Si elle avait été un professeur de l'école, j'aurais pu demander : « Où se trouve le 451c Chapter Road, Willesden, Londres NW2 5NG ? », mais c'était une étrangère, alors j'ai dit : « Reculez-vous » parce que je n'aimais pas qu'elle soit si près. Et j'ai dit : « J'ai un Couteau de l'Armée Suisse. Il a une lame scie et on peut couper les doigts de quelqu'un avec. »

Elle a dit : « D'accord, d'accord. Je n'ai rien dit. »

L'homme aux losanges sur ses chaussettes a dit : « Complètement à la masse, c'est pas possible. » Il appuyait un mouchoir sur son visage et il y avait du sang sur le mouchoir.

Puis un autre train est arrivé. L'homme aux losanges sur ses chaussettes et la dame à la guitare sont montés et le train est reparti.

Et puis 8 autres trains sont venus et je me suis dit que j'allais monter dans un train et qu'après je verrais ce qu'il fallait faire.

Alors je suis monté dans le train suivant.

Toby a essayé de sortir de ma poche, je l'ai pris, je l'ai mis dans ma poche extérieure et je l'ai tenu avec ma main.

Il y avait 11 personnes dans le wagon. Ça ne me plaisait pas d'être avec 11 personnes dans une pièce et dans un tunnel, alors je me suis concentré sur ce qu'il y avait dans les wagons. Il y avait des panneaux qui disaient **53 963 gîtes de vacances vous attendent en Scandinavie et en Allemagne, VITABIOTIQUES, 3435, Les voyageurs circulant sans titre de transport valable sont passibles d'une amende de 10 £, Découvrez l'or et bronzez, TVIC, EPBIC, suce ma bite, ⚠ Il peut être dangereux d'empêcher le fonctionnement des portes, BRV, Conc. IC et PARLEZ AU MONDE.**

Sur les murs, il y avait ce motif

Sur les sièges, il y avait ce motif

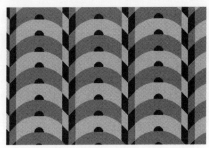

Puis il y a eu tout plein de secousses et j'ai dû m'accrocher à une barre. Le train est entré dans un tunnel et ça faisait du bruit, alors j'ai fermé les yeux et j'ai senti le sang qui battait des deux côtés de mon cou.

Le train est sorti du tunnel et il est entré dans une autre petite gare. Elle s'appelait **Warwick Avenue** et c'était écrit en grosses lettres sur le mur et ça, ça m'a plu parce qu'on savait où on était.

J'ai chronométré la distance entre les gares jusqu'à Willesden Junction, et les intervalles étaient tous des multiples de 15 secondes comme ça

Paddington	**0 : 00**
Warwick Avenue	**1 : 30**
Maida Vale	**3 : 15**
Kilburn Park	**5 : 00**
Queen's Park	**7 : 00**
Kensal Green	**10 : 30**
Willesden Junction	**11 : 45**

Quand le train s'est arrêté à **Willesden Junction** et que les portes se sont ouvertes automatiquement, je suis sorti. Puis les portes se sont refermées et le train est parti. Tous les gens qui étaient sortis du train ont pris un escalier et ont traversé un pont sauf moi. Je n'ai plus vu que 2 personnes et l'une était un homme. Il était ivre, il y avait des taches brunes sur son manteau, ses 2 chaussures n'étaient pas pareilles et il chantait mais je n'arrivais pas à entendre ce qu'il chantait. L'autre était un Indien, il se trouvait dans une boutique qui était une petite fenêtre dans un mur.

Je n'avais pas envie de leur parler parce que j'étais fatigué et que j'avais faim. En plus, j'avais déjà parlé à tout plein d'étrangers, ce qui est dangereux, et plus on fait une chose dangereuse, plus on court de risques.

248

Mais je ne savais pas comment aller au 451c Chapter Road, Londres NW2 5NG, alors il fallait bien que je demande à quelqu'un.

Je me suis dirigé vers l'homme qui se trouvait dans la petite boutique et j'ai dit : « Où se trouve le 451c Chapter Road, Londres NW2 5NG ? »

Il a pris un petit livre, il me l'a tendu et il a dit : « Deux quatre-vingt-quinze. »

Le livre s'appelait *Londres de A à Z Atlas et Index des rues Geographers A-Z Map Company*. Je l'ai ouvert et il y avait tout plein de cartes dedans.

L'homme dans la petite boutique a dit : « Tu l'achètes, oui ou non ? »

J'ai dit : « Je ne sais pas. »

Il a dit : « Alors retire tes sales pattes de là, tu veux ? » et il m'a repris le livre.

J'ai dit : « Où est 451c Chapter Road, Londres NW2 5NG ? »

Il a dit : « Tu achètes l'A à Z ou tu te casses. Je ne suis pas une encyclopédie ambulante. »

J'ai dit : « C'est ça, l'A à Z ? », et j'ai montré le livre.

Il a dit : « Non, c'est un crocodile. »

J'ai dit : « C'est ça, l'A à Z ? », parce que ce n'était pas un crocodile et que j'ai cru que j'avais mal compris à cause de son accent.

Il a dit : « Oui, c'est ça, l'A à Z. »

J'ai dit : « Je peux l'acheter ? »

Il n'a rien dit.

J'ai dit : « Je peux l'acheter ? »

Il a dit : « Deux livres quatre-vingt-quinze, mais donne-moi l'argent d'abord, des fois que tu aies envie de te barrer », et j'ai compris qu'il avait voulu dire 2,95 £ quand il avait dit *Deux quatre-vingt-quinze*.

J'ai payé 2,95 £ avec mon argent. Il m'a rendu la monnaie exactement comme au magasin à la maison. Je suis allé m'asseoir par terre contre le mur, comme l'homme aux vêtements sales, mais très loin de lui, et j'ai ouvert le livre.

À l'intérieur de la couverture, il y avait une grande carte de Londres qui indiquait des endroits comme **Abbey Wood, Poplar, Acton** et **Stanmore**. Et il y avait écrit : LES NUMÉROS RENVOIENT AUX PAGES DES PLANS. La carte était couverte d'une grille et chaque carré de la grille portait deux numéros. **Willesden** se trouvait dans le carré **42-43**. J'ai compris que les numéros étaient ceux des pages où se trouvaient des cartes à plus grande échelle des petits carrés de Londres. Tout le livre constituait une grande carte de Londres, mais on l'avait découpée en morceaux pour pouvoir en faire un livre et ça, ça m'a plu.

Mais **Willesden Junction** n'était pas à la page 42 ni à la page 43. Je l'ai trouvé page 58 qui était juste au-dessous de la page 42 sur LES NUMÉROS RENVOIENT AUX PAGES DES PLANS, et qui se raccordait à la page 42. J'ai cherché Willesden Junction en avançant en spirale, comme pour trouver la gare de Swindon, mais sur la carte, avec mon doigt.

L'homme qui avait deux chaussures qui n'étaient pas pareilles s'est planté devant moi et il a dit : « Un gros bonnet. Ouais. Les infirmières. Jamais. Foutu menteur. Un putain de menteur. »

Puis il est parti.

J'ai mis longtemps à trouver Chapter Road parce que cette rue ne se trouvait pas page 58. Elle se trouvait quand même page 42, dans le carré 5C.

Les rues entre Willesden Junction et Chapter Road étaient comme ça

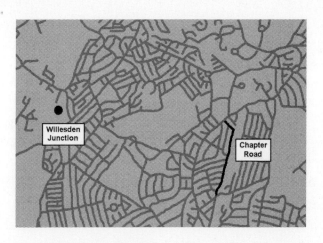

Et ça, c'était mon trajet

Alors j'ai pris l'escalier, j'ai traversé le pont, j'ai inséré mon ticket dans le petit portillon gris et je suis sorti dans la rue. Il y avait un bus et une grosse machine avec un panneau au-dessus qui indiquait **English Welsh and Scottish Railways**, mais elle était jaune. J'ai regardé autour de moi, il faisait noir et il y avait tout un tas de lumières. Ça faisait longtemps que je n'avais pas été dehors et ça me donnait envie de vomir. J'ai plissé les yeux pour qu'ils soient presque fermés et pour ne voir que la forme des rues. Alors j'ai reconnu **Station Approach** et **Oak Lane**. C'étaient les rues que je devais prendre.

J'ai commencé à marcher mais Siobhan dit que ce n'est pas la peine que je décrive tout ce qui s'est passé. Je ne dois mettre que ce qui est vraiment intéressant.

Je suis arrivé au 451c Chapter Road, Londres NW2 5NG et il m'a fallu 27 minutes pour faire le trajet. Personne n'a répondu quand j'ai appuyé sur la sonnette qui indiquait **Appartement C**. En chemin, il ne m'est arrivé qu'une chose intéressante : j'ai vu 8 hommes en costumes de Vikings avec des casques à cornes. Ils criaient, mais ce n'étaient pas des vrais Vikings parce que les Vikings vivaient il y a approximativement 2 000 ans. Et puis j'ai de nouveau eu envie de faire pipi et je suis allé dans une ruelle à côté d'un garage qui s'appelait **Burdett Motors** et qui était fermé. Ça ne m'a pas plu de faire ça, mais je ne voulais pas me mouiller de nouveau et il n'y a rien eu d'autre d'intéressant.

Alors j'ai décidé d'attendre. J'espérais que Mère n'était pas partie en vacances parce que ça voudrait dire qu'elle ne reviendrait peut-être pas avant plus d'une semaine, mais j'ai essayé de ne pas y penser parce que je ne pouvais pas retourner à Swindon.

Je me suis assis par terre derrière les poubelles dans le petit jardin qui se trouvait devant le 451c Chapter Road, Londres NW2 5NG. C'était sous un gros buisson. Une dame est entrée dans le jardin, elle portait une petite boîte avec une grille métallique à un bout et une poignée dessus comme celles dont on se sert pour conduire un chat chez le vétérinaire, mais je n'ai pas vu s'il y avait un chat dedans. Elle avait des chaussures à hauts talons et elle ne m'a pas vu.

Et puis il s'est mis à pleuvoir. J'étais mouillé et j'ai commencé à frissonner parce que j'avais froid.

Il était 23 h 32 quand j'ai entendu des gens qui marchaient dans la rue et qui parlaient.

Une voix a dit : « Tu trouves peut-être ça drôle, mais pas moi », et c'était la voix d'une dame.

Une autre voix a dit : « Écoute, Judy, je suis désolé. D'accord ? », et c'était la voix d'un homme.

L'autre voix, celle de la dame, a dit : « Tu aurais mieux fait d'y penser avant. Tu m'as fait passer pour une idiote. »

Et la voix de la dame était celle de Mère.

Mère est entrée dans le jardin. M. Shears était avec elle et l'autre voix était la sienne.

Alors je me suis levé et j'ai dit : « Je t'ai attendue parce que tu n'étais pas là. »

Mère a dit : « Christopher. »

M. Shears a dit : « Quoi ? »

Mère m'a pris dans ses bras et a dit : « Christopher, Christopher, Christopher. »

Je l'ai repoussée parce qu'elle me serrait et que je n'aime pas ça. J'ai poussé vraiment fort et je suis tombé à la renverse.

M. Shears a dit : « Tu peux m'expliquer ce qui se passe ? »

Mère a dit : « Oh, pardon, Christopher, j'avais oublié. »

J'étais couché par terre et Mère a levé la main droite et elle a écarté ses doigts en éventail pour que je puisse toucher ses doigts, mais alors j'ai vu que Toby s'était échappé de ma poche et il a fallu que je le rattrape.

M. Shears a dit : « J'imagine qu'Ed est dans les parages. »

Il y avait un mur autour du jardin alors Toby ne pouvait pas se sauver parce qu'il était coincé dans un angle. Il n'était pas assez rapide pour grimper au mur, alors je l'ai pris, je l'ai remis dans ma poche et j'ai dit : « Il a faim. Tu as quelque chose à manger pour lui, et de l'eau aussi ? »

Mère a dit : « Où est ton père, Christopher ? » Et j'ai dit : « Je pense qu'il est à Swindon. »

M. Shears a dit : « C'est toujours ça. »

Mère a dit : « Mais comment est-ce que tu es arrivé jusqu'ici ? »

Je claquais des dents à cause du froid, je ne pouvais pas m'en empêcher et j'ai dit : « J'ai pris le train. Ça m'a fait vraiment peur. J'ai pris la carte bancaire de Père pour pouvoir sortir de l'argent et un policier m'a aidé. Mais ensuite il a voulu me ramener chez Père. Il était dans le train avec moi. Mais après il n'y était pas. »

Mère a dit : « Mais tu es trempé. Roger, ne reste pas planté là. »

Puis elle a dit : « Oh, mon Dieu, Christopher… Je ne… Je ne croyais plus… Mais pourquoi est-ce que tu es venu tout seul ? »

M. Shears a dit : « Vous venez ou vous avez l'intention de passer la nuit dehors ? »

J'ai dit : « Je viens habiter chez toi parce que Père a tué Wellington avec une fourche et que j'ai peur de lui. »

M. Shears a dit : « Putain de Dieu. »

Mère a dit : « Roger, je t'en prie. Viens, Christopher, on va te sécher. »

Alors je me suis relevé, je suis entré dans la maison et Mère a dit : « Suis Roger. » J'ai suivi M. Shears dans l'escalier, il y avait un palier et une porte qui indiquait Appartement C. J'avais peur d'entrer parce que je ne savais pas ce qu'il y avait dedans.

Mère a dit : « Allons, dépêche-toi, tu vas attraper la crève. » Je ne savais pas ce que voulait dire *tu vas attraper la crève*, mais je suis entré.

Puis elle a dit : « Je vais te faire couler un bain », et j'ai fait le tour de l'appartement pour en dessiner un plan dans ma tête et me sentir plus en sécurité. L'appartement était comme ça

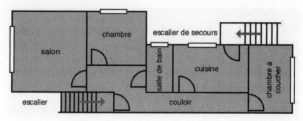

Puis Mère m'a dit de me déshabiller et d'entrer dans la baignoire. Elle a dit que je pouvais me servir de sa serviette, qui était violette avec des fleurs vertes en bas. Elle a versé de l'eau dans une soucoupe pour Toby, elle lui a donné des Bran Flakes et je l'ai laissé courir dans la salle de bains. Il a fait trois petits cacas sous le lavabo, je les ai ramassés, je les ai jetés dans les toilettes et j'ai tiré la chasse d'eau puis je suis retourné dans le bain parce qu'il était chaud et que c'était agréable.

Puis Mère est entrée dans la salle de bains, elle s'est assise sur les toilettes et elle a dit : « Ça va, Christopher ? »

J'ai dit : « Je suis très fatigué. »

Elle a dit : « Je veux bien le croire, mon chéri. » Et puis elle a dit : « Tu as été drôlement courageux. »

J'ai dit : « Oui. »

Elle a dit : « Tu ne m'as pas écrit une seule lettre. »

J'ai dit : « Je sais. »

Elle a dit : « Pourquoi est-ce que tu ne m'as pas écrit, Christopher ? Je t'ai envoyé tellement de lettres. J'ai cru qu'il s'était passé quelque chose de grave, ou que vous aviez déménagé et que je ne te retrouverais jamais. »

J'ai dit : « Père a dit que tu étais morte. »

Elle a dit : « Quoi ? »

J'ai dit : « Il a dit que tu étais allée à l'hôpital parce que tu avais quelque chose au cœur. Et puis que tu avais eu une crise cardiaque et que tu étais morte, et il a gardé toutes tes lettres dans un carton à chemises dans le placard de sa chambre. Je les ai trouvées parce que je cherchais un livre que j'écrivais sur Wellington qui a été tué. Il me l'avait pris et il l'avait caché dans le carton à chemises. »

Mère a dit : « Oh, mon Dieu. »

Et puis elle n'a rien dit pendant un long moment. Puis elle a poussé une sorte de gémissement très fort, comme un animal dans une émission de télévision sur la nature.

Ça ne m'a pas plu qu'elle fasse ça, parce que c'était un bruit très fort, et j'ai dit : « Pourquoi est-ce que tu fais ça ? »

Elle n'a rien dit pendant un moment puis elle a dit : « Oh, Christopher. Je suis désolée. »

J'ai dit : « Ce n'est pas ta faute. »

Puis elle a dit : « Le salaud. Mais quel salaud. »

Et puis, après un moment, elle a dit : « Christopher, est-ce que tu veux bien que je te prenne la main ? Juste une fois. Juste pour moi. Tu veux bien ? Je ne la tiendrai pas fort », et elle a tendu la main.

J'ai dit : « Je n'aime pas qu'on me prenne la main. »

Alors elle a retiré sa main et elle a dit : « Je sais. D'accord. Ça ne fait rien. »

Et puis elle a dit : « Maintenant, tu vas sortir du bain et te sécher, tu veux ? »

Et je suis sorti du bain et je me suis séché avec la serviette violette. Mais je n'avais pas de pyjama, alors j'ai mis un T-shirt blanc et un short jaune qui étaient à Mère, mais j'étais tellement fatigué que ça m'était égal. Et pendant que je m'habillais, Mère est allée à la cuisine et elle a fait chauffer de la soupe à la tomate parce que c'est rouge.

Et puis j'ai entendu quelqu'un qui ouvrait la porte de l'appartement. Il y avait une voix d'homme que je ne connaissais pas dehors, alors j'ai fermé la porte de la salle de bains à clé. J'ai entendu un bruit de dispute dehors. Un homme a dit : « Il faut que je lui parle », Mère a dit : « Vous ne croyez pas qu'il en a assez bavé pour aujourd'hui ? », et l'homme a dit : « Je sais. Mais il faut quand même que je lui parle. »

Mère a frappé à la porte et a dit qu'un policier voulait me parler et qu'il fallait que j'ouvre. Elle a dit qu'elle ne lui permettrait pas de m'emmener et que c'était une promesse. Alors j'ai pris Toby et j'ai ouvert la porte.

Il y avait un policier devant la porte et il a dit : « Tu es bien Christopher Boone ? »

J'ai dit que oui.

Il a dit : « Ton père prétend que tu t'es sauvé. C'est vrai ? »

J'ai dit : « Oui. »

Il a dit : « C'est ta mère ? » et il a montré Mère du doigt.

J'ai dit : « Oui. »

Il a dit : « Pourquoi est-ce que tu t'es sauvé ? »

J'ai dit : « Parce que Père a tué Wellington, c'est un chien, alors j'ai eu peur de lui. »

Il a dit : « C'est ce qu'on m'a dit. » Puis il a dit : « Tu veux rentrer à Swindon chez ton père ou tu veux rester ici ? »

J'ai dit : « Je veux rester ici. »

Il a dit : « Qu'est-ce que vous en pensez ? »

J'ai dit : « Je veux rester ici. »

Le policier a dit : « Ce n'est pas à toi que je parle. C'est à ta mère. »

Mère a dit : « Il a raconté à Christopher que j'étais morte. »

Le policier a dit : « Écoutez... ça ne me regarde pas. Je tiens seulement à m'assurer que... »

Mère a dit : « Il peut rester, évidemment. »

Et puis le policier a dit : « Eh bien, dans ce cas, en ce qui me concerne, l'affaire est réglée. »

J'ai dit : « Vous allez me remmener à Swindon ? »

Il a dit : « Non. »

Alors j'ai été content parce que je pouvais habiter chez Mère.

Le policier a dit : « Si votre mari vient faire du grabuge, passez-nous un petit coup de fil. Autrement, il faudra que vous vous arrangiez entre vous. »

Puis le policier est parti, j'ai mangé ma soupe à la tomate, M. Shears a empilé des cartons dans la chambre d'ami pour que je puisse installer un matelas pneumatique par terre pour dormir et je me suis endormi.

Je me suis réveillé parce qu'il y avait des gens qui criaient dans l'appartement. Il était 2 h 31. Et une de ces personnes était Père alors j'ai eu peur. Mais il y avait un verrou à la porte de la chambre d'ami.

Père criait : « Je parlerai à Judy, que ça te plaise ou non. Et ce n'est certainement pas toi qui vas m'en empêcher. »

Mère a crié : « Roger. Non. Écoute… »

M. Shears a crié : « Je ne supporterai pas qu'on me parle sur ce ton sous mon propre toit. »

Père a crié : « Je te parlerai sur le ton qui me plaît. »

Mère a crié : « Tu n'as rien à faire ici. »

Père a crié : « Rien à faire ? Rien à faire ? Ça c'est la meilleure. C'est mon fils, des fois que tu l'aurais oublié. »

Mère a crié : « Bon sang, mais qu'est-ce que tu avais dans le crâne pour lui raconter des trucs pareils ? »

Père a crié : « Ce que j'avais dans le crâne ? Je te rappelle que c'est toi qui t'es barrée. »

Mère a crié : « Et alors tu as décidé de m'effacer de sa vie, c'est ça ? »

M. Shears a crié : « Allons, allons, du calme. »

Père a crié : « C'est ce que tu voulais, non ? »

Mère a crié : « Je lui ai écrit toutes les semaines. Toutes les semaines. »

Père a crié : « Des lettres, des lettres. Ça lui faisait une belle jambe, tiens. »

M. Shears a crié : « Allons, allons. »

Père a crié : « C'est moi qui lui ai préparé à manger. Qui ai fait sa lessive. Je me suis occupé de lui tous les week-ends. Je l'ai soigné quand il était malade. Je l'ai emmené chez le médecin. Je me suis rongé les sangs quand il partait se balader la nuit. Je suis allé à l'école chaque fois qu'il s'est battu. Et toi ? Toi ? Écrire des putains de lettres, voilà tout ce que tu sais faire. »

Mère a crié : « Tu crois vraiment que c'était malin de lui raconter que sa mère était morte ? »

M. Shears a crié : « Ce n'est pas le moment. »

Père a crié : « Toi, mêle-toi de ce qui te regarde, ou… »

Mère a crié : « Ed, je t'en prie… »

Père a dit : « Je veux le voir. Et si tu essaies de m'en empêcher… »

Alors Père est entré dans ma chambre. Mais je tenais mon Couteau de l'Armée Suisse avec la lame scie sortie pour qu'il ne m'emmène pas. Mère est entrée dans la chambre avec lui et elle a dit : « C'est bon, Christopher. Il ne te fera rien. Tout va bien. »

Père s'est agenouillé près du lit et il a dit : « Christopher ? »

Mais je n'ai rien dit.

Il a dit : « Christopher, je suis vraiment, vraiment désolé. Pour tout. Pour Wellington. Pour les lettres. Je suis désolé que tu te sois sauvé à cause de moi. Je n'ai jamais voulu… Je te promets de ne plus jamais faire de trucs pareils. Hé. Allons, petit gars. »

Puis il a levé la main droite et il a écarté les doigts en éventail pour que je puisse toucher ses doigts, mais je ne l'ai pas fait parce que j'avais peur.

Père a dit : « Merde. Christopher. S'il te plaît. »

Et il y avait des larmes qui coulaient sur son visage.

Personne n'a rien dit pendant un moment.

Et puis Mère a dit : « Il vaut mieux que tu y ailles », mais elle parlait à Père, pas à moi.

Et puis le policier est revenu parce que M. Shears avait appelé le commissariat. Il a dit à Père de se calmer et il l'a fait sortir de l'appartement.

Mère a dit : « Essaie de te rendormir, maintenant. Tout va bien se passer, je te le promets. »

Alors je me suis rendormi.

229.

Et pendant que je dormais, j'ai fait un de mes rêves préférés. Des fois, je le fais pendant la journée, mais alors c'est un rêve éveillé. Mais souvent, je le fais la nuit aussi.

Dans ce rêve, presque tous les habitants de la terre sont morts, parce qu'ils ont attrapé un virus. Mais ce n'est pas un virus comme les autres. C'est comme un virus d'ordinateur. Les gens l'attrapent à cause de ce que veut dire quelque chose que dit une personne infectée, et de ce que veut dire ce qu'elle fait avec son visage en le disant. Ce qui fait qu'on peut aussi l'attraper en regardant une personne infectée à la télévision et qu'il se répand très vite à travers le monde.

Les gens qui ont ce virus restent simplement assis sur le canapé. Ils ne font rien, ils ne mangent pas, ils ne boivent pas, alors ils meurent. Mais des fois, je fais différentes versions de ce rêve, comme avec les films, par exemple *Blade Runner*, quand il y a deux versions, la normale et la *Version Longue*. Et dans certaines versions de ce rêve, le virus fait que les gens ont des accidents de voiture ou marchent dans la mer et se noient ou sautent dans des fleuves. Je préfère cette version parce qu'il n'y a pas de cadavres de gens morts partout.

Finalement, il n'y a plus personne au monde sauf des gens qui ne regardent pas le visage des autres et ne savent pas ce que veulent dire ces dessins

Ce sont tous des gens spéciaux comme moi. Ils aiment être seuls, et je ne les vois presque jamais parce qu'ils sont comme des okapis dans la jungle du Congo, qui sont une sorte d'antilope très farouche et très rare.

Je peux aller où je veux, je sais que personne ne va me parler, me toucher ou me poser une question. Et si je ne veux pas aller quelque part, rien ne m'y oblige, je peux rester à la maison et manger des brocolis, des oranges et des rubans de réglisse tout le temps, ou je peux passer toute une semaine à faire des jeux vidéo ou m'asseoir dans un coin de la chambre et frotter une pièce d'une livre dans un sens puis dans l'autre sur les formes ondulées de la surface du radiateur. Et je ne suis pas obligé d'aller en France.

Je sors de chez Père et je me promène dans la rue. Il n'y a pas de bruit alors qu'il est midi, et je n'entends rien sauf le chant des oiseaux, le vent et, des fois, des bâtiments qui s'écroulent au loin, et si je me tiens tout près des feux, j'entends un petit cliquetis au moment où la couleur change.

J'entre chez les autres et je joue au détective. Je peux casser les carreaux pour entrer parce que les gens sont morts, alors ça ne fait rien. Je vais dans les magasins et je prends tout ce que je veux, par exemple des biscuits roses, des pots de compote mangue-framboise ou des jeux vidéo, des livres ou des cassettes.

Je prends une échelle sur la camionnette de Père, je grimpe sur le toit, et quand j'arrive au bord du toit, je tire l'échelle, je la couche en travers du vide et je grimpe sur le toit suivant, parce que dans un rêve, on a le droit de tout faire.

Et puis je trouve les clés de la voiture de quelqu'un, je prends la voiture et je conduis. Ça ne fait rien si je fais des bosses. Je vais jusqu'à la mer, je sors et il pleut à verse. Je prends une glace dans un magasin et je la mange. Puis je vais sur la plage. Elle est couverte de sable et de gros rochers et il y a un phare sur un promontoire, mais la lumière n'est pas allumée parce que le gardien du phare est mort.

Je m'avance dans les vagues. Elles montent et recouvrent mes chaussures. Et je ne vais pas nager parce qu'il pourrait y avoir des requins. Je reste là, je regarde l'horizon, je sors ma grande règle métallique, je la pose sur la ligne entre la mer et le ciel et je démontre que la ligne est incurvée et que la Terre est ronde. Les vagues montent et recouvrent mes chaussures puis redescendent en rythme, comme de la musique ou des percussions.

Puis je vais chercher des vêtements secs dans la maison d'une famille qui est morte. Et je rentre chez Père, sauf que ce n'est plus chez Père, c'est chez moi.

Je me fais un Gobi Aloo Sag avec du colorant rouge, je me prépare un milk-shake à la fraise puis je regarde une cassette sur le système solaire, je fais des jeux vidéo et je vais me coucher.

Et puis le rêve est fini et je suis content.

233.

Le lendemain matin, au petit déjeuner, Mère m'a fait des tomates grillées et une boîte de haricots verts qu'elle a réchauffée dans une casserole.

Au milieu du petit déjeuner, M. Shears a dit : « D'accord. Il peut rester quelques jours. »

Mère a dit : « Il peut rester tout le temps qu'il faudra. »

M. Shears a dit : « On est déjà à l'étroit à deux dans cet appartement, alors à trois... »

Mère a dit : « Il comprend tout ce que tu dis, tu sais. »

M. Shears a dit : « Et qu'est-ce qu'il va faire toute la journée ? Il n'y a pas d'école pour lui. On bosse tous les deux. C'est complètement ridicule. »

Mère a dit : « Ça suffit, Roger. »

Elle m'a fait une tisane de gingembre rouge avec du sucre, mais je n'ai pas aimé ça et elle a dit : « Tu peux rester aussi longtemps que tu le voudras. »

Quand M. Shears est parti travailler, elle a téléphoné au bureau et a pris ce qu'on appelle un *Congé pour Raison Familiale*. C'est quand quelqu'un de la famille est mort ou malade.

Puis elle a dit qu'il fallait qu'on aille m'acheter des vêtements, et puis un pyjama, une brosse à dents et un gant de toilette. Alors nous sommes sortis de l'appartement et nous avons marché jusqu'à la rue principale. C'était Hill Lane, et c'est aussi la A 4088. Il y avait beaucoup de monde et nous avons pris le bus n° 266 jusqu'au centre commercial de Brent Cross. Seulement, il y avait trop de monde chez John Lewis, alors j'ai eu peur, je me suis couché par terre près des montres, j'ai hurlé, et Mère a dû me remmener en taxi.

Puis il a fallu qu'elle retourne au centre commercial pour m'acheter des vêtements, un pyjama, une brosse à dents et un gant de toilette, alors je suis resté dans la chambre d'ami pendant qu'elle était partie. Je ne voulais pas être dans la même pièce que M. Shears parce que j'avais peur de lui.

Quand Mère est rentrée, elle m'a apporté un verre de milk-shake à la fraise et m'a montré mon nouveau pyjama. Il avait des motifs, c'étaient des étoiles bleues à 5 branches sur un fond violet comme ça

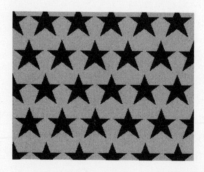

J'ai dit : « Il faut que je rentre à Swindon. »

Mère a dit : « Mais Christopher, tu viens à peine d'arriver. »

J'ai dit : « Il faut que je rentre, parce que je dois passer l'épreuve de maths des A Levels. »

Mère a dit : « Tu passes les A Levels ? »

J'ai dit : « Oui. C'est mercredi, jeudi et vendredi de la semaine prochaine. »

Mère a dit : « Seigneur. »

J'ai dit : « Et c'est le révérend Peters qui viendra me surveiller. »

Mère a dit : « C'est formidable. »

J'ai dit : « Et j'aurai un Très Bien. C'est pour ça qu'il faut que je rentre à Swindon. Seulement, je ne veux pas voir Père. Alors il faut que tu viennes à Swindon avec moi. »

Alors Mère a pris son visage dans ses mains, elle a expiré très fort et elle a dit : « Je ne sais pas si ça va être possible. »

J'ai dit : « Mais il faut que j'y aille. »

Mère a dit : « On en reparlera plus tard, tu veux ? »

J'ai dit : « D'accord. Mais il faut que j'aille à Swindon. »

Elle a dit : « Christopher, je t'en prie. »

Et j'ai bu un peu de mon milk-shake.

Plus tard, à 22 h 31, je suis sorti sur le balcon pour voir les étoiles, mais il n'y en avait pas à cause de tous les nuages et de ce qu'on appelle la *Pollution Lumineuse*. C'est la lumière des lampadaires, des phares de voitures, des projecteurs et des lumières des immeubles qui sont réfléchies par de minuscules particules dans l'atmosphère et qui font obstacle à la lumière des étoiles. Alors je suis rentré.

Mais je n'arrivais pas à dormir. À 2 h 07, je me suis levé et j'ai eu peur de M. Shears, alors je suis descendu et je suis sorti par la porte d'entrée dans Chapter Road. Il n'y avait personne dans la rue, c'était moins bruyant que dans la journée, même si on entendait des voitures au loin et des sirènes, et je me suis senti un peu plus calme. Je me suis promené dans Chapter Road et j'ai regardé toutes les voitures, les dessins que faisaient les fils téléphoniques sur les nuages orange et tout ce que les gens avaient dans leurs jardins, comme un nain, une cuisinière, une toute petite mare et un ours en peluche.

Puis j'ai entendu deux personnes qui marchaient dans la rue, alors je me suis accroupi entre l'extrémité d'une benne et une fourgonnette Ford Transit. Les gens parlaient une langue qui n'était pas de l'anglais, mais ils ne m'ont pas vu. Il y avait deux minuscules rouages en laiton dans le caniveau à mes pieds, comme ceux d'une montre à remontoir.

Je me sentais bien entre la benne et la fourgonnette Ford Transit, alors j'y suis resté longtemps. Je regardais dans la rue. Les seules couleurs qu'on pouvait voir étaient de l'orange et du noir, et des mélanges d'orange et de noir. Et on ne savait pas de quelle couleur les voitures étaient quand il faisait jour.

Je me suis demandé si on pouvait faire une mosaïque avec des croix, et j'ai découvert que c'était possible en imaginant ce dessin dans ma tête

Puis j'ai entendu la voix de Mère qui criait : « Christopher… ? Christopher… ? », et elle courait dans la rue. Alors je suis sorti de là où j'étais, entre la benne et la fourgonnette Ford Transit. Elle a couru vers moi et elle a dit : « Mon Dieu. » Elle s'est arrêtée devant moi, elle a pointé son doigt vers mon visage et elle a dit : « Si tu me refais un coup pareil, Christopher, je te jure que… Je t'aime Christopher, mais… je ne sais pas ce que je te ferai. »

Puis elle m'a fait promettre de ne jamais sortir de l'appartement tout seul parce que c'est dangereux et qu'on ne peut pas faire confiance aux gens à Londres parce que ce sont des étrangers. Le lendemain, elle est partie faire d'autres courses et elle m'a fait promettre de ne pas répondre si quelqu'un sonnait à la porte. Quand elle est revenue, elle a rapporté des croquettes pour Toby et trois cassettes de **Star Trek**. Je les ai regardées au salon avant que M. Shears rentre à la maison, puis je suis retourné dans la chambre d'ami. J'aurais bien voulu qu'il y ait un jardin au 451c Chapter Road, Londres NW2 5NG, mais il n'y en avait pas.

Le lendemain, les gens du bureau où Mère travaillait ont téléphoné pour dire qu'elle ne pouvait pas retourner travailler parce qu'ils avaient trouvé quelqu'un pour la remplacer. Elle s'est mise en colère, elle a dit que c'était illégal et qu'elle porterait plainte, mais M. Shears a dit : « Ne sois pas idiote, ce n'était que de l'intérim, tu le sais très bien. »

Quand Mère est entrée dans la chambre d'ami avant que je dorme, j'ai dit : « Il faut que j'aille à Swindon passer mon examen de maths. »

Elle a dit : « Pas maintenant, Christopher. Ton père n'arrête pas de m'appeler. Il dit qu'il va me coller un procès. Et Roger fait un foin d'enfer. Ce n'est vraiment pas le moment. »

J'ai dit : « Mais il faut que j'y aille. Tout est organisé et le révérend Peters a accepté de me surveiller. »

Elle a dit : « Écoute, ce n'est qu'un examen. Je vais téléphoner à l'école. On doit pouvoir le repousser. Tu le passeras une autre fois. »

J'ai dit : « Je ne peux pas le passer une autre fois. Tout est organisé. J'ai fait tout plein de révisions. Et Mme Gascoyne a dit qu'on pouvait utiliser une salle de l'école. »

Mère a dit : « Je suis à bout, Christopher. Je ne vais pas tarder à craquer. Alors donne-moi un peu... »

Elle a arrêté de parler, elle a mis la main devant sa bouche, elle s'est levée et elle est sortie de la chambre. Et j'ai commencé à avoir mal dans la poitrine comme quand j'étais dans le métro parce que je me suis dit que je ne pourrais pas passer mon examen de maths.

Le lendemain matin, j'ai regardé par la fenêtre de la salle à manger pour compter les voitures dans la rue et voir si ce serait une **Assez Bonne Journée**, une **Bonne Journée**, une **Super Bonne Journée** ou une **Mauvaise Journée**. Mais ce n'était pas comme dans le bus de l'école, parce qu'on pouvait regarder par la fenêtre aussi longtemps qu'on voulait et voir autant de voitures qu'on voulait. J'ai regardé par la fenêtre pendant trois heures et j'ai vu 5 voitures rouges d'affilée et 4 voitures jaunes d'affilée, ce qui voulait dire que c'était à la fois une **Bonne Journée** et une **Mauvaise Journée** et que le système ne fonctionnait plus. Mais quand je me concentrais sur les voitures à compter, ça m'empêchait de penser à mes A Levels et à la douleur dans ma poitrine.

L'après-midi, Mère m'a emmené en taxi à Hampstead Heath. Nous nous sommes assis tout en haut d'une colline et nous avons regardé les avions qui descendaient vers l'aéroport d'Heathrow, au loin. J'ai acheté une sucette glacée rouge à une petite voiture de glacier. Mère a dit qu'elle avait téléphoné à Mme Gascoyne et qu'elle lui avait annoncé que je passerais l'épreuve de maths des A Levels l'année suivante. Alors j'ai jeté ma sucette glacée rouge et j'ai hurlé longtemps. J'avais tellement mal dans la poitrine que je n'arrivais plus à respirer. Un homme s'est approché. Il a demandé si j'avais un problème et Mère a dit : « Vous croyez ? », alors il est parti.

Et puis j'ai été fatigué de hurler et Mère m'a ramené à l'appartement dans un autre taxi. Le lendemain, c'était samedi et elle a demandé à M. Shears d'aller me chercher des livres de sciences et de maths à la bibliothèque. Ils s'appelaient *100 jeux de nombres*, *Les Origines de l'Univers* et *L'Énergie nucléaire*, mais c'étaient des livres pour les enfants et ils n'étaient pas très bien, alors je ne les ai pas lus et M. Shears a dit : « Ça fait toujours plaisir de se casser le tronc pour rien. »

Je n'avais rien mangé depuis que j'avais jeté la sucette glacée rouge à Hampstead Heath, alors Mère a dessiné un tableau avec des étoiles dessus comme quand j'étais tout petit et elle a rempli un verre doseur de Complan et de parfum à la fraise. Je pouvais gagner une étoile de bronze pour 200 ml, une étoile d'argent pour 400 ml et une étoile d'or pour 600 ml.

Et quand Mère et M. Shears se sont disputés, j'ai pris la petite radio de la cuisine, je suis allé m'asseoir dans la chambre d'ami, je l'ai réglée entre deux stations pour n'entendre que du bruit blanc et j'ai monté le volume très, très fort. J'ai tenu la radio contre mon oreille et le son me remplissait la tête. Ça faisait mal, comme ça je ne sentais plus que j'avais mal à la poitrine, je n'entendais plus Mère et M. Shears se disputer et je ne pensais plus que je ne passerais pas mon examen de maths ou qu'il n'y avait pas de jardin au 451c Chapter Road, Londres NW2 5NG et que je ne pouvais pas compter les étoiles.

Et puis, le lundi, il faisait déjà nuit et il était très tard quand M. Shears est entré dans ma chambre. Il m'a réveillé. Il avait bu de la bière parce qu'il avait la même odeur que Père quand il a bu de la bière avec Rhodri. Il a dit : « Tu te crois vachement balèze, hein ? Il t'arrive de penser aux autres une seconde ? Tu peux être fier de toi maintenant. »

Et puis Mère est arrivée. Elle l'a fait sortir de la chambre et elle a dit : « Christopher, je suis désolée, vraiment, vraiment désolée. »

Le lendemain matin, M. Shears est parti au travail. Alors Mère a emballé tout plein de vêtements à elle dans deux valises et elle m'a dit de descendre, de prendre Toby et de monter dans la voiture. Elle a mis les valises dans le coffre et nous sommes partis. Mais c'était la voiture de M. Shears et j'ai dit : « Tu lui voles sa voiture ? »

Elle a dit : « Je l'emprunte, c'est tout. »

J'ai dit : « Où allons-nous ? »

Elle a dit : « À la maison. »

J'ai dit : « Tu veux dire à la maison de Swindon ? »

Elle a dit : « Oui. »

J'ai dit : « Est-ce que Père sera là ? »

Elle a dit : « Je t'en prie, Christopher, ne m'embête pas, tu veux ? »

J'ai dit : « Je ne veux pas habiter chez Père. »

Elle a dit : « Bon… Bon… Ça va aller, Christopher, d'accord ? Ça va aller. »

J'ai dit : « Est-ce que nous rentrons à Swindon pour que je puisse passer mon épreuve de maths des A Levels ? »

Mère a dit : « Quoi ? »

J'ai dit : « Normalement, je dois passer mon épreuve de maths des A Levels demain. »

Mère a parlé très lentement et elle a dit : « Nous rentrons à Swindon parce que si nous restons à Londres… ça risque de mal finir pour quelqu'un. Et pas forcément pour toi. »

J'ai dit : « Qu'est-ce que tu veux dire ? »

Elle a dit : « Maintenant, je voudrais bien que tu te taises un moment. »

J'ai dit : « Tu veux que je me taise pendant combien de temps ? »

Elle a dit : « Seigneur. » Puis elle a dit : « Une demi-heure, Christopher. Je voudrais bien que tu te taises pendant une demi-heure. »

Nous avons fait tout le trajet jusqu'à Swindon et ça a pris 3 heures 12 minutes. Il a fallu qu'on s'arrête pour prendre de l'essence et Mère m'a acheté un Milky Bar mais je ne l'ai pas mangé. Puis nous avons été pris dans un gros embouteillage, parce que les gens ralentissaient pour regarder un accident sur l'autre voie. J'ai essayé d'imaginer une formule pour déterminer s'il était possible qu'un embouteillage soit provoqué simplement par des automobilistes qui ralentissent et l'influence que pouvaient exercer a) la densité de la circulation, b) la vitesse de circulation, c) la rapidité avec laquelle les conducteurs freinaient en voyant s'allumer les feux stop de la voiture qui ralentissait devant eux. Mais j'étais trop fatigué. C'est que je n'avais pas dormi la nuit précédente, parce que je me disais que je ne pourrais pas passer mon épreuve de maths des A Levels. Alors je me suis endormi. Quand nous sommes arrivés à Swindon, Mère avait les clés de la maison, nous sommes entrés et elle a crié : « Hou hou ? », mais il n'y avait personne parce qu'il était 13 h 23. J'avais peur, mais Mère m'a dit que j'étais parfaitement en sécurité, alors je suis monté dans ma chambre et j'ai fermé la porte. J'ai sorti Toby de ma poche et je l'ai laissé courir partout. J'ai joué à *Minesweeper* et j'ai fait la version avancée en 174 secondes, soit 75 secondes de plus seulement que mon record.

Il était 18 h 35 et j'ai entendu Père rentrer avec sa camionnette. J'ai poussé le lit contre la porte pour qu'il ne puisse pas venir. Il est entré dans la maison et ils ont crié, Mère et lui.

Père a crié : « Mais bordel, qu'est-ce que tu fous là ? »

Mère a crié : « Je suis ici chez moi, tu l'as peut-être oublié ? »

Père a crié : « Et ton jules, il est là aussi ? »

Alors j'ai pris les bongos qu'oncle Terry m'avait achetés et je me suis agenouillé dans un coin de ma chambre, j'ai enfoncé la tête dans l'angle des deux murs, j'ai tapé sur les tambours, j'ai grogné et j'ai continué à faire ça pendant une heure, puis Mère est entrée dans la chambre et a dit que Père était parti, qu'il allait passer quelques jours chez Rhodri et que nous trouverions un endroit bien à nous dans les prochaines semaines.

Alors je suis allé au jardin, j'ai trouvé la cage de Toby derrière la cabane, je l'ai rentrée, je l'ai nettoyée et j'ai remis Toby dedans.

J'ai demandé à Mère si je pourrais passer l'épreuve de maths des A Levels le lendemain.

Elle a dit : « Je regrette, Christopher. »

J'ai dit : « Est-ce que je peux passer l'épreuve de maths des A Levels ? »

Elle a dit : « Tu ne m'écoutes pas, Christopher. »

J'ai dit : « Je t'écoute. »

Mère a dit : « Je te l'ai déjà dit. J'ai téléphoné à ta directrice. Je lui ai dit que tu étais à Londres. Je lui ai dit que tu passerais cet examen l'année prochaine. »

J'ai dit : « Mais maintenant je suis ici et je peux le passer. »

Mère a dit : « Je suis désolée, Christopher. Je pensais bien faire. »

J'ai recommencé à avoir mal dans la poitrine, j'ai croisé les bras, je me suis balancé d'avant en arrière et j'ai grogné.

Mère a dit : « Je ne savais pas que nous allions rentrer. »

Mais j'ai continué à grogner et à me balancer d'avant en arrière.

Mère a dit : « Arrête ça. Ça ne rime à rien. »

Elle m'a proposé de regarder une de mes cassettes de *La Planète bleue* sur la vie sous la banquise ou sur la migration des baleines à bosse, mais je n'ai pas répondu parce que je savais que je ne pourrais pas passer l'épreuve de maths des A Levels. C'était comme quand on appuie l'ongle du pouce contre un radiateur très chaud. Ça commence à faire mal et on a envie de pleurer et ça continue à faire mal même quand on retire son pouce du radiateur.

Puis Mère m'a fait des carottes, des brocolis et du ketchup, mais je n'ai rien mangé.

Et je n'ai pas non plus dormi cette nuit-là.

Le lendemain, Mère m'a emmené à l'école dans la voiture de M. Shears parce que nous avions raté le bus. Au moment où nous montions dans la voiture, Mme Shears a traversé la rue et a dit à Mère : « Tu as un sacré culot. »

Mère a dit : « Monte dans la voiture, Christopher. »

Mais je n'ai pas pu parce que la porte était verrouillée.

Mme Shears a dit : « Il a quand même fini par te plaquer, c'est ça ? »

Mère a ouvert sa portière, elle est montée dans la voiture, elle a déverrouillé ma portière, je suis monté et nous sommes partis.

Quand nous sommes arrivés à l'école, Siobhan a dit : « Alors comme ça, vous êtes la mère de Christopher. » Et Siobhan a dit qu'elle était très contente de me revoir, elle m'a demandé si j'allais bien et je lui ai dit que j'étais fatigué. Mère a expliqué que j'étais dans tous mes états parce que je ne pouvais pas passer l'épreuve de maths des A Levels, que je ne mangeais pas correctement et que je ne dormais pas correctement.

Et puis Mère est partie et j'ai fait un dessin d'un bus londonien à impériale en respectant la perspective, pour ne pas penser à la douleur dans ma poitrine. Il était comme ça

Après le déjeuner, Siobhan m'a dit qu'elle avait parlé à Mme Gascoyne. Elle avait toujours les sujets des A Levels dans son bureau, dans 3 enveloppes scellées.

Alors j'ai demandé si je pouvais encore passer mon examen.

Siobhan a dit : « Je pense que oui. Nous allons appeler le révérend Peters cet après-midi pour lui demander de venir te surveiller. Et Mme Gascoyne va écrire à l'administration qui s'occupe des examens pour les prévenir que, finalement, tu te présentes quand même. Espérons qu'ils seront d'accord. Mais ce n'est pas sûr. »

Puis elle s'est arrêtée de parler pendant quelques secondes : « Je préférais te le dire tout de suite. Pour que tu puisses y réfléchir. »

J'ai dit : « Pour que je puisse réfléchir à quoi ? »

Elle a dit : « Est-ce que tu veux vraiment passer cet examen, Christopher ? »

J'ai réfléchi à la question. Je n'étais pas sûr de la réponse, parce que j'avais envie de passer l'épreuve de maths des A Levels mais j'étais très fatigué. Quand j'essayais de penser aux maths, mon cerveau ne fonctionnait pas correctement et quand j'essayais de me rappeler certains faits, comme la formule logarithmique du nombre approximatif de nombres premiers égaux ou inférieurs à (x), je n'y arrivais pas et ça me faisait peur.

Siobhan a dit : « Tu n'es pas obligé, Christopher. Si tu préfères ne pas le faire, personne ne sera fâché contre toi. Ce ne sera pas mal, ça n'aura rien d'illégal ni d'idiot, ce sera simplement ce que tu veux faire, et ce sera très bien. »

J'ai dit : « Je veux passer cet examen », parce que je n'aime pas inscrire des choses sur mon emploi du temps et devoir les retirer ensuite. Quand je fais ça, ça me donne envie de vomir.

Siobhan a dit : « Très bien. »

Elle a téléphoné au révérend Peters, il est arrivé à l'école à 15 h 27 et il a dit : « Alors, jeune homme, on y va ? »

Alors je suis allé dans la salle de dessin pour faire le **Sujet 1** de mon épreuve de maths des A Levels. Le révérend Peters m'a surveillé. Il était assis à un bureau pendant que je passais l'examen, il lisait un livre qui s'appelle *Le Prix de la grâce* de Dietrich Bonhoeffer et il mangeait un sandwich. Et au milieu de l'examen, il est sorti fumer une cigarette dans le couloir, mais il me surveillait par la vitre pour que je ne triche pas.

Quand j'ai ouvert le sujet et que je l'ai lu, je n'ai pas su répondre aux questions. En plus, je n'arrivais pas à respirer correctement. J'avais envie de frapper quelqu'un ou de le blesser avec mon Couteau de l'Armée Suisse, mais il n'y avait personne à frapper ou à blesser avec mon Couteau de l'Armée Suisse sauf le révérend Peters, qui est très grand. Et si je le frappais ou si je le blessais avec mon Couteau de l'Armée Suisse, il ne pourrait plus me surveiller pendant le reste de l'examen. Alors j'ai inspiré profondément comme Siobhan me dit de le faire quand j'ai envie de frapper quelqu'un, j'ai compté cinquante inspirations et j'ai élevé au cube les nombres cardinaux tout en comptant, comme ça

1, 8, 27, 64, 125, 216, 343, 512, 729, 1000, 1331, 1728, 2197, 2744, 3375, 4096, 4913, etc.

Alors je me suis senti un peu plus calme. Mais l'examen durait 2 heures et il s'était déjà écoulé

20 minutes, alors j'ai dû travailler vraiment vite et je n'ai pas eu le temps de vérifier mes réponses correctement.

Ce soir-là, alors que je venais de rentrer à la maison, Père est arrivé. J'ai hurlé, mais Mère a dit qu'il ne me ferait rien, qu'elle me le promettait, alors je suis allé au jardin, je me suis allongé par terre, j'ai regardé les étoiles dans le ciel et je me suis rendu négligeable. Et quand Père est sorti de la maison, il m'a regardé long-temps, puis il a donné un coup de poing dans la clôture et il a fait un trou dedans.

J'ai un peu dormi cette nuit-là, parce que je passais l'épreuve de maths des A Levels.

Et au dîner, j'ai mangé de la soupe aux épinards.

Le lendemain, j'ai traité le **Sujet 2** et le révérend Peters a lu *Le Prix de la grâce* de Dietrich Bonhoeffer, mais cette fois, il n'a pas fumé de cigarette. Siobhan m'avait fait aller aux toilettes avant l'examen, m'asseoir tout seul, respirer et compter.

Ce soir-là, j'étais en train de jouer à *The Eleventh Hour* quand un taxi s'est arrêté devant la maison. M. Shears était dedans. Il est sorti et il a jeté un gros carton de choses qui appartenaient à Mère sur la pelouse. Il y avait un sèche-cheveux, des culottes, du shampooing L'Oréal, un paquet de muesli et deux livres, *DIANA, sa vraie histoire* d'Andrew Morton et *Polo* de Jilly Cooper, et aussi une photo de moi dans un cadre argenté. Le verre du cadre s'est cassé en tombant dans l'herbe.

Puis il a sorti des clés de sa poche, il est monté dans sa voiture et il est parti. Mère est sortie de la maison et elle a couru dans la rue en criant : « Bon débarras. » Elle a lancé le paquet de muesli et il a heurté le coffre de la voiture de M. Shears qui partait. Mme Shears regardait par la fenêtre quand Mère a fait ça.

Le lendemain, j'ai fait le **Sujet 3**. Le révérend Peters a lu le *Daily Mail* et il a fumé trois cigarettes.

Ma question préférée était celle-ci

Prouvez le résultat suivant :
« Un triangle dont les côtés peuvent s'écrire sous la forme $n^2 + 1$, $n^2 - 1$ et $2n$ (sachant que n>1) est un triangle rectangle. »
Démontrez, au moyen d'un contre-exemple, que l'inverse est faux.

Je voulais écrire ce que j'ai répondu, seulement Siobhan a dit que ce n'était pas très intéressant, mais moi, je trouve que si. Elle a dit que les gens n'ont pas tellement envie de lire les réponses d'un problème de maths dans un livre et que je n'avais qu'à les mettre en *Annexes*. C'est un chapitre supplémentaire à la fin d'un livre que les gens peuvent lire s'ils en ont envie. Et c'est ce que j'ai fait.

Alors, je n'ai plus eu aussi mal à la poitrine et je respirais mieux. Mais j'avais toujours envie de vomir parce que je ne savais pas si j'avais réussi l'examen. Je ne savais pas non plus si l'administration qui organise les examens accepterait de corriger ma copie, puisque Mme Gascoyne avait dit que je ne me présenterais pas.

Quand on sait que quelque chose d'agréable va se passer, qu'il va y avoir une éclipse par exemple ou qu'on va recevoir un microscope pour Noël, c'est bien. Et quand on sait que quelque chose de désagréable va se passer, qu'on va aller chez le dentiste par exemple, ou en France, ce n'est pas bien. Mais je trouve que le pire, c'est quand on ne sait pas si ce qui va se passer est agréable ou désagréable.

Père est venu à la maison ce soir-là. J'étais sur le canapé en train de regarder *University Challenge* et de répondre aux questions de science. Il est resté sur le seuil du salon et il a dit : « Ne hurle pas, Christopher, s'il te plaît. Je ne vais rien te faire. »

Mère était derrière lui, alors je n'ai pas hurlé.

Et puis il s'est approché un peu de moi, il s'est accroupi comme on le fait pour montrer à un chien qu'on n'est pas un Agresseur, et il a dit : « Je voulais simplement te demander comment s'est passé l'examen. »

Mais je n'ai rien dit.

Mère a dit : « Réponds-lui, Christopher. »

Mais je n'ai toujours rien dit.

Mère a dit : « S'il te plaît, Christopher. »

Alors j'ai dit : « Je ne sais pas si j'ai bien répondu à toutes les questions parce que j'étais vraiment fatigué et que je n'avais rien mangé, alors je n'arrivais pas à réfléchir correctement. »

Alors Père a hoché la tête, et il n'a rien dit pendant un petit moment. Puis il a dit : « Merci. »

J'ai dit : « De quoi ? »

Il a dit : « Simplement… merci. » Puis il a dit : « Je suis très fier de toi, Christopher. Très fier. Je suis sûr que tu t'en es très bien tiré. »

Puis il est parti et j'ai regardé la fin d'*University Challenge*.

La semaine suivante, Père a dit à Mère qu'il fallait qu'elle parte de la maison, mais elle ne pouvait pas parce qu'elle n'avait pas d'argent pour payer le loyer d'un appartement. J'ai demandé si Père allait être arrêté et s'il irait en prison pour avoir tué Wellington parce que, s'il allait en prison, nous pourrions rester à la maison. Mais Mère a dit que la police n'arrêterait Père que si Mme Shears faisait ce qu'on appelle *porter plainte*. C'est quand on dit à la police qu'on veut qu'elle arrête quelqu'un qui a commis un délit, parce que la police n'arrête pas les gens qui ont commis des petits délits et Mère a dit que tuer un chien n'est qu'un petit délit.

Mais ensuite tout s'est arrangé, parce que Mère a trouvé un travail de caissière dans une jardinerie et que le médecin lui a prescrit des comprimés à prendre tous les matins pour qu'elle ne soit plus triste, seulement des fois, ça lui donnait le vertige et elle tombait si elle se levait trop vite. Alors nous nous sommes installés dans une chambre, dans une grande maison en brique rouge. Le lit était dans la même pièce que la cuisine et ça ne me plaisait pas parce que c'était petit, que le couloir était peint en brun et qu'il y avait des toilettes et une salle de bains que d'autres gens utilisaient. Mère devait nettoyer avant que je m'en serve, sinon je ne voulais pas y aller, et des fois je faisais dans ma culotte parce qu'il y avait déjà des gens dans la salle de bains. En plus, le couloir qui se trouvait à l'extérieur de la chambre sentait la sauce et l'eau de Javel qu'ils utilisent pour nettoyer les toilettes à l'école. Et dans la chambre, ça sentait les chaussettes sales et le déodorant au pin.

Ça ne me plaisait pas non plus de devoir attendre les résultats de l'épreuve de maths des A Levels. Et dès que je pensais à l'avenir, j'avais beaucoup de mal à y voir clair dans ma tête et je commençais à paniquer. Alors Siobhan a dit qu'il ne fallait pas que je pense à l'avenir. Elle a dit : « Pense à aujourd'hui, c'est tout. Pense aux choses qui se sont passées. Surtout aux choses agréables. »

Parmi les choses agréables, il y a eu le casse-tête en bois que Mère m'a apporté et qui était comme ça

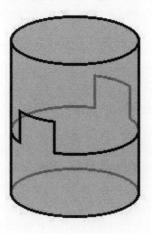

Il fallait détacher la partie supérieure de la partie inférieure et c'était très difficile.

Parmi les choses agréables, il y a aussi eu que j'ai aidé Mère à peindre sa chambre en **Blanc coquille d'œuf**, seulement je me suis mis de la peinture dans les cheveux et elle a voulu me l'enlever en me frottant du shampooing sur la tête pendant que j'étais dans mon bain mais je ne l'ai pas laissée faire, alors j'ai eu de la peinture dans les cheveux pendant 5 jours et puis je les ai coupés avec des ciseaux.

Mais il y a eu plus de choses désagréables que de choses agréables.

Parmi les choses désagréables, il y avait que Mère ne rentrait du travail qu'à 17 h 30, alors je devais aller chez Père entre 15 h 49 et 17 h 30 parce que je n'avais pas le droit de rester seul. Mère a dit que je n'avais pas le choix, alors je poussais le lit contre la porte au cas où Père aurait essayé d'entrer. Et des fois, il essayait de me parler à travers la porte, mais je ne répondais pas. Et des fois, je l'entendais s'asseoir par terre devant la porte et il restait là sans faire de bruit.

Parmi les choses désagréables, il y aussi eu que Toby est mort parce qu'il avait 2 ans et 7 mois, ce qui est très vieux pour un rat, et j'ai dit que je voulais l'enterrer mais Mère n'avait pas de jardin alors je l'ai enterré dans un gros pot de plastique plein de terre comme ceux où on met des plantes. J'ai dit que je voulais un autre rat mais Mère a dit que ce n'était pas possible parce que la chambre était trop petite.

Et j'ai résolu le casse-tête parce que j'ai compris qu'il y avait deux pitons à l'intérieur. C'étaient des tunnels avec des tiges métalliques dedans comme ça

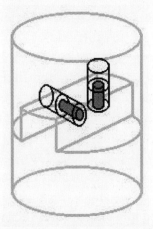

Il fallait tenir le casse-tête de manière que les deux tiges coulissent jusqu'à l'extrémité de leurs tunnels. Alors elles ne bloquaient plus l'intersection entre les deux pièces du casse-tête et on pouvait les séparer.

Un jour, Mère est venue me chercher chez Père après son travail et Père a dit : « Christopher, est-ce que je pourrais te parler un instant ? »

J'ai dit : « Non. »

Mère a dit : « Ne t'en fais pas. Je serai là. »

J'ai dit : « Je ne veux pas parler à Père. »

Père a dit : « Je te propose un marché. » Il tenait le minuteur de la cuisine qui est une grosse tomate de plastique fendue au milieu, il l'a tourné et le minuteur a commencé à faire tic-tac. Il a dit : « Cinq minutes, d'accord ? Pas plus. Ensuite tu pourras filer. »

Alors je me suis assis sur le canapé. Il était assis dans le fauteuil, Mère était dans l'entrée et Père a dit : « Écoute, Christopher... Ça ne peut pas continuer comme ça. Je ne sais pas ce que tu en penses, mais... c'est... c'est vraiment trop dur. Tu es là, mais tu refuses de me parler... Il faut que tu apprennes à me faire confiance... Je ne sais pas combien de temps ça prendra, mais ça m'est égal... Tant pis si ce n'est qu'une minute aujourd'hui, deux demain et trois le jour d'après, tant pis si ça prend des années. Parce que c'est important. Plus important que tout le reste. »

Puis il a arraché un petit bout de peau sur le côté de l'ongle de son pouce de la main gauche.

Et puis il a dit : « On pourrait... On pourrait dire que c'est un projet. Un projet que nous ferions ensemble. Il faut que tu passes plus de temps avec moi. Et moi... il faut que je te prouve que tu peux me faire confiance. Ça sera difficile au début parce... parce que c'est un projet difficile. Mais ça va s'arranger. Je te le promets. »

Puis il a frotté les deux côtés de son front avec le bout de ses doigts et il a dit : « Tu n'es pas obligé de me répondre, pas tout de suite. Réfléchis-y, c'est tout. Et, euh... J'ai un cadeau pour toi. Pour te montrer que je pense vraiment ce que je dis. Et pour te demander pardon. Et parce que... attends, tu vas comprendre. »

Il s'est levé du fauteuil, il est allé jusqu'à la porte de la cuisine et il l'a ouverte. Il y avait un grand carton par terre avec une couverture dedans. Il s'est penché, il a mis ses mains dans le carton et il en a sorti un petit chien couleur sable.

Puis il est revenu et il m'a donné le chien. Il a dit : « Il a deux mois. C'est un golden retriever. »

Le chien s'est installé sur mes genoux et je l'ai caressé.

Et personne n'a rien dit pendant un moment.

Et puis Père a dit : « Christopher, je ne te ferai jamais de mal, jamais. »

Puis personne n'a rien dit.

Puis Mère est entrée au salon et elle a dit : « J'ai bien peur que tu ne puisses pas l'emmener, tu sais. La chambre est trop petite. Mais ton père s'occupera de lui ici. Et tu pourras venir le promener autant que tu voudras. »

J'ai dit : « Est-ce qu'il a un nom ? »

Père a dit : « Non. Tu peux lui en donner un. »

Et le chien a mâchonné mon doigt.

Et puis la sonnerie de la tomate s'est déclenchée parce que les 5 minutes étaient écoulées. Alors Mère et moi sommes retournés à sa chambre.

La semaine suivante, il y a eu un orage et la foudre est tombée sur un gros arbre dans le parc près de chez Père et elle l'a renversé. Des hommes sont venus couper les branches avec des tronçonneuses. Ils ont emporté les rondins sur un camion et tout ce qui restait, c'était une grosse souche noire pointue en bois carbonisé.

J'ai eu les résultats de mon épreuve de maths des A Levels et c'était un Très Bien. C'est la meilleure mention, et je me suis senti comme ça

J'ai appelé le chien Sandy. Père lui a acheté un collier et une laisse, et j'ai eu le droit de l'emmener en promenade jusqu'au magasin et de revenir ensuite. J'avais même un os en caoutchouc pour jouer avec lui.

Mère a eu la grippe alors j'ai dû passer trois jours avec Père et habiter chez lui. Mais ça ne faisait rien parce que Sandy dormait sur mon lit, et il aurait aboyé si quelqu'un était entré dans ma chambre la nuit. Père a fait un potager dans le jardin et je l'ai aidé. Nous avons planté des carottes, des petits pois et des épinards. Je les cueillerai et je les mangerai quand ils auront poussé.

Je suis allé dans une librairie avec Mère et j'ai acheté un livre qui s'appelle *Maths Avancées pour A Levels*. Père a dit à Mme Gascoyne que j'allais passer l'épreuve de Maths avancées l'année prochaine et elle a dit : « D'accord. »

Je vais la passer, et j'aurai un Très Bien. Et dans deux ans, je passerai l'examen de physique des A Levels et j'aurai un Très Bien.

Et puis, quand j'aurai fait tout ça, j'irai à l'université dans une autre ville. Je ne serai pas obligé d'aller à Londres parce que je n'aime pas Londres. En plus, il y a des universités dans tout plein d'endroits et elles ne se trouvent pas toutes dans des grandes villes. Je pourrai habiter un appartement avec un jardin et des toilettes juste pour moi. Et je pourrai emmener Sandy, mes livres et mon ordinateur.

Alors je réussirai ma licence avec félicitations du jury et je deviendrai scientifique.

Je sais que j'y arriverai parce que je suis allé tout seul à Londres, que j'ai résolu le mystère de **Qui a Tué Wellington ?**, que j'ai retrouvé ma mère, que j'ai été drôlement courageux et que j'ai écrit un livre. Et ça, ça veut dire que je peux tout faire.

Annexe

Question

Prouvez le résultat suivant :

« Un triangle dont les côtés peuvent s'écrire sous la forme $n^2 + 1$, $n^2 - 1$ et $2n$ (sachant que $n > 1$) est un triangle rectangle. »

Démontrez, au moyen d'un contre-exemple, que l'inverse est faux.

Réponse

Il faut d'abord déterminer quel est le plus long côté d'un triangle dont les côtés peuvent s'écrire sous la forme $n^2 + 1$, $n^2 - 1$ et $2n$ (sachant que $n > 1$).

$$n^2 + 1 - 2n = (n - 1)^2$$

et si $n > 1$, alors $(n - 1)^2 > 0$

aussi $n^2 + 1 - 2n > 0$

aussi $n^2 + 1 > 2n$

De même $(n^2 + 1) - (n^2 - 1) = 2$

aussi $n^2 + 1 > n^2 - 1$

Ce qui veut dire que $n^2 + 1$ est le plus long côté d'un triangle dont les côtés peuvent s'écrire sous la forme $n^2 + 1$, $n^2 - 1$ et $2n$ (sachant que $n > 1$).

On peut également le montrer à l'aide du schéma suivant (mais ce n'est pas une preuve)

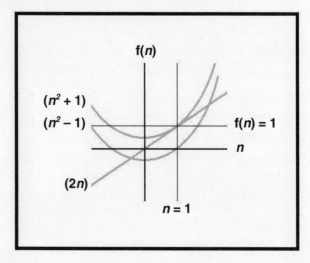

Selon la réciproque du théorème de Pythagore, si la somme des carrés de deux côtés d'un triangle est égale au carré du troisième côté, alors le triangle est rectangle et le plus grand côté est l'hypoténuse. Pour prouver que le triangle est rectangle, nous devons donc démontrer que c'est bien le cas.

290

La somme des carrés des deux plus petits côtés est

$$(n^2 - 1)^2 + (2n)^2 \ (n^2 - 1)^2 + (2n)^2 = n^4 - 2\,n^2 + 1 + 4\,n^2 = \underline{n^4 + 2\,n^2 + 1}$$

Le carré de l'hypoténuse est $(n^2 + 1)^2$

$$(n^2 + 1)^2 = \underline{n^4 + 2\,n^2 + 1}$$

Ainsi, la somme des carrés de deux côtés est égale au carré du troisième côté. Le triangle est donc rectangle.

L'inverse d'« un triangle dont les côtés peuvent s'écrire sous la forme $n^2 + 1$, $n^2 - 1$ et $2n$ (sachant que $n > 1$) est un triangle rectangle » est : « Un triangle rectangle a des côtés dont les longueurs peuvent s'écrire sous la forme $n^2 + 1$, $n^2 - 1$ et $2n$ (sachant que $n > 1$). »

Un contre-exemple serait un triangle rectangle, mais dont les côtés ne peuvent pas s'écrire sous la forme $n^2 + 1$, $n^2 - 1$ et $2n$ (sachant que $n > 1$).

Supposons donc que l'hypoténuse du triangle **ABC** soit **AB**.

que **AB = 65**

et **BC = 60**

Alors $CA = \sqrt{(AB^2 - BC^2)}$
$= \sqrt{(65^2 - 60^2)} = \sqrt{(4225 - 3600)}$
$= \sqrt{625} = 25$

Supposons que $AB = n^2 + 1 = 65$

alors $n = \sqrt{(65 - 1)} = \sqrt{64} = 8$

aussi $(n^2 - 1) = 64 - 1 = 63 \neq BC = 60 \neq CA = 25$

et $2n = 16 \neq BC = 60 \neq CA = 25$

Ainsi, le triangle **ABC** est rectangle, mais ses côtés ne peuvent pas s'écrire sous la forme $n^2 + 1$, $n^2 - 1$ et $2n$ (sachant que $n > 1$). **CQFD.**

Crédits

Le logo du métro londonien, les motifs des parois et le plan de la ligne sont reproduits avec l'aimable autorisation des Transports londoniens. La publicité pour Kuoni est reproduite avec l'aimable autorisation de Kuoni Advertising. Une question de l'épreuve de mathématiques des A Levels est reproduite avec l'aimable autorisation de l'OCR. Nous avons fait tout notre possible pour établir l'identité d'autres détenteurs de *copyrights* et les éditeurs sont tout disposés à rectifier les erreurs ou les omissions dans les futures rééditions.

Composé par Nord Compo
à Villeneuve-d'Ascq

Transcontinental
IMPRESSION
IMPRIMERIE GAGNÉ

IMPRIMÉ AU CANADA